춘원과 루쉰에 관한 비교문학적 연구

춘원과 루쉰에 관한 비교문학적 연구

권혁률

도서출판 역락

| 저 | 자 | 소 | 개 |

권혁률(權赫律)

중국 길림성 반석시 출생.
중국 동북사범대학교 정치교육학과 졸업. 법학학사학위 취득.
한국 인하대학교 대학원 국어국문학과(현대문학) 석사과정 졸업. 문학석사학위 취득.
한국 인하대학교 대학원 국어국문학과(현대문학) 박사과정 졸업. 문학박사학위 취득.
현재, 중국 길림대학교 외국어학원 조선어계 부교수 재직.

춘원과 루쉰에 관한 비교문학적 연구

인 쇄 2007년 2월 20일
발 행 2007년 2월 28일

지은이 권혁률
펴낸이 이대현
편 집 박소정
펴낸곳 도서출판 **역락**
　　　서울 성동구 성수2가 3동 301-80
　　　(주)지시코 별관 3층
　　　전화 3409-2058, 3409-2060
　　　FAX 3409-2059
　　　홈페이지 http://www.youkrack.com
　　　이메일 youkrack@hanmail.net
　　　등록 1999년 4월 19일 제303-2002-000014호

ISBN 978-89-5556-532-4-93810
정 가 13,000원

* 잘못된 책은 바꿔 드립니다.

책머리에

만학의 길에 들어선지 어언 10년에 가까워 온다. 그 동안을 점검하고 싶은 강한 충동아래 별로 이룬 것도 없이 얼떨결에 이 연구서를 묶게 되었다.

세상을 다 겪어 본 양 하면서 최상의 선택으로 시작한 공부였다. 세상은 넓고 할 일은 많다는 긴박감으로 오늘까지 숨가쁘게 다그쳐 왔다. 세상이 만만치 않음을 느낄 때마다 마냥 즐거운 사람들이 부러웠다. 이 생에 쉽게 그들처럼 즐거운 날을 보내기는 어려울 것 같다. 아집만 늘어나 만화경과 같은 세상과의 어울림은 질색이니까. 고독과 침묵 속에서 남다른 진미를 볼지언정 누구나 다 느낄 수 있는 그러한 것들은 딱이다.

제1부는 박사학위 논문이다. 여러 모로 아쉬운 점이 없지 않으나 공부의 일단락을 짓는 가시물로써 당당하게 세상에 선을 보이고 싶었던 것이다. 삶에 뿌리가 있듯이 이는 필자 학문의 남상으로서 앞날을 기약하는 발판이기도 하다. 제2부는 박사학위 논문의 준비물, 즉 부 논문격이다. 공부하는 가운데 조금씩 터득한 바를 정리한 것이다. 부족한 논문을 게재해주신 관계자분들께 드리는 감사의 마음과 함께 싣기로 했다.

6년에 걸친 유학기간 주변의 고마운 분들로부터 많은 도움을 받았다. 이러저러한 세속적인 유혹, 일신을 삼킬 정도의 어려움과 좌절 등의 소용돌이 속에 침몰되지 않을 수 있었던 것에는 그 분들의 배려와 후원이 큰 몫을 했다.

그 동안 물심양면으로 배려를 아끼지 않으셨던 은사 김용성 교수님, 유학의 기회를 주선해주시고 따뜻한 지도교수님 사이를 맺어주셨던 은사 홍정선 교수님께 머리 숙여 감사를 드린다. 그리고 재학기간 여러 모로 배려해주셨던 인하대학교 국어국문학 전공 교수님들께도 고마운 인사를 드린다.

가족과 같은 정으로 대해주던 통합문화연구소의 식구들, 선배와 형님과 친구의 정을 함께 쏟아주던 인하대학교의 선배님과 동학들께도 감사의 마음을 전한다.

　시어머니 모시고 어린 자식 키운 아내 英玉씨, 유치원생으로 기억이 더 깊었는데 이젠 내 키를 훌쩍 넘긴 아들 世珩에게도 한없는 고마움뿐이다. 물심적으로 결코 남편보다 가볍지 않을 어려움을 겪으면서 단 한 번, 꺼냄 직도 할 만한 한국에 같이 가 있게 해 달라는 청을 하지 않았던 아내가 대견스럽고 자랑스러운 한편 여간 미안스럽지 않다. 이 자리에 못난 남편의 미안한 마음을 함께 담는다.

　끝으로 만날 때마다 논문의 출간을 재촉하던 역락의 이대현 사장님께 감사 드린다. 어려운 여건에서도 공부하는 사람들에 대한 지원을 아끼지 않았던 그 고마운 마음을 깊이 간직할 것이다.

권혁률 2006년 저문 12월
인하대학교 게스트하우스에서

목 차

제 1 부

춘원과 루쉰에 관한 비교문학적 연구

제 1 장 춘원과 루쉰 비교연구의 가능성 ·· 13

　　1. 문제제기와 연구목적 / 13

　　2. 루쉰 수용과 비교 연구사 검토 / 20

　　3. 연구방법과 연구범위 / 28

제 2 장 비교연구를 위한 예비고찰 ·· 33

　　1. 문학적 전기로서의 배경 / 33

　　　　1) 가정의 몰락과 '개인'의 발견_33　　2) 사회진출과 '민족'의 발견_41

　　2. 문학사상의 형성과정 / 52

　　　　1) 부정과 생성의 논리_52　　　　2) 근대 문예의 체험_67

제 3 장 문학의 비교 연구 ·· 77

　　1. 문학사상의 분석 비교 / 77

　　　　1) 근대문학의 수용 양상_77　　　2) 민족개조 사상의 전개 양상_90

　　2. 문학작품의 분석 비교 / 104

　　　　1) 계몽사상의 형상화_104　　　2) 농민과 농촌의 발견_134

　　　　3) 근대 지식인의 성격_155

제 4 장 춘원과 루쉰 비교연구의 의의 ·· 173

제 2 부
루쉰과 한국 근대문학

제 1 장 춘원과 루쉰 소설의 계몽적 성격 ·· 183

1. 한중 근대소설 비교연구의 전형 / 183

2. 춘원과 루쉰 소설의 계몽성 비교연구 / 187
   1) 인생을 위한 예술—공리주의 문학관_187
   2) 소설 작품에 나타난 계몽적 성격_189

3. 춘원과 루쉰 소설의 계몽적 특징 / 207

제 2 장 춘원과 루쉰의 지식인 소설 소론 ·· 209

1. 한중 근대 지식인으로서의 작가 / 209

2. 춘원과 루쉰의 지식인관 / 210

3. 춘원과 루쉰의 지식인 소설 / 214
   1) "조선 사람을 구제"하기 위하여_214
   2) "無物之陣"을 격파하기 위하여_218
   3) 현실 속의 근대 지식인_222

4. 작품 속에 용해된 춘원과 루쉰의 근대의식 / 228

제 3 장 빙허와 루쉰 <고향>의 대비 고찰 ·· 231

　　1. 빙허와 루쉰 대비연구의 가능성 / 231

　　2. 두 <고향>에 나타난 서사공간의 분석 / 233

　　　　1) 빙허의 <고향> : 일제 수탈에 의한 한민족의 피폐한 삶_233
　　　　2) 루쉰의 <고향> : 봉건 착취에 의한 민중의 간고한 삶_239

　　3. 두 <고향>의 서사구조 대비 고찰 / 244

　　　　1) 빙허의 <고향> : 이향 - 귀향 - 이향_244
　　　　2) 루쉰의 <고향> : 귀향 - 재향 - 이향_245

　　4. 작품을 통하여 본 빙허와 루쉰의 현실인식 / 248

▸ 참고문헌　250

제1부

춘원과 루쉰에 관한 비교문학적 연구

제1장 _ 춘원과 루쉰 비교연구의 가능성

제2장 _ 비교연구를 위한 예비고찰

제3장 _ 문학의 비교 연구

제4장 _ 춘원과 루쉰 비교연구의 의의

춘원과 루쉰 비교연구의 가능성

1. 문제제기와 연구목적

춘원 이광수(春園 李光洙, 1892~1950)와 루쉰 주수인(魯迅 周樹人, 1881~
1936)에 관한 비교문학적 연구는 가능한 것인가? 이 질문은 어찌 보면 뒤
늦은 듯한 감도 없지 않다. 그것은 이 두 작가에 대한 비교문학적 연구가
이미 시작되었다는 뜻으로 이해될 수도 있기 때문이다. 그러나 실제 그
연구결과들을 살펴볼 때 이 질문이야말로 그 적시성(適時性)과 필요성을
획득하게 된다.

한국과 중국 근대문학의 첫 장을 열었던 이 두 작가에 관한 개별적 연
구의 휘황한 성과는 새삼 언급할 필요가 없다. 하지만 그 토대 위에서 출
발한 두 작가에 대한 비교문학적 연구는 이제 막 시작하는 중이라고 할
수밖에 없을 뿐만 아니라 위의 질문에 관한 진지한 고민과 자세한 검토
역시 아직 찾아보기 어려운 실정이다.

19세기말 20세기초 한·중 관계는 새로운 근대적 관계에로 들어서기
시작했다. 따라서 시대의 반영물적 성격이 짙었던 두 나라 초기의 근대문
학에도 상응한 움직임이 나타났다. 때문에 두 나라 근대문학에 관한 비교

문학적 연구도 그 가능성에 대한 타진이 필요하게 된다. 다시 말하자면, 그 이전의 고전문학 영역과는 다른 새로운 양상을 보이는 한·중 근대문학의 비교문학적 연구에 알맞은 방안을 마련할 것이 요청되고 있다는 것이다.

이와 같은 이유에서 본 연구는 앞의 소박한 질문에 대한 해답으로부터 시작하려고 한다. 그 원만한 해답을 얻기 위해서는 적어도 두개 방면이 고려되어야 한다. 먼저 춘원과 루쉰에 관한 비교문학적 연구의 근거가 제시되어야 한다. 한국과 중국 근대문학의 초창기를 장식했던 이 두 작가 사이에 상관관계 성립여부의 사실이 밝혀져야 한다는 것이다. 이것은 문학 내적 문제로서 본 연구에서 우선적으로 해결해야 할 과제이기도 하다. 다음은 실제적인 비교연구 작업에서 루쉰에 비해 춘원의 폄하가 우려된다는 것이다. 이는 문학 외적 문제의 성격이 강한 것이지만, 춘원과 루쉰이 한국과 중국 두 나라 근대문학 초창기의 대표작가라는 점을 감안할 때 결코 소홀히 대할 바가 아니다.

춘원과 루쉰의 생애를 살펴보면 상호간에 직접 또는 간접적 교류의 기회가 전혀 없었던 것은 아니다.[1] 거의 비슷한 시기의 일본 유학과 중국 상해에 거주했던 전기적 사실은 거기에 일말의 개연성을 부여하고 있다. 하지만 실제로 일본 유학시절 그들 사이에 아무런 그렇다할 상관관계가 성립되지 않았음은 지금 거의 확실시되고 있다. 그 구경을 캐어본다면 당시 춘원과 루쉰은 두 나라 수백 명 유학생 가운데 평범한 일원으로서, 타국의 유학생에게까지 알려질 정도의 명성을 갖추지 않았다는 점이 결정적인 요소로 작용했을 것으로 보인다. 춘원이 1917년 『無情』을 발표하여 문명을 날리고 한국 유학생계에서 두각을 드러냈을 때에 루쉰은 이미 1909년에 귀국한 뒤였다. 또 춘원은 상해 임시정부에서 활약하다가 1921

---

1) 춘원과 루쉰의 생애에 관한 자세한 내용은 졸고 『춘원과 노신의 계몽적 성격에 관한 대비적 고찰』, 인하대학교 석사학위논문(2000)을 참조.

년에 귀국했고, 루쉰은 훨씬 후인 1927년에야 비로소 상해에 정착했다. 이러한 전기적 사실은 그들 사이에 직접적인 인적교류가 이루어지지 않았다는 판단의 근거로 된다.

그렇다면 다른 형식으로 된 교류여부를 확인해보아야 할 터인데 그것은 상대 작품의 구독여부에 초점이 맞추어질 것이다. 루쉰이 전혀 한국어를 몰랐고,[2] 춘원의 작품이 당시 중국에 번역, 소개되지 않았다는 이유 때문에 이 작업에서는 춘원의 루쉰 작품에 대한 접촉여부를 살펴볼 수밖에 없다.[3] 그 결과 아래와 같은 기록이 발견되었다.

　　朴先達의 一生은 魯迅의 阿鬼와 비슷한 점이 있어서……[4]

　　魯迅의 <阿Q>나 <孔乙己>는 魯迅의 小說家的 才分의 表現으로는 榮光일는지 모르나 그 꽃을 피게 한 흙인 中國을 爲하여서는 羞恥요, 侮辱이다. 今日의 中國에는 아킬레스가 없고 阿Q만이 있는 것이다. 關羽 · 張飛는 阿Q와 孔乙己로 退化해 버린 것이다.[5]

---

2) 「狂人日記」의 첫 한글 번역자 柳樹人이 1925년 봄, 초역고를 가지고 루쉰을 찾았을 때 루쉰은 "나는 조선어문을 모르니 만약 분명하지 않은 곳이 있다면 당신이 말씀해보도록 하시지요(我不懂朝鮮語文, 你還有哪些不淸楚的地方可以說說)."라고 했다. 楊昭全, 「魯迅与朝鮮」, 『魯迅硏究』 第10輯, 中國社會科學出版社(1987), 363쪽.

3) 한국 내 루쉰에 관한 첫 평론문의 저자 丁來東의 『中國短篇小說家 魯迅과 그의 作品』에 의하면 루쉰이 사망한 1936년까지 한국에 번역된 루쉰의 작품은 모두 4편이었다. 연대 순서로 밝히면 다음과 같다.
1927년 유기석이 번역한 「狂人日記」(수용사 부분 참조).
1928년 정래동이 번역하여 3월 27~4월 10일에 걸쳐 『中外日報』에 연재한 「愛人之死」(원작 이름은 「傷逝」).
1929년과 1930년 양건식이 번역한 「頭髮의 故事」와 「阿Q正傳」. 앞의 작품은 1929년 1월 개벽사에서 간행한 『中國短篇小說集』에 수록되었고, 뒤의 작품은 필명 "白華"로 1930년 1월 4~2월 16일에 걸쳐 『朝鮮日報』에 연재했다(기중 1월 6, 7, 11, 12, 13, 14, 18, 20, 21, 27, 29일과 2월 1, 2, 3, 5, 7, 10, 11, 12, 14일을 포함한 20일 동안은 게재하지 않았음).

4) 『李光洙全集』 8, 三中堂(1971), 256쪽(이하 출판사와 출판 연도는 생략함).

5) 『李光洙全集』 10, 491쪽.

「쓰려거든 ≪阿Q正傳≫처럼 쓰시오.」(중략)「나는 아큐우 같은 그
런 바보라오.」[6]

 이러한 내용은 춘원이 루쉰의 작품을 접촉했다는 사실을 확인해준다.
심지어 춘원이 루쉰의 대표작인 「阿Q正傳」에 어느 정도 공명을 가졌다는
판단도 가능케 한다. 때문에 그들 사이에 영향관계가 전혀 없었다고 판단
하기에는 경솔한 면이 없지 않다. 그렇다고 하여 상호 텍스트관계에 대한
자세한 검토를 결여한 채 영향관계가 성립된다는 결론을 도출하기는 또
너무 성급하다. 현 시점에서 이는 단지 '가능성'의 문제로 남는다. 이 '가
능성'에 대한 확인은 보다 섬세하고, 정치한 작업을 필요 한다.[7] 그러니
까 위의 내용을 춘원과 루쉰 사이에 전면적인 영향관계를 상정하는 근거
로 삼는다는 것은 상당히 미흡하다.

 한편 이러한 영향성 관계를 떠나서 춘원과 루쉰의 전기적 사실, 문학적
배경, 문학적 실천 등에는 여러 유사성이 발견된다.[8] 그 가운데 본고가
일차적으로 주목코자 하는 것은 문학의 전기적, 시대적 배경의 유사성이
다. 또한 이러한 유사성이 그들의 문학 실천에 반영되고 있다는 점도 주
목된다. 즉, 춘원과 루쉰 문학의 근대 지향적 성격과 민족주의적 성격은
그들의 실제 체험, 그리고 당시 두 나라의 시대배경과 밀접한 연관을 맺
고 있다는 것이다. 연구사에서 검토되는 춘원과 루쉰에 관한 비교문학적
작업은 일단 그들의 유사성에 입각한 비교문학적 연구의 가능성에 대한
입증이 된다. 두 작가 사이의 유사한 전기적 사실과 두 나라의 근대 초기
의 유사한 역사적 상황, 그리고 이로부터 기인되고 있는 문학 실천의 유

---

6) 金素雲, 「푸른하늘 銀河水」(1952), 『金素雲隨筆選集』 1, 亞成出版社(1978), 226쪽.
7) 본 연구는 춘원과 루쉰의 '유사성'에 주목한 비교 작업으로서, '영향성' 성립여부에
 대한 확인 작업은 일단 유보했다. 이러한 작업에 중국 근대문학 초기의 이론가 胡適
 이 제안했던 '대담한 가설과 조심한 타진(大膽的 假設, 小心的 求證)'이 진가를 발휘할
 것으로 기대된다.
8) 졸고, 「춘원과 노신 소설의 계몽적 성격」, 『仁荷語文硏究』 第5號(2000), 참조.

사성이 그 연구에 중요한 단서를 마련해주었던 것이다. 그러니까 그 연구 성과들은 논리적으로는 춘원과 루쉰의 비교문학적 연구의 가능성에 대한 타진을 결여하고 있지만 실천적 작업으로는 그 가능성의 성립을 확인해 준 셈이다.

그렇다면 춘원과 루쉰의 비교문학적 연구에서 춘원에 대한 폄하는 불가피한 것인가?

춘원은 한국 근대문학사에서 그 누구에게 견주어도 버금에 가지 않는 존재인 동시에 또한 문제의 존재임에 틀림없다. 이로 말미암아 춘원은 그 어느 작가보다 더 연구자들의 주목을 받게 되는 행운을 지니는 한편 또한 그만큼 공격의 과녁이 되기도 했다. 이에 따른 연구 업적들의 대부분이 객관적이고 진지한 태도로 춘원의 이모저모를 밝히는 데에 기여를 했던 것은 사실이다. 그러나 그 방대한 양의 연구들이 모두 진지한 학문적 태도를 잘 반영했다고 보기 어려운 일면도 없지 않았다. 더구나 동전의 양면을 이루는 춘원의 공적과 과오에 대한 고찰과 분석에서 선입견에 치우치는 연구들도 간간이 보이고 있는 실정이다. 구체적으로 말하면, 춘원의 친일문제에 관한 것인데 그 행위와 문학에 대한 본격적이고 심층적인 학문적 분석과 연구 대신에 감정적인 질타로써 이성적인 연구를 대신하거나 심지어 인신공격적인 논조들조차 없지 않다. 이러한 연구가 그 진행 당시에는 시대적으로 어떤 당위성을 지녔다고 할지라도 정서적으로 춘원에 대한 선입견을 심어주는 데에 지대한 영향을 미쳤음은 결코 간과할 수 없다. 그리하여 춘원의 이미지는 훼손된 일면만 과대 강조된 바가 적지 않다.

한편 루쉰은 중국 근대문학의 대표적인 작가로서 한국에서의 수용과정을 살펴보면 첫 시작부터 거목으로 다가왔음이 확인된다. 물론 루쉰에게 춘원과 대조를 이루고 있는 면이 없지는 않으나, 그러한 부분은 당시 두 사람이 자라난 가정환경과 시대적 배경 및 당대 역사적 상황 등과의 상관

관계 속에서 비교 고찰되어야 할 바이지 단순하고 피상적인 현상으로만 속단할 문제가 아니다.

이러한 상황에서 본 연구는 춘원에 대한 연구에서 '그의 성격과 주어진 環境의 相乘作用'[9]을 간과하지 말아야 할 것이, 루쉰의 연구에서는 작가의 본토에서 20세기 80년대에 제기된 "루쉰에게로 돌아가자(回到魯迅那里去)"[10]는 주장에 귀를 기울일 필요가 있다고 생각한다.

춘원과 루쉰의 문학이 일차적으로 근대문학이고 이차적으로 민족문학이라는 점은 그 이해를 위한 중요한 열쇠가 된다. 근대문학이었기에 비로소 민족의 현실을 다룰 수 있는 새로운 경지를 개척할 수 있었다. 춘원의 문학은 한국의 근대 민족문학이고, 루쉰의 문학은 중국의 근대 민족문학이다. 이러한 시각으로 두 작가와 그들의 문학에 대한 비교연구를 시도할 때 '폄하'라는 단어가 적합할까? 또 부동한 배경과 시대적 요청, 그리고 작가 개인적 요소에 의해 이룩된 그들의 문학에 관한 비교연구에서 이러한 '폄하'라는 단어를 적용할 수 있을까? 두 작가가 처한 당대의 상황을 떠나 현재의 상대적으로 안일한 입장에서, 진지하고 책임성 있는 객관적인 안목을 결여한 태도야말로 루쉰에 비해 춘원을 폄하시키는 산실이다. 오직 그들이 처했던 시대적 상황으로 돌아가 그들의 모든 것을 정치(精緻)한 논리에 의해 재구성할 때만이 진정으로 그들에 대한 과학적인 개별연구와 비교연구가 행해질 수 있을 것이다.

그럼에도 불구하고 본 연구는 춘원과 루쉰의 여러 대조되는 부분들에 대해서는 지나치지 않고 함께 밝히기로 한다. 이는 보다 객관적인 연구작업을 위한 필요에 맞춘 것으로서 '실사구시'적으로 그들의 진실한 면모를

---

9) 金光鏞, 「李光洙研究序說」, 『李光洙研究』, 太學社(1983), 447쪽.
10) 이는 "中國現代文學 魯迅研究博士學位"를 수여 받은 王富仁이 『中國反封建思想革命的一面鏡子 -「吶喊」,「彷徨」縱論』이란 제목으로 된 박사학위 논문(1984)에서 처음 제기했다.

비교하는 작업의 일환이 되기 때문이다.

춘원과 루쉰의 일생은 그 자체로서 한국과 중국의 근대문학뿐만 아니라 나아가서 두 나라의 근대 초기를 이해하는 중요한 표본으로까지 간주된다. 그들의 전기적 사실에는 19세기 후반, '서세동점'이라는 세계사적 흐름 속에서 한국과 중국이 새로운 세계질서에로 편입하기 위해 겪었던 진통의 개인사적 표현이라는 성격이 보이고 있기 때문이다.

유사한 근대사 경험을 공유한 한·중 관계는 세기 전환의 격변을 거치면서 전통적인 조공체제(the tributary system)로부터 근대적 조약관계(the treaty system)로 전환되었다.11) 근대 들어 확립된 국가 사이의 이러한 관계 양식은 일단은 그 합리적인 요소 때문에 지금까지 국제사회에 널리 통용되고 있다. 이렇게 정립된 두 나라의 근대 관계는 하나의 획기적인 계기였던 바, 서로 다른 사회체제의 발전궤도에 들어설 수 있는 소지도 이로부터 마련된 것이다. 한국은 드디어 청나라의 속국이라는 오명을 벗고 독립적인 민족주체로서 세계무대에 등장하여 '대륙문화' 영향권으로부터 서서히 이탈했다.

이러한 정치적 상황은 문학영역에서도 여실히 반영되었는데, 전반적으로 보아 19세기말부터 두 나라의 문학은 점차 각자의 독립적인 체계를 형성하기 시작했다는 사실이 이 점을 웅변해주고 있다. 오래 동안 공유해 온 유사한 전통을 토대로, 외래의 근대적인 여러 문예사조와 경향들에 대한 나름대로의 비판적 접목에 의해 전연 새로운 근대적 의미의 문학이 태동하게 된 것이다. 한·중 두 나라의 이러한 문학적 변이의 궤적을 추적하여 그 양상 및 동질성과 이질성의 원인을 해명하는 것은 근대문학 비교연구의 몫이다. 이러한 연구 대상은 전반적으로 볼 때 '영향성 없는 유사성'으로서, 그 종국적 목적은 두 나라의 문학 연구에 하나의 참조적 체계

---

11) '朝貢體制'에 관한 논의는 사학계의 연구성과에서 따온 것이다. 관련 내용은 權赫秀의 『19世紀末 韓中 關係史 研究』(백산자료원, 2000), 서론 부분 참조.

를 확립하는 데에 두어야 할 것이다. 공유했던 전통과 거의 동일한 매개를 통해 수용된 외래 사조의 복합적 작용으로 이루어진 두 나라의 근대문학은 닮은 듯한 일면을 보이는가 하면 전연 새로운 독자적 모습을 드러내는 단계가 대부분이었다. 따라서 그 각자에 대한 연구는 서로에게 타산지석으로서의 참조적 의의가 있음을 부인할 수 없다. 본 연구는 두 나라 근대문학 초기의 대표적 작가 춘원과 루쉰에 관한 비교문학적 연구로서 그 목적과 의의를 이 점에 두고자 한다.

춘원과 루쉰의 문학은 한·중 근대문학의 출발점으로서 두 나라 근대문학의 '영향성 없는 유사성'의 전형적인 사례가 된다. 그들에게 나타나고 있는 동질성과 이질성을 해명하는 작업은 두 나라의 근대문학, 특히 그 초창기의 내재적 본질을 구명하는 데에 일정한 참조적 준거를 제공하게 될 것이다. 그 작업은 두 나라 근대문학의 개별연구에 새로운 단서를 제공할 수 있는 개연성을 내포하고 있기 때문이다. 한편 이 작업은 근대적 조약체제라는 새로운 국제질서에 들어서면서 두 나라의 문학이 '영향관계'로부터 '독립적 체계'로 이행한 문학사적 사실에 대한 확인작업에서도 일익을 담당할 것으로 기대된다.

2. 루쉰 수용과 비교 연구사 검토

춘원과 루쉰에게 나타나는 유사성은 일찍이 연구계에 의해 주목되었다. 이러한 유사성에 주목한 업적을 살피기 전에 본 연구는 먼저 한국의 루쉰 수용사를 일별 하고자 한다. 그것은 유사성에 대한 주목이 이러한 연구업적에 힘입었고, 그 선구적 작업에 의해 루쉰이 비로소 한국에 널리 알려지기 시작했다는 이유 때문이다. 한편 춘원에 관한 개별적 연구사는

본문에서 필요에 따라 언급할 것이므로 중복을 피하기 위해 이 자리에서
는 한국의 루쉰 수용사 및 춘원과의 유사성이 주목받게 된 과정만 함께
검토한다.

루쉰이 양건식(梁建植, 필명 梁白華, 1889~1944)에 의해 맨 처음으로 한국
지상에 소개되었다는 것은 학계에서 공인 받고 있는 사실이다.[12] 하지만
그 글은 제목만으로 보아도 루쉰을 한국에 체계적으로 소개하기 위한 전
문적인 글이 아님을 알 수 있거니와 후에 일본 靑木正兒의 글에 대한 번
역문임이 밝혀짐에 따라[13] 그 가치는 평가 절하될 수밖에 없었다.

이러한 이유에서 다시 살펴보면 한국에 처음 루쉰을 소개한 것은 유기
석(柳基石, 필명 柳絮, 靑園, 1905~1980)의 번역이 되는데, 바로 1927년 8월『東
光』제16호에 게재한 루쉰「狂人日記」의 한글 번역 전문이다.[14] 이를 필
두로 그 뒤를 이었던 것은 정래동의 루쉰에 관한 평론이었다.[15] 이 두 글
은 한국에서 루쉰에 관한 최초의 작품 번역과 평론이 된다. 이 시기에 전
술한 루쉰 작품의 번역 외에 또 몇 편의 글이 한국 지상에 나타났다. 그
시간 순서로 본다면 김태준(金台俊, 1905~1949), 신언준(申彦俊, 1904~1938),
이육사(李陸史, 1904~1944)의 글이다.[16]

---

12) 梁白華,「胡適氏를 中心으로 한 中國의文學革命 = 最近發行된「支那學」雜誌에서 =」,
『開闢』. 이 글은 1920년 11월호(통권 제5호), 12월호(통권 제6호) ; 1921년 1월호(통
권 제7호), 2월호(통권 제8호)에 분재(分載)되어 있다. 역자 자신이 창작이 아님을 명
시하지는 않았으나 그 부제에서 발췌한 것임이 확인될 터인데 퍽 후에야 비로소 역
서임이 밝혀졌다는 것이 의아스럽다.

13) 金時俊,「光復 以前 韓國에서의 魯迅文學과 魯迅」,『中國文學』第29輯(1998年 4月), 韓
國中國語文學會, 190쪽 ; 金世中,「일본의 魯迅硏究(1920~1941)」,『中國現代文學』第6
號(1992年), 中國現代文學學會, 212쪽 참조.

14) 靑園 譯,「狂人日記」,『東光』1927年 8月號(通卷 第16號), 220~226쪽. 역자 필명은
번역문 끝에 있고, 번역문 제목 아래는 "中國 魯迅"으로 명기되었으나 목차에는 저
자가 "周作人"으로 오기되어 있다.

15) 丁來東,「中國短篇小說家 魯迅과 그의 作品」,≪朝鮮日報≫ 文藝欄(1931年 1月 4日~
30日). 이 기간 중 6일, 12일, 14일, 21일, 26일을 제외한 22일 분에 연재되었다. 저
자의 자작 연보에 연재기간 중 북경에 체재한 것으로 보아 5일 간 연재되지 못한
이유는 원고가 미처 도착하지 못했을 것으로 추정된다.

이 후로 광복까지 루쉰에 관한 글이 나타나지 않아서 이 분야가 일시 저조한 현상을 보였는데, 그것은 당시 일제 총독부의 혹독한 검열제도가 원인인 듯하다.[17] 이렇게 주춤했던 한국의 루쉰 수용은 광복이후 다시 활 기를 회복하게 되었다. 광복이후 맨 처음 루쉰에게 관심을 보였던 사람은 김광주(金光洲, 1910~1973)이다. 그는 1946년에 이용규(李容珪)와 공동으로 루 쉰 작품집[18]을 번역, 출간했을 뿐만 아니라 1948년에는 『백민(白民)』에 「루쉰 과 그의 작품」[19]이란 글을 실었다. 이 무렵 루쉰에 관한 저술로는 그밖에 도 임병하(林炳夏)의 「革命作家 魯迅의 回想」, 김용섭(金龍燮)의 「魯迅論-온 양기의 文學」, 박노태(朴魯胎)의 「魯迅論」, 문선규(文璇奎)의 「談魯迅」[20] 등 이 있었다.

---

16) 天台山人, 「文學革命后의 中國文藝觀 △過去十四年△」, 『東亞日報』(1930년 11월 12~ 12월 8일). 연재기간 중 11월 15, 17, 19, 21, 22, 23, 24, 30, 31일과 12월 1일에는 게재하지 않았는데, 12월 27일부터 저자가 같은 지상에 『朝鮮小說史』를 연재하게 된 것과 연관이 있을 것 같다.
申彥俊, 「中國大文豪·魯迅訪問記」, 『新東亞』(1934년 4월, 第30號).
李陸史, 「魯迅追悼文」, 『朝鮮日報』(1936년 10월 23~29日). 연재 기간 중 10월 26, 28 일은 게재하지 않았음.
17) 1937년 일제가 반포한 금서(禁書)목록이 본고의 추정을 뒷받침한다. ≪신동아사≫에 서 1977년에 발행한 신년호 별책 『日帝禁書33卷』에 의하면 당시 반포했던 금서 가 운데 루쉰에 관한 것들은 다음과 같다.
『魯迅選集』, 上海 1937年.
『魯迅文集』, 1937年.
『魯迅遺著』, 1937年.
『現代小說集』(第一輯), 上海 1936(루쉰 단편소설 수록).
『魯迅最后遺書』, 上海 1936年.
『中國新文學叢刊書信』, 上海 1937年(루쉰 서신 수록).
『魯迅散文集』, 上海 1937年.
18) 金光洲, 李容珪 共譯, 『魯迅短篇小說集』 第1輯, 서울출판사(1946). 이 작품집에는 루쉰 의 단편소설 「幸福한 家庭」, 「故鄕」, 「孔乙己」, 「風波」, 「高老夫子」, 「端午節」, 「孤獨者」 가 수록되어 있는 외에도 루쉰의 「作者自序」란 표제로 "『吶喊』自序"의 일부를 수록 했으며, 뒤에는 역자가 작성한 「魯迅略傳」을 함께 실었다.
19) 「루쉰과 그의 작품」, 『白民』, 1948년 신년특집호.
20) 金時俊·徐敬浩 共編, 『韓國中國硏究論著目錄1945~1999』(歷史, 哲學, 語文學), 솔(2001), 471쪽.

광복의 서광 속에서 재기하던 한국의 루쉰 수용은 또 한차례의 좌절을 겪을 수밖에 없는 운명에 처했다. 남북 단독정부의 수립 및 그 뒤를 이은 6·25 전쟁이 그 한 원인으로 작용했던 것이다. 민족 생존이 위기를 겪었던 시기였다. 문인들의 월북 또는 납북으로 문단의 인적 자원이 막대한 파괴를 당했던 그때에 국문학 연구조차 '막다른 골목'에 이르렀을 정도이니 외국문학에 대한 관심은 위축 받을 수밖에 없었다. 게다가 6·25에 대한 중국정부의 입장과 세계 냉전구도의 형성으로 인한 반공(反共)정세도 이에 가세하였을 것으로 추정된다. 앞서 나열한 몇 편의 글은 모두 광복 직후의 것으로 그러한 역사적 시대에 접어들기 전의 성과물이다.

침체기에 처했던 루쉰 연구는 1960년대에야 비로소 그 개선의 기미가 태동했다. 그 출발신호는 작품의 번역도 평론도 아닌, 1961년 성균관대학교 김철수의 석사학위 논문이었다.[21] 이 논문은 한국 루쉰 연구사에서 하나의 획기적인 결실이었다. 한 편의 학위논문 발표에는 저자의 노력뿐만 아니라 그 분야에서 조예가 깊은 몇 사람, 다시 말하자면 지도교수의 심혈도 함께 깃들어 있다. 이러한 의미에서 본다면 이 학위논문은 일단 그 출현 자체로서 루쉰 연구사의 한 기념비로 평가될 것이다. 전문적 지식을 갖춘 연구진의 확보는 그 연구가 새로운 단계에 진입하기 위한 인적 토대가 되기 때문이다. 중국문학 연구의 선구자였던 차주환(車柱環)과 하정옥(河正玉)의 글 역시 1960년대 루쉰 연구에 기여한 업적이었다.[22]

이러한 연구성과를 토대로 1970년대에 들어서면서 루쉰 연구는 점차 활기를 띠기 시작했다. 이 시기 학위 논문은 비록 한 편[23]밖에 없었으나 전 시기보다 그 분위기는 더 활발한 것으로 나타났다. 그 표징으로 앞의

---

21) 金哲洙, 『魯迅硏究』, 成均館大學校 석사학위논문(1961).
22) 車柱環, 「民族, 反抗, 絶望-魯迅의 경우」, 『文學春秋』, 1965.
　　河正玉, 「魯迅文學의 背景」, 『空土論文集』, 1966, 1.
23) 李玲子, 『魯迅小說硏究-그의 作品에 나타난 民衆像』, 서울대학교 석사학위논문(1970).

논문 외에 4편의 작품번역과 주해(註解),24) 9편의 논문을25) 들 수 있다.

학위논문의 대거 출현을 표징으로 하는 1980년대는 한국 루쉰 연구사
에서 하나의 획기적인 시기이다. 1980년부터 15편의 루쉰 연구 관련 석사
학위 논문이 출현했는데26) 루쉰의 여러 면을 다 각도로 조명했다는 점이
주목된다. 그 제목으로부터 보더라도 루쉰의 소설에 관한 연구가 있는가
하면 잡문에 대한 연구도 있고, 문학사상에 대한 연구가 있는가 하면 창
작 기법에 관한 연구도 있으며, 작가 전기적 연구가 있는가 하면 작품 속

24) 成元慶(譯註), 『阿Q正傳』, 삼중당(1975).
　　河正玉(注), 『阿Q正傳』, 新雅社(1976).
　　李家源(譯), 『阿Q正傳, 狂人日記』, 東西文化社(1978).
　　許世旭(譯), 『阿Q正傳』, 汎友社(1978).
25) 韓武熙, 「魯迅의 文學과 思想」, 『成均』 24 (成均館大), 1970, 180~190쪽.
　　車柱環, 「魯迅에서 中共執權까지」, 『다리』(1971).
　　金永哲, 「阿Q正傳小考」, 『文理大學報』 18 (서울大), 1972.
　　張基槿, 「魯迅과 그의 小說」, 『世界文學全集』 13 (大洋書籍), 1974.
　　李漢祚, 「'藥'에 對하여」, 『中國學報』 16, 1975, 71~80쪽.
　　全寅初, 「阿Q正傳硏學(1)」, 『人文科學』 36 (延世大), 1976.
　　尹芳烈, 「魯迅論」, 『論文集』 6 (서울女大), 1977.
　　許　璧, 「魯迅硏究」, 『中國問題』(漢陽大中國問題研究所), 1977.
　　全寅初, 「阿Q正傳硏學(2)」, 『人文科學』 38 (延世大), 1978.
26) 胡啓建, 『韓中兩國의 近代初期文學 比較研究』, 서울大學校 碩士學位論文(1980).
　　金明瓌, 『魯迅小說研究』, 高麗大學校 碩士學位論文(1980).
　　朴佶長, 『魯迅'吶喊'研究』, 韓國外國語大學校 碩士學位論文(1981).
　　金河林, 『魯迅小說의 主題思想 變貌過程 研究』, 高麗大學校 碩士學位論文(1982).
　　박민웅, 『魯迅小說의 人物研究―吶喊과 彷徨의 民衆과 知識人을 中心으로』, 延世大學
　　校 碩士學位論文(1983).
　　韓秉坤, 『阿Q正傳研究―性格創造를 中心으로』, 全南大學校 碩士學位論文(1983).
　　白元淡, 『魯迅雜感文研究―작가적 세계관과 예술적 형상화의 문제』, 延世大學校 碩士
　　學位論文(1984).
　　劉春花, 『魯迅有關婦女作品研究』, 成均館大學校 碩士學位論文(1984).
　　文晟郁, 『魯迅文學의 背景, 作家意識의 形成過程』, 高麗大學校 碩士學位論文(1985).
　　尹榮根, 『魯迅初期小說에 나타난 人物研究』, 檀國大學校 碩士學位論文(1985).
　　許庚寅, 『魯迅小說의 文藝性研究』, 延世大學校 碩士學位論文(1986).
　　張惠瓊, 『魯迅 '雜文'의 藝術性 研究』, 檀國大學校 碩士學位論文(1988).
　　曺容兒, 『魯迅小說의 技法 研究』, 明知大學校 碩士學位論文(1988).
　　李泳東, 『魯迅 作品에 나타난 思想 研究』, 明知大學校 碩士學位論文(1989)
　　鄭東寬, 『前期 魯迅 雜文속에 나타난 휴머니즘 研究』, 嶺南大學校 碩士學位論文(1989).

의 인물형상 연구도 있었다. 아울러 그것들이 모두 석사학위 논문임에 루
쉰에 대한 체계적이고 포괄적인 연구가 아니고 어느 특정한 부분에 초점
이 맞추어 졌음이 확인된다. 이외에도 루쉰 연구에 관한 글들이 발표되었
으나 여기서 일일이 나열하지 않고 다만 루쉰 소설 전작의 한글 번역본이
출간된 것만은 꼭 짚고 넘긴다.[27] 작품의 완역은 루쉰 문학에 더 많은 독
자들을 확보하는 데에 결정적인 기여를 하였을 것으로 판단되기 때문이
다. 이 시기 루쉰의 구석구석을 조명한 석사학위 논문, 그리고 수십 편에
달했던 관련 논문 및 루쉰 소설 전작 번역본의 출간은 1990년대의 루쉰
연구를 위해 튼튼한 기틀을 마련했다.

　박사학위 논문의 제출 및 국외의 연구성과의 수용 그리고 중국과의 직
접적인 교류활동의 활성화 등을 표징으로 했던 1990년대는 한국 내 루쉰
연구의 한 절정기이었다.

　앞의 연구성과에 토대한 이 시기의 연구물 가운데 주목되는 것은 박사
학위 논문의 대거 출현이다.[28] 또한 이 논문의 필자들은 학위취득을 전후
하여 중국 내 학계와 적극적인 연계를 가진 것으로 보이는 바, 중국 내
전문 연구지에 논문을 발표했는가 하면 또 중국 내 루쉰 전문 연구자들의
논문이 한국 내 전문지에 게재되기도 했다.[29] 루쉰 연구 분야에서 취득했

---

27) 金時俊(譯), 「魯迅小說全集」(中國現代文學全集), 中央日報社, 1989.
28) 물론 석사학위 논문도 있었지만 이 자리에서는 박사학위 논문만 들어보기로 한다.
　　金龍雲, 『魯迅創作意識研究 – ‘吶喊’, ‘彷徨’, ‘故事新編’을 中心으로』, 成均館大 博士學
　　位論文(1990).
　　金河林, 『魯迅 문학사상의 형성과 전변 연구』, 高麗大學校 博士學位論文(1993).
　　劉世鐘, 『魯迅 ‘野草’의 象徵體系 研究』, 韓國外國語大學校 博士學位論文(1993).
　　嚴英旭, 『魯迅文學의 現實主義研究』, 全南大學校 博士學位論文(1993).
　　韓秉坤, 『魯迅雜文研究』, 全南大學校 博士學位論文(1995).
　　朴佶長, 『魯迅과 ‘左翼作家聯盟’ 關係 研究』, 韓國外國語大學校 博士學位論文(1999).
　　韓元碩, 『阿Q典型研究』, 檀國大學校 博士學位論文(2000).
29) 이 시기에 한국 내 연구자들이 중국의 루쉰 연구 전문지에 실은 글은 아래와 같다
　　(발표 시간 순서로 배열).
　　金河林, 「魯迅研究在南朝鮮」, 『魯迅研究年刊』(宋慶齡基金會, 西北大學合編), 中國和平出

던 이러한 성취는 전문 연구자들의 고심한 노력의 결과이기도 하겠지만 1992년 한·중 수교이래 날로 개선되는 두 나라의 자유로운 교류 환경 역시 중요한 요소로 작용했을 것이다.

이렇듯 한국의 루쉰 연구는 역사적 원인으로 결코 순탄하다고 할 수 없는 여정을 걸어왔다. 이제 한국 내 루쉰 연구는 더 한 단계 향상할 모든 여건이 갖추어져서, 다시 말하자면 편리한 인적·물적 조건이 전례 없이 완비되어 있어 새로운 성과를 기대하여도 좋을 시기에 이르렀다.

본 연구에서 루쉰 수용사를 검토하는 것은 그 연구성과들에 의하여 한국에 수용된 루쉰이 어떻게 한국문학과 연관을 짓게 되었는가를 살피기 위함이다. 루쉰이 한국에서 비교문학적 시각의 주목을 받기 시작했던 것은 1970년대였다. 이 시기에 한국의 루쉰 연구가 활기를 띠기 시작하였음은 앞에서 지적했다. 그 표징으로 차상원과 김윤식의 글을 들 수 있다.[30]

차상원은 처음으로 춘원과 루쉰을 비교 대상으로 상정했다. 하지만 그

版社(1990).

嚴英旭, 「韓國的魯迅硏究動向」, 『魯迅硏究月刊』, 1994年 第1期.

嚴英旭, 「魯迅文學的創作手法」, 『魯迅硏究月刊』, 1994年 第12期.

金泰萬, 「魯迅諷刺理論硏究」, 『魯迅硏究月刊』, 1997年 第8期.

다음, 이 시기에 한국중국현대문학학회 기관지 『中國現代文學』은 1991년 제6호를 "紀念魯迅誕辰110周年特輯"으로 꾸몄고, 1993년 제8호는 "魯迅文學與思想硏究特輯"으로 발간함으로써 한국 내에서 본격적인 루쉰 연구의 출발을 알리는 역할을 했다. 거기에 게재된 중국 전문 학자들의 논문과 한국내 번역된 저서 단행본들은 아래와 같다(발표 시간 순서로 배열).

王士菁(申永復, 劉世鐘 譯), 『魯迅傳-魯迅의 生涯와 思想』, 1992.

王富仁, 「'狂人日記'細讀」, 『中國現代文學』 第6號(1992).

林 非, 「魯迅硏究的展望」, 『中國現代文學』 第8號(1994).

嚴家炎, 「論'故事新編'與魯迅創作思想的演變」, 『中國現代文學』 第8號(1994).

王富仁, 「中國魯迅硏究的歷史與現狀」, 『中國現代文學』 第8號(1994).

錢理群, 「作爲思想家的魯迅」, 『中國現代文學』 第8號(1994).

錢理群, 「'想'與'說'('寫')的困惑-魯迅關於知識者的思考」(演講稿), 『理論與實踐』(1994).

王富仁(金賢貞 譯), 『중국의 노신연구』, 세종출판사(1997).

30) 車相轅, 「韓·中 新文學運動의 比較硏究」, 『中國學報』 第5輯(1974).

金允植, 「近代文學에 있어서의 韓·日·中 三國의 關係檢討와 그 問題點」, 『韓國文學의 論理』, 一志社(1974).

는 거의 작가의 전기부분에 대한 평면적인 비교에 그치고 있을 뿐만 아니라 그들이 일본에서 공부했다는 근거로 한·중 근대문학의 발원지가 일본이라는 문제의 관점을 제출하기도 했다. 단, 최초로 춘원과 루쉰을 비교대상으로 삼았다는 데 그 의의를 찾아볼 수 있다.

김윤식의 글은 한국 근대문학의 특질을 밝히는 작업의 일환으로써, 춘원과 루쉰이 한·중 근대문학의 대표적인 작가라는 점에 주목하여 그 비교연구의 의의를 천명한 것이다. 때문에 단지 시사적인 데에 그칠 뿐이지 실질적인 비교 작업을 실천한 것은 아니었다.

그 다음에 나타난 것은 호계건의 석사학위논문이었다.[31] 이 논문은 춘원과 루쉰에 대한 전문적인 비교연구를 시도한 것은 아니고, 단지 그들을 한·중 근대문학의 한 현상으로 간주하는 데 그쳤다. 그 한계성으로 인하여 그들의 민족의식과 계몽의식이라는 동질성과 그 전개양상에 보였던 이질성을 결론 식으로 정리했을 뿐이다. 그리하여 표면적으로 드러난 특징의 비교에 그치고 말았는데, 루쉰의 연구가 활발히 전개되었던 당시의 상황으로 보아 유감이 되지 않을 수 없다.

위의 연구업적을 토대로 유려아는 춘원과 루쉰에 대한 비교작업을 시도했다.[32] 그는 그들의 전기적 부분과 언문일치운동을 비롯한 계몽운동의 일환으로 문학을 택했다는 유사성에 주목했다. 그리하여 그들 문학의 공통 테마가 생성된 원인을 시대적 배경에서 찾고, 그것이 작품에서 각기 다른 방식으로 서술된 것은 두 사람의 시대의식과 문학관의 차이라고 못 박았다. 부제에서 '初期作品을 中心'이라고 밝힌 이 논문은 전기 부분과 초기 몇 편의 작품을 중심으로 기술되어 춘원과 루쉰에 대한 나름대로의 이해를 보이고 있지만, 전기부분의 연도 표기와 작품 읽기에서 빗나간 부분도 없지 않았다. 더구나 이 논문 역시 본고가 앞서 제기한 춘원과 루쉰

---

31) 胡啓建, 『韓中兩國의 近代初期文學 比較硏究』, 서울大學校 碩士學位論文(1980).
32) 劉麗雅, 『魯迅과 春園의 比較 硏究』, 서울대학교 석사학위논문(1984).

연구의 가능성과 그 연구방법에 대한 검토가 결여되었다. 그리하여 그 거둔 성취에도 불구하고 여러 모로 미흡한 점을 남겼다.

이외 춘원과 루쉰에 대한 직접적인 비교연구로 졸고 석사학위논문을 들 수 있다.[33] 이 논문은 춘원과 루쉰에 대한 전기적 사실 등 기초적 자료에 대한 고찰을 토대로 삼아서 그들 문학 특징의 한 측면 즉, 계몽적 성격을 조명하려고 했다. 이 논문은 본 연구를 위한 준비단계로서 연구방법과 테크닉에 관한 모색이었다고 할 수 있다. 그 전반적 취지는 춘원과 루쉰의 비교연구에서 그들의 문학 세계 자체에 주안점을 두는 내재적 접근방법의 적용을 시도하는 데에 있었다. 기대하던 목표를 이루지 못한 아쉬움도 없지 않았으나 본 연구에 많은 참조적 준거를 제공할 수 있다는 점을 다행으로 여기며, 본 연구에서는 그 미흡한 점들을 가능한 보완하고자 한다.

이상의 검토에서 본 연구는 춘원과 루쉰에 관한 비교연구의 가능성에 대해 타진해 보았다. 그 결과로 춘원과 루쉰의 비교문학적 연구의 가능성 및 그 실천에서 지켜야 할 중요한 원칙이 확인되었다.

3. 연구방법과 연구범위

춘원과 루쉰 사이에 영향관계 성립여부의 문제가 아직 분명히 확인되지 않고 있다는 사실은 앞서 살펴본 바이다. 반드시 기대감을 갖는다는 것은 아니지만 그 새로운 돌파구가 발견될 가능성은 매우 희박하게 보인다.[34] 본 연구의 연구방법과 연구범위는 바로 이러한 사실에 의해 결정되

---

33) 졸고, 『춘원과 노신의 계몽적 성격에 관한 대비적 고찰』, 인하대학교 석사학위논문 (2000).

었다.

춘원과 루쉰의 영향관계에 대한 사실이 확인되지 않았다는 이유 때문에 프랑스 학파의 영향성을 전제하는 연구방법은 본 연구에서 기본 연구방법으로 적용되기 어렵다. 하지만 앞서 지적한 바와 같이 춘원과 루쉰은 그 생애의 전기적 사실, 사회적 배경 및 문학의 동기와 실천 등 여러 면에서 유사성을 지니고 있다. 뿐만 아니라 그들의 문학실천의 주요 장르가 소설이라는 점 또한 본 연구에 주목되는 유사성의 일면이 된다. 춘원과 루쉰의 전반적인 비교연구를 목적으로 하는 본 연구는 비교문학의 이론으로부터 일정한 도움을 받고자 한다.

방 티겜(Par P. Van Tieghem)은 1938년『비교문학 La Littérature comparée』에서 발신자와 수신자를 상정하여 양면적인 관계, 즉 두 요소간의 관계만을 연구하는 전통적인 비교문학의 한계를 지적하고, 세계적인 특색을 띠는 테마, 형태, 전승 등을 포괄하는 주제(subject)에 대한 비교 연구적 작업을 주장했다. 그는 여러 문학에서 일반적인 사실이 나타나거나, 상호 부속물이건, 부합되는 것이건 고려될 수 있는 사실들을 표현하는 연구 서열을 <문학의 일반 역사 histoir générale de la littérature> 혹은 간단하게 <일반문학 littérature générale>이라고 했다.[35] 그리하여 그는 여러 문학 속에 나타나는 동일한 사실들을 총체적으로 연구하는 자세로써 국문학사 완성수단으로서의 비교문학이 아닌, 세계문학사의 한 구성부분으로서 비교문학사와 일반문학사라는 학문을 아울러 진행할 것을 주장했다. 그래야만 비교할 만한 문명국가들의 예술과 사고의 연속적이며 공통적인 면을 재인식하고, 비슷한 원전에 세밀하게 접근하여 연구함으로써 그것들을 더

---

34) 춘원은 납북이후에 작품활동 할 겨를도 없이 타계한 것으로 되어있다. 따라서 한설야의 경우처럼, 북에서 루쉰과의 상관관계에 대해 언급했을 가능성도 현 시점에서는 배제할 수밖에 없다. 단지 앞서 살폈던 '영향의 가능성'에 대한 타진이 금후의 연구과제로 남게 된다.
35) P. 방티겜(김종원 옮김),『비교문학』, 예림기획(1999), 177쪽.

욱 분명하게 할 수 있다는 것이었다.

방 티겜은 두 관계에 국한되어 있는 프랑스학파 비교문학의 불완전함을 치유하는 방책으로 일반문학의 관점을 제시했다. 이보다 더 강도 높이 프랑스 비교문학의 실증주의를 비판하면서 일반문학적 연구방법을 하나의 독립적 연구체계로 확립했던 사람은 미국의 르네 웰렉(René Wellek)이다. 그는 1949년 오스틴 워렌(Austin Warren)과 공저한『文學의 理論(Theory of Literature)』에서 서구문학의 통일체적 의미를 강조하는 한편 동방 영향도 고려해야 하며 '전 유럽과 러시아와 미국 및 남미의 문학을 포함한 긴밀한 통일성'을 인식할 것을 주장했다. 그리하여 '한 총체로서 문학을 생각'함으로써 '언어상의 구별을 무시하고 문학의 성장과 발달의 발자취를 더듬어서' '종합된 것으로서의 문학사, 초 국민적(超國民的) 규모에 선 문학사'를 기술할 것을 제안했다.36)

방 티겜에서 비롯되어 르네 웰렉으로 이어지는 일반문학의 주장은 본 연구의 기본적인 이론 토대로 된다. 그렇다고 하여 본 연구에서 실증주의에 입각한 프랑스 학파의 비교연구 방법을 전연 배제한 것은 아니다. 춘원과 루쉰 사이에 발신자와 수신자의 관계가 성립되지 않을지라도 그들이 각각 근대 초기의 일본을 공통의 매개체로 삼아 외국문학을 접촉했던 것은 분명한 역사적 사실이다. 이에 관해서 본 연구는 그들의 유사성의 근원이 되는 발신자를 추적할 필요가 있다는 입장을 취한다. 사실상 방 티겜이 일반문학을 주장했던 것도 기존의 발신자와 수신자를 상정하는 기존의 비교문학과 대립시키려는 것이 아니었고, 르네 웰렉 역시 마찬가지였다. 전자는 '국문학에 필요한 보충 자료와 당연한 연장작업으로서 일반문학을 참고하려'37)했을 따름이었고, 후자 또한 '중심 문제로서 인식되

---

36) 르네 웰렉·오스틴 워렌 共著/(金秉喆 譯),『文學의 理論』(을유문화사), 본 단락에서 출처를 밝히지 않은 인용은 이 책의 73~74쪽 참조.
37) 방티겜, 앞의 책, 179쪽.

어야 할 것은 바로 국민성의 문제이며, 그리고 이 일반문학의 성립 과정
에 각 민족이 바칠 독자적인 공헌'38)의 문제를 간과하지 말 것을 강조했
다. 따라서 본 연구에서는 비교문학의 두 근간을 이루는 '영향성 없는 유
사성'에 주목한 일반문학과 '영향성을 전제하는' 프랑스학파의 비교연구
방법을 함께 적용하되, 전자를 기본적인 것으로 하고 후자는 보조적 수단
으로 삼았다.

　비교문학의 연구에서는 "흔히 다양한 연구 방법의 상호 침투 현상이
보인다."39) 이는 본 연구에서도 마찬가지인 바, 비교문학적 방법 외에 기
타의 연구방법도 절실한 필요성을 지닌다. 문학에 대한 내재적 접근은 작
품에 대한 분석을 토대로 하는 바 여러 연구방법의 동원이 불가피하게 된
다. 가령 전기적 연구방법과 문예사회학적 연구방법 등은 본 연구에서 중
요한 일익을 담당할 것이다.

　본 연구는 춘원과 루쉰 전모에 대한 비교문학적 연구를 목적으로 한다.
하지만 유사성에 입각하여 본다면 그들의 문학 작품 전반이 연구의 대상
이 되기 어렵다. 이는 마치 한 작가의 전기적 연구에서 작품과 연관이 없
는 전기적 사실이 무가치 한 것으로 전락되는 것과 같은 이치이다. 가령
춘원의 작품은 장편소설이 위주이고 루쉰의 작품은 단편소설이 위주이며,
춘원에게 청춘남녀의 사랑을 다룬 작품이 적지 않지만 루쉰은 그러한 부
류의 작품이 전혀 없다는 등등 구체적 현상을 살필 때에 이 점은 더욱 분
명해진다. 더구나 역사를 소재로 한 작품은 편폭의 현저한 차이 즉, 춘원
의 장편소설로 된 것과 루쉰의 단편, 심지어 소품 형식을 취하였다는 점
은 그 비교연구에 일정한 준거를 마련하는 데에 실제적 난점으로 떠오른
다. 또한 춘원의 역사소설에는 역사인식의 오류나 후기의 '친일'에 대한
자아 변명의 색채가 지나치게 노출되는 부분도 간간이 보인다. 따라서 역

---

38) 르네 웰렉·오스틴 워렌 공저, 앞의 책, 77쪽.
39) 방 티겜, 앞의 책, 69쪽.

사소설 역시 루쉰 타계 후 즉, 1936년 후의 창작범주에 속하는 춘원의 친일문학과 함께 직접 비교연구 범위에서 제외된다.

유사성 원칙에서 본다면 전반적으로는 근대 지향의식의 문학, 민족주의 사상의 형상화 등 부분이 주목된다. 더 세부적으로 나누어 본다면 근대의식과 민족개조 사상을 주제로 한 계몽의 문학, 농촌 또는 농민 소재의 문학, 지식인 소재의 문학 등 부류의 작품만이 직접적인 연구대상이 된다. 한편 연구범위에서 제외된 작품일지라도 본 연구에서 전연 간과되지 않고 비교작업의 보조 자료로 활용될 것이다.

제 2 장

비교연구를 위한 예비고찰

1. 문학적 전기로서의 배경

1) 가정의 몰락과 '개인'의 발견

춘원과 루쉰에게 있어서 인생의 첫 전환점은 모두 가정 파탄에서 비롯되었다. 춘원이 콜레라 때문에 양친을 잃고 고아가 된 것은 열 한 살 때의 일이었고, 루쉰이 조부의 투옥사건 때문에 기울어지는 가세를 체험하기 시작했던 것은 열 세살 나던 해였다. 하지만 그들의 가정이 쇠운을 보였던 것은 그 보다 훨씬 전이었다. 춘원은 자신이 가정의 쇠운에 태어났음을 거듭 언급했거니와[1] 루쉰의 가정도 역시 유사한 경우를 겪었다.[2] 그들의 가정은 부친 세대에 이미 모두 몰락의 위기에 처했던 것이다.

아직 소년이었던 춘원과 루쉰은 가정 내 뜻밖의 불행한 사건을 계기로 너무 이르게 가장의 위치에 섰다. 장자이었기에 부친이 담당해야 할 여러

---

1) 「나」, 「그의 自敍傳」, 『李光洙全集』 6, 438쪽과 299쪽 참조.
2) 상해 루쉰기념관에 소장된 루쉰 부친 周伯宜가 光緖 13년(1887년, 루쉰 6세 때)에 쓴 빚 문서에는 "今將己戶拱字印契一紙, 內載座落卅畝頭田伍畝正. 挽慰農家兄向高姓押借英洋貳百元正. 面議八對月, 借洋還洋, 利計每月一分二厘起息, 按月支送. 恐后無憑, 立此爲據."라고 적혀있는데, 당시 루쉰의 가문이 몰락의 위기에 처했던 상황을 보여주고 있다.

가지 일들은 이때부터 그들의 몫이 되었다. 거기에는 생계에 따른 경제적 문제 또는 가족 내에서 가정의 지위문제도 걸려 있었다. 사실상 그들은 소년 가장의 역할을 떠맡게 된 것이다.

춘원은 「인생의 향기」에서 아버지와 어머니의 시체를 초라한 거적에 싸서 묻게 된 것, 사람들이 그 면례를 비웃던 일을 아주 충격적으로 받아들인 것으로 기록했다. 그리고 어린 누이동생을 잘 키워서 좋은 데로 시집을 보내겠다는 등의 굳은 다짐도 했다.[3] 자서전 성격의 다른 한 글 「나」에서는 병상에서 시달리던 조부를 봉양하겠다는 일념을 밝히고 있으며, 딸을 며느리로 달라는 아버지에게 수모를 주었던 아버지의 친구에 대해서는 "네가 나를 사위로 아니 삼은 것을 후회할 날이 있으리라."[4]는 복수심을 품기도 했다. 더구나 「그의 자서전」에 나오는 자기의 누이동생이 다른 집 아이보다 못 생겼다는 말에 그 애를 죽이려고까지 했다는 일화 또한 그저 넘길 수 없는 부분이다. 이러한 사실은 가정에 대한 춘원의 남다른 애정과 장자로서의 책임성을 보여주고 있다. 평소 아버지가 5대 장손으로서 종가집의 제사를 지내는 장면을 보아오지 않았더라면 이러한 가장다운 생각을 하기 어려웠을 것으로 짐작된다. 춘원의 조숙한 성인의식을 인정하지 않을 수 없다. 가장의 책임을 다 하기 위해서 그는 자신의 고아신분을 극복해야만 했다. 신분상승을 통하여 '귀한 사람'이 되는 것이 그 유일한 길이었음을 춘원은 그때 이미 뼈저리게 느꼈다고 할 수 있다. 그러니까 가정 불운의 체험은 그에게 나름대로의 뜻을 키우는 단초가 되기도 했다.

몰락한 가정에 대한 장자의 책임으로부터 출발한 춘원의 소년생활에는 책임을 져야 할 구체적 대상이 있었다. 부모의 면례를 잘 지내고 좋은 돌로 커다란 비석을 세우려는 것은[5] 뒤의 일이었다 할지라도 앞서 살폈던

---

3) 「人生의 香氣」, 『李光洙全集』 8, 238쪽.
4) 「나」, 『李光洙全集』 6, 472쪽.

누이동생과 조부의 부양은 바로 눈앞에 닥친 절실한 문제였다. 이를 위해 춘원은 나무도 하고 담배 장사도 했다. 물론 초기에는 조부가 건재했고, 서러움이 있었지만 친척들에게 어느 정도 기댈 수 있어서 생계 전체를 춘원이 부담한 것은 아니었다. 말하자면 춘원 자신의 기록보다 어느 정도 여유가 있었을 것으로 판단된다. 하지만 춘원은 마치 자신이 조부나 누이동생의 생계를 전담했던 것으로 착각했다. 소년 시절부터 가장의 책임을 의식하고 살았던 춘원이었기에 조부와 누이동생에 대한 부담이 없어졌을 때 누구를 위해야겠다는 '책임성'은 이미 그에게 체질화되었다.

장자인 남아에게 있어서 부친은 어려우면서도 극복하고 초월해야 할 존재이다. 춘원이 보기에 조부나 부친은 '앎이 없는 인물', '힘이 없는 인물'[6]이었다. "조부나 아버지나 삼촌이나 다 세상에는 아무 짝에 쓸데없는 인물들이었다."[7]라고 했던 내면에는 부계에 대한 월등감이 전제되어 있었다. 때문에 그들은 또 '조상의 유업을 받아 가지고 놀고 먹고, 그리고 가난해져서 쩔쩔'매면서 '밥 굶을 날이 앞에 다닥드리는 것을 보면서도 어찌 할 줄 모르는'[8] 위인들이었다. 이러한 인식의 바탕이 있었기에 춘원은 그들이 "어찌 우리를 教導할 수 있으며, 혹 있다 한들 그런 父老의 教導를 받아 무엇에다 쓰리오?"[9]라는 주장을 세울 수 있었다. '자신을 아버지와 동일시하지 못하면서도 스스로 아버지의 힘을 지닌 자로 자인'[10]하는 프로이드의 오이디푸스 콤플렉스의 이론을 빌리지 않더라도 춘원의 '초자아' 형성의 근원을 충분히 확인할 수 있다.

못난 부친에 반하여 춘원은 어린 나이에 이미 동학(東學)에서 '상객' 대

5) 「人生의 香氣」, 『李光洙全集』 8, 238쪽.
6) 「今日 我韓 靑年의 境遇」, 『李光洙全集』 1, 528쪽.
7) 「그의 자서전」, 『李光洙全集』 6, 307쪽.
8) 위의 글, 같은 쪽.
9) 위의 글, 같은 쪽.
10) 막스 맬네트/(이규현 옮김), 『프로이트와 문학의 이해』, 문학과지성사(1997), 155쪽.

접과 '어른' 대우를 받았으며 어린 누이동생과 조부의 생계를 부담하고 있다는 나름대로의 자신감에 젖어 있었다. 가정의 몰락으로 인해 급속히 구체화되었던 장자의 '책임감', 부친에 대한 절대적인 우월감은 춘원에게 있어서 '개인'의 발견이었다. 근대적 '자아의식' 이전에 인간의 자존적 의미로서 주체적 '개인'의식은 이렇게 가정의 몰락으로부터 춘원에게 싹텄다. 근대적 '자아의식'을 고취하는 그의 초기 문학과 연관지을 때 이 점은 중요한 근원적 요소라고 판단된다.

　루쉰 역시 가정의 장자였다. 열 세살 때에 조부의 과거사건과 열 여섯 살 때에 아버지의 사망은 그로 하여금 얼떨결에 가장의 자리에 나서게 했다. 13살의 나이에 그는 가족 내의 재산 분쟁과 같은 현실적인 문제를 감당하게 되었다.[11] 루쉰은 이 일에 대해 아주 담담하게 "내가 13살이 되었을 때에 우리 집은 홀연 매우 큰 변을 당하여 거의 빈털털이가 되었다. 나는 한 친척집에 기거하였는데 걸식자로 불리기도 했다."[12]고 했지만 사실 그가 받은 충격은 만만치 않았다. 그의 동생 주작인(周作人)은 "(전략)본 가의 경멸과 모욕은 그의 반항심을 불러 일으켰는데 훗날 집을 떠나 외지에 공부하러 떠난 것도 이와 상당한 연관이 있었다."[13]라고 증언했다. 이 사건에서 파생된 여러 가지 일들은 루쉰으로 하여금 결국 '외딴 길을 걷고 외딴 곳에 가서 색 다른 사람과 사귀려는'[14] 삶을 시작하게 했다. 그 실체는 '소위 상류사회의 허위와 부패'[15]를 간파한 '반항자'적 출발이었다. 루

---

11) 루쉰의 조부가 투옥되고 아버지가 세상을 떠나게 되자 가족 내의 친척들이 모여 재산을 다시 나누어 가지고자 했다. 당시에 나이 어린 루쉰을 업신여긴 숙부들이 그를 문서에 서명을 하라고 강요했으나 루쉰은 완강히 거부하면서 조부의 허락을 거쳐야 한다고 주장했다. 이 부분은 周啓明, 「魯迅的靑年時代」, 『魯迅回憶錄』(專著部分 中冊), 北京出版社(1999)의 "남경으로 가다"를 참조할 것.
12) 「俄文譯本 ≪阿Q正傳≫ 序及著者自敍傳略」, 『魯迅全集』 7, 82~83쪽.
13) 周啓明, 「魯迅的靑年時代」, 『魯迅回憶錄』(專著部分 中冊), 北京出版社(1999), 793쪽.
14) 「自序」, 『魯迅全集』 1, 415쪽.
15) 「英譯本 ≪短篇小說選集≫ 自序」, 『魯迅全集』 7, 389쪽.

쉰은 정상적인 성장과정에서 세상의 여러 모습을 점차적으로 보게 된 것이 아니라 어린 나이에 갑작스럽게 '세상 사람들의 원 모습'[16]을 접하게 되었다. '언제나 표면에 드러나 있는 것을 믿으려 하지 않으며'[17] 오직 '암흑과 허무만이 실상'[18]이라고 파악하고 그 '암흑을 교란하는'[19] 일에 일생 동안 주력했던 것은 소년기의 이러한 체험에서 근원을 찾을 수 있다.

춘원이 가장의 책임, 부친에 대한 우월감 등에서 '개인'을 발견하였다면 루쉰은 그와는 다른 양상을 보인다. 뒤의 사회진출을 살필 때 좀더 선명하게 나타나겠지만 루쉰은 가정에 대한 책임뿐만 아니라 자신의 개인적 삶을 선택하는 면에서도 주체성을 보였다.

한편 춘원은 고아가 되기를 전후하여 한국의 고전문학 작품을 접했다. 의식적인 독서는 아니었지만 총기 좋았던 춘원에게 그것은 아주 소중한 문학의 씨앗이 되었던 것으로 짐작된다. 아래의 인용문은 좀 길지만 여러 글에 산재되었던 유사한 내용이 집중적으로 나타나고, 춘원 문학전통의 수양을 일별 할 수 있는 점이 주목되기에 관련되는 부분만 발췌해보기로 한다.

> 내 外祖母 되는 이가 去年에 이야기책을 좋아하셔서, 그러나 눈이 어두워서 남을 보면 이야기책을 읽어 달라는 習慣이 있었는데 아마 그것이 刺戟이 되었음이겠지요. 나도 五, 六歲에 한글을 깨쳐 外祖母께 이야기책을 보아 드리고 賞給으로 밥을 얻어 먹었습니다. (중략) ≪덜격전≫, ≪소대성전≫, ≪장풍운전≫ 이런 이야기 책들을 外祖母께 읽어 드린 것이 記憶됩니다. (중략) 三從 누님 한 분이 내게는 文學敎師였습니다. …… 그 影響으로 ≪월봉기≫, ≪창선감의록≫, ≪사씨남정기≫ 등을 비롯하여 隣近에서 구할 수 있는 이야기책을 많이 읽기도

---

16) 「自序」, 『魯迅全集』 1, 415쪽.
17) 「兩地書·一十」, 『魯迅全集』 11, 39쪽.
18) 「兩地書·四」, 『魯迅全集』 11, 20쪽.
19) 「兩地書·二四」, 『魯迅全集』 11, 79쪽.

하고 읽는 소리를 듣기도 하였는데 (중략). 이것이 이를테면, 내 幼年時
代의 文學的 敎養이겠지요. (중략) 그때에 내가 漢文으로 읽은 것은 無
題詩, 馬上小詩, 古文眞寶外에는 文學的인 것이 없었고 詩傳을 읽은 것
은 十一, 二歲 적이라고 생각됩니다. (중략) 그러나 이러한 노래들은 내
게는 文學的 刺戟을 줌이 심히 컸습니다. 그 뒤에 읽은 아무리 偉大하
다는 作品보다도 印象이 깊습니다. 옛날에는 朝鮮에 이러한 아름다운
詩들이 많이 傳하였으리라고 생각하는데 그것이 다 散失되어 버린 것
이 甚히 아깝습니다.[20]

감수성이 강한 소년기에 받은 영향은 오랜 동안, 심지어 한 인간의 일
생에 걸쳐 지속될 수 있다. 옛날의 아름다운 시들이 지금까지 전해지지
못하고 유실되었음을 그토록 안타깝게 생각했던 춘원이었기 때문에, 가장
다운 생각에서 그것을 부활시키려는 책임을 지겠다는 다짐을 하였을 것
도 있음직한 일이다. 후에 춘원은 과연 민요와 전설이 새로운 문학을 하
는 데 절대로 필요한 것임을 강조했다. 그는 그러한 정조와 사고 방법에
합치하지 않고는 조선민족에게 맞는 문학을 할 수 없다고 주장했다.[21]

춘원은 이렇게 어릴 적부터 전통적인 민족문학의 정수를 접하면서 나
름대로 문학에 대한 소견을 확립했다. 춘원에게 있어서 그것은 문학의 씨
앗과 작가가 되는 밑거름이었다. 그러니까 가정 몰락은 춘원에게 한국의
전통문학을 접촉할 수 있는 계기를 마련해주는 일면의 역할도 했다.

춘원이 유년시절 고아로 전전하면서 문학에 눈을 떴다면 루쉰의 상황
은 좀더 여유가 있었다. 루쉰은 "내가 맨 처음 공부했던 곳은 사숙(私塾)이
었고 읽었던 첫 번째 책은 ≪감략(鑒略)≫이었다."[22]라고 밝힌 바 있다. 루
쉰이 일곱 살 때에 처음 들어간 사숙은 본가에서 꾸린 것인데 계몽선생은

---

20) 「多難한 半生의 途程」, 『李光洙全集』 8, 445～446쪽.
21) 「民謠小考」, 『李光洙全集』 10, 394～396쪽 참조.
22) 「隨便翻翻」, 『魯迅全集』 6, 136쪽.

수재출신인 당숙 벌되는 사람이었다.[23] 연보에 의하면 후에 루쉰은 계몽선생 댁에서 삽화가 들어 있는 식물학에 관한 책들을 즐겨 읽었으며 어떤 책은 어른들을 졸라서라도 구해서 탐독했다고 한다. 이에 관해서 루쉰은 다음과 같이 기록했다.

우리 가족이 모여 사는 집에서 유독 그(玉田을 말함−필자 주)의 책이 많고도 특별했다. 제예와 시첩시[24]도 물론 그 중에 있었다. 나는 그의 서재에서 陸璣의 『毛詩草木鳥虫魚疏』를 발견했고, 또 여러 가지 생소한 이름의 책도 보았다. 그 중에서 내가 가장 즐겨 본 것은 『花鏡』인데 삽화가 많았다. 그는 나에게 그림으로 된 『山海經』이란 책도 있었다고 했는데 그 속에는 사람 얼굴을 한 짐승, 머리가 아홉 개 달린 뱀, 다리가 세 개인 새, 날개를 단 사람, 머리가 없고 두 젖꼭지를 눈으로 삼는 괴물 등이 그려져 있다고 했다.[25]

루쉰의 문학체험은 유년 시절 가정에서 마련한 조건으로부터 비롯되었던 점을 알 수 있다. 루쉰의 조부는 장손의 교육을 위해 북경에서 『詩韻釋音』, 『唐宋詩醇』 등 책을 부쳐보내기도 하고, 또 아들에게 편지를 써서 루쉰에게 먼저 쉽게 이해할 수 있는 백거이(白居易)의 시를 읽힌 다음 陸游의 시를 읽히라는 등 구체적인 교육방안을 당부하기도 했다. 주작인은 루쉰이 유년시절에 책 속의 삽화를 즐겨 묘사했던 것은 후에 그가 판화와 같은 예술활동에 심취하는 데 일정한 영향을 끼쳤으며, 소년 시기에 구입한 문학서적들과 조부의 사건으로 외가에 피난 갔을 때 읽었던 많은 소설은 후에 『中國小說史略』 등을 집필하는 데 상당한 도움이 되었다고 했다.[26]

---

23) 『魯迅年譜』(第一卷), 人民文學出版社(2000), 13쪽. 연보에 의하면 계몽선생의 이름은 玉田설과 花塍설이 있는데 모두 수재출신이고, 루쉰에게 당숙벌이 되었다고 한다.
24) 制藝, 試帖詩은 과거시험에 규정한 공식화 시문임.
25) 「阿長与≪山海經≫」, 『魯迅全集』 2, 246∼247쪽.
26) 周啓明, 앞의 책, 799쪽 참조.

한편 춘원이 조모에게 이야기책을 읽어주면서 상상력을 풍부히 했다고 한다면, 루쉰은 가정의 어멈으로부터 많은 이야기를 들으면서 자신의 상상력을 키웠다. 루쉰이 문언문(文言文)으로 쓴 첫 작품 「懷舊」는 바로 집에 심부름꾼으로 있던 어멈에게 들었던 이야기를 토대로 쓴 것이다.

요컨대, 가정의 몰락 때문에 춘원과 루쉰은 모두 어린 나이에 가정의 책임을 떠맡게 되었다. 춘원은 개인의 오기를 키운 동시에 자신의 책임을 과대 평가하는 습성 또한 함께 키우게 되는데 이는 그의 나르시시즘의 원초적 근원이 될 것이다. 조부와 누이동생에 대한 부양을 홀로 부담했던 것이 아니었지만 춘원은 마치 자신이 그 책임을 전담했던 것으로 착각했다. 이러한 '책임감'은 점차 춘원에게 체질화된 것으로 보이는데 후에 문단이나 사회에서 자신의 책임을 과대 강조했던 개인 성격의 단초가 확인된다. 여하튼 이러한 과정에서 춘원은 '개인'을 발견하고, '자존' 의식을 키웠는데 이는 근대적 '자아의식'의 원형이 된다.

루쉰은 가장의 지위에서 그때까지 접하지 못했던 세상의 어두운 면을 충격적으로 접하게 되었다. 말하자면 정상적인 성장의 순서에 따라서가 아니라 갑작스럽게 인간성의 내면을 들여다보게 된 것이다. 그가 후에 어두운 면에 대한 고발에 치중하는 문학적 실천을 했던 것은 이때의 체험과 무관하지 않다. 그는 그러한 어두운 면을 제거해야만 기억 속의 아름다운 세상이 다시 되돌아올 것이라는 역의 논리를 세웠던 것이다. 또한 조부와 모친의 엄연한 존재에도 불구하고 루쉰은 자기의 인생 행로의 선택에서 강한 주체성을 보였는데 이는 루쉰의 조숙한 성년의식을 의미한다.

루쉰이 소년기에 가정의 영향 아래 쌓은 문학적 수양은 춘원보다 더 다양하고 풍부했다. 그것은 루쉰이 일반 교양교육을 거의 다 마쳤을 때 비로소 가정의 파탄을 겪었고, 춘원은 유년기에 이미 가세가 기울어져서 제대로 정상적인 교양교육을 받을 기회를 상실했기 때문이다. 춘원과 루쉰은 소년기에 가정의 파탄을 겪었지만 그러한 와중에도 다행이 의식적 또는 무의식적으로 자기 나라의 전통문학을 접촉할 기회를 가졌었다.

2) 사회진출과 '민족'의 발견

춘원과 루쉰은 모두 일상인보다 이른 나이에 성인의 반열에 들어섰다. 세상을 접할 아무런 준비를 갖추지 못했던 두 소년에게 다가온 현실은 그들이 종전에 접촉하던 것과는 판이했다. 너무 이르게, 또 갑작스레 직면했던 엄연한 현실 앞에 무방비 상태로 노출된 춘원과 루쉰에게는 아무런 예비적 상식도, 참조할 만한 선례도 없었다. 그들의 이러한 인생 경력은 각자의 나라가 당면했던 형세와도 흡사했다. 한국과 중국은 근대화를 수용할 조건이 충분히 갖추어지지 않은 상태에서 외세의 강압에 의해 문호를 개방하여 세계적 흐름에 강제 편입되었던 것이다. 가정의 몰락으로 인하여 아직 뚜렷한 주체성을 갖추지 못한 상태에서 춘원과 루쉰은 성인의 역할을 담당했다. 그 양상은 자주적 근대화 조건이 결여된 채로[27] 세계 근대화의 급물결 속에 말려들었던 한국과 중국의 당시 형편의 개인사적 표현이 되기에 충분할 것 같다.

춘원은 1903년 12월에 동학의 접주 승이달(承履達)의 인도로 동학에 가입하여 박찬명 대령 집에 기숙하며 비밀포교 활동을 했다. 이때 그는 가정에서보다 더 안정된 생활을 했던 것으로 보인다. 그러한 의미에서 이를 고향을 등진 생활의 시작으로 보기는 어렵다. 이러한 생활을 청산하게 된 계기는 일본 관헌의 동학 탄압에 따라 그에게 현상 체포령이 내려진 일에서 비롯되었다. 이때를 진정 춘원의 고향을 등진 삶의 시작으로 보아야 할 것이다.

1904년 춘원은 조부와 작별하고 홀로 선편으로 제물포를 거쳐 서울에

---

27) 林和, 『林和新文學史』(임규찬, 한진일 편), 한길사(1993), 23쪽.

갔다. 춘원은 '布德天下. 廣濟蒼生. 保國安民之大道大德'을 목표로 하는 동학에서 일할 때에 이미 그것은 '한국 관헌에게는 물론이요, 일본 관헌에게도 잡히면 목이 날아나는'28) 일임을 알고 있었다. 결국 그에게는 '잡아오면 백원, 내가 있는 데를 고하면 이십원의 상금'29)까지 걸렸다. 이러한 위기일발의 상황에서 고향을 떠나는 춘원의 모습은 '비장' 그 자체였다. 민족을 위하는 일을 했다는 이유로 현상 체포의 위기를 탈출하는 것이기 때문이었다. 그런데 이때에 동학은 이미 원래의 '척양척왜(斥洋斥倭)'적 성격이 약화되어 일본과 비적대적 관계를 보이고 있었다.30) 때문에 춘원이 후에 자신의 탈출을 특서대필한 것은 스스로의 행위에 '고상한 명분'을 붙이려는 관습의 발작이 아닌가 하는 추정을 금할 수 없게 한다. 그럼에도 불구하고 춘원의 일생에서 이 체험은 민족의 생존문제와 연관을 맺었던 첫 경력이었다. 그러니까 그에게 있어서 이는 '민족'의 발견이 된다. 그것은 주체적 선택이 아니었기에 민족의 지도자 계층에 섰다고 내심 자부했던 춘원은 이 체험을 더욱 미화, 강조하고 싶었을지도 모른다.

그리고 러시아군의 폭행을 목격하고 '우리 민족이 약하고 못난 것을 통분'31)해 했다고 기록했던 춘원이었기 때문에 '민족을 위한' 개인의 위기는 그에게 큰 자긍심을 부여했을 것으로 추정된다. 또한 "오냐. 이제 두고 보아라! 내 피로 조국의 영광을 회복할 것이다!"32)는 비장한 신념에 불타고 있었기에 '교육으로, 실행으로'33) 하는 것과 같이 작품에서 그 비장의 정열을 토로할 수 있었다. 이러한 것은 모두 민족을 위했던 '비장'한 사회진출과 연관지어서 고찰해야 할 바이다. 지식인을 주인공으로 한 작

---

28) 「나의 告白」, 『李光洙全集』 7, 224쪽.
29) 위의 책, 220쪽.
30) 崔元植, 「李光洙와 東學」, 『韓國近代小說史論』, 創作과批評社(1986), 319~321쪽.
31) 「나의 告白」, 『李光洙全集』 7, 220쪽.
32) 「나」, 『李光洙全集』 6, 471쪽.
33) 「무정」, 『李光洙全集』 1, 205쪽.

품에 나오는 일반 민중보다 월등한 선각자의 모습, 농민 소설 또는 농촌
을 주제로 하는 소설에 보이는 엘리트 지식인, 역사 소설에 나오는 임금
이나 명신(名臣) 등의 형상은 모두 사회로 진출하는 춘원의 '비장'한 출발
과 일약 지도자층에 오르게 된 데서 그 원형을 찾아볼 수 있다. 춘원은
이러한 사실을 자전성격을 띤 글들에서 자주 언급했다. 그러한 글이 출현
했던 시기가 자신의 부분적 생애에 대한 '변명'이 절실했던 때라는 점을
감안할 때 그 성격은 복잡하게 된다. 여하튼 이 출발을 기점으로 춘원은
1921년의 귀국까지 민족을 위한 실천의 지도자 계층에서 활약했다.

　일본 헌병에게 체포될 위기에서 벗어난 춘원은 서울을 거쳐 일본 유학
의 길에 올랐다. 1905년에 시작된 춘원의 일본 유학초기는 순탄치 않았
다. 1906년 말의 학비 단절 소동을 겪었던 춘원의 유학생활에조차 '가정
의 고아, 민족의 고아'³⁴⁾로서 어두운 그림자가 드리워 있었다. 이는 그의
개인적인 진로를 '민족의 발견'과 연관을 맺게 한 계기가 된다. 춘원은 민
족의 준엄한 현실적 상황과 그를 극복하려고 나섰던 지사들의 행동에서
막연하게나마 '민족'이라는 존재에 눈을 떴다. 거기에 절박한 개인의 위
기까지 겹쳐져서, 막연했던 민족의식은 개인의 위기 극복의식과 접목됨으
로써 드디어 구체적 양상을 띠게 되었다. 그리하여 춘원은 '민족'에서 사
랑의 대상을 찾고, '민족'에서 자아극복의 계기를 마련했다.

　1909년 말, 일본어 소설 「사랑인가(愛か)」를 발표한 춘원은 "공부는 더
해서 무엇 하느냐, 나는 벌써 최고의 지식에 달한 것이 아니냐."³⁵⁾ 하는
자부심으로 귀국하여 오산학교의 교사 초빙에 응했다. 이 시기에 그는
'民族狂'이란 칭호를 듣도록 '오직 민족문제에 빠져' 있었으며, 따라서 '이

---

34) 김윤식은 이 '고아의식'이 춘원의 주체성이고 원형이라 파악하고 그는 '개인적으로
　　고아이자 민족적으로 고아였다'고 지적했다. 그리고 이 '고아의식'이 빚어낸 것이
　　춘원의 '사랑 기갈증'이라고 분석했다. 『이광수와 그의 시대』 1, 솔(1999), 244쪽.
35) 「그의 自敍傳」, 『李光洙全集』 6, 341쪽.

정열의 소년교사의 순정적 교육'의 감화에 제자들은 모두 "일본관헌의 가장 미워하는 '요보'가 되었다."[36] 오산 시절 톨스토이의 추도회까지 열었던 춘원은 학교의 실제 운영조직인 교회와 대립하여 배척을 받기도 했다. 톨스토이가 러시아의 국교였던 희랍정교회와 신교파에게 배척 당했던 사실을 감안할 때, 춘원이 오산학교에서 교사로 지내던 시절에 학교를 주관했던 로버트 목사에게 이단으로 몰려 제명 당했던 사실을 특별히 기록한 것은[37] 의미심장하다. 그것은 자신을 당시 한국의 톨스토이로 자부했던 심경의 우회적인 발로일 것이다. 후기 창작에서 자주 위대한 인물에 자신을 투영시켜 심회를 토로했던 춘원의 근원은 여기에서부터 확인된다.

춘원은 1915년에 제2차 일본 유학을 떠났다. 이때에 그는 소년의 광기를 띠었던 전 시절보다 산전수전 다 겪은 보다 성숙한 모습을 보였다. 작품 분석에서 나타나고 있지만 이 시기의 창작 역시 초기 개인의 신변잡기적인 성격을 극복하고 적극적으로 근대적 자아의식과 민족의식을 결부시켰다. 그리고 춘원은 보다 자각적이고 주체적인 민족운동의 실천에 참여하게 되었는데, 1919년 「2·8독립선언서」를 기초했던 것이 그 시작이었다. 새로운 출발점에서 춘원은 또 한번 민족운동의 지도자라는 높은 층위에서 시작했다.

「2·8독립선언서」를 기초한 후 춘원은 건강에 대한 동료들의 배려와 선언서의 해외홍보 임무 때문에 상해로 탈출하여 임시정부에서 기관지의 주간으로 활약했다. 1921년 비난을 받던 귀국은 춘원 나름대로 새로운 출발을 기약한 것이기도 했다. 여기에 작용했던 요소는 당시 임시정부의 내부 분쟁에 대한 반발, 그리고 애인 허영숙의 내방, 건강의 악화와 "나의 일생의 뜻을 세우고, 사업을 시작해야 하겠다."[38]는 것 등이었다. 그 석연

---

36) 金東仁, 「反逆者」, 『白民』(第五輯, 1946.10), 70쪽.
37) 「톨스토이의 人生觀」과 「杜翁과 나」 참조.
38) 「人生의 香氣」, 『李光洙全集』 8, 227쪽 참조.

치 않았던 결과로 이 전기적 과정에 대한 찬·반의 논의는 그 뒤의 생애
와 친일에 대한 평가에까지 영향을 미치고 있다. 이 귀국을 계기로 춘원
은 엄연히 국내 민족운동의 지도자로 등장했다. 귀국 후에 그는 수양동우
회의 한국 책임자와 문단의 우두머리 역할을 하게 되었던 것이다. 이리하
여 그때까지 민족 독립운동의 최전선에서 활약하던 춘원의 지사적 모습
은 자취를 감추고 계몽적 문필가, 작가로서 춘원의 모습만 남았다. 춘원
스스로가 내세웠던 명분과 변명에 관계없이 이 전환 자체는 이미 현실 타
협의 징조를 보였다. 원래 지향했던 지사적 독립투쟁의 실천을 떠났을 뿐
만 아니라 저항적 신념도 접고 점진론과 실력론으로 기울었다는 것은 사
실상 당시의 정치 체제에 순응한 것이나 다름없었다. 식민지 현실의 그
어두운 일면을 파악하지 못했던 것은 '그때 그때의 當面의 문제를 表面的
이고 平面的으로 볼 뿐더러 항상 단호하고 確信에 차'[39]있었던 춘원 개인
의 나르시시즘적인 성격 때문이었다.

춘원의 인생에서 민족을 위하는 첫 출발이 타의에 의해 무의식간에 시
작되었다면, 1919년의 「2·8독립선언서」을 기초한 후 그의 행보는 보다
자각에 의한 주체적 행위로 나타났다. 그러나 첫 출발과 같은 '비장'한 모
습과 지도자층으로 직결되는 양상은 의연했다. 민족의 앞날을 위해, 다시
말하면 이상의 실현을 위해 춘원은 꾸준히 그 투쟁의 앞장에 서 있었다.
하지만 현실과 충돌에서 그 과정은 번번이 실패나 어려움으로 충만 된 고
된 나날이었다. 동학의 체험, 상해 임시정부의 전망에 대한 회의 및 동우
회 활동의 제약 등등은 모두 춘원에게 이상과 현실의 갈등을 일으키게 했
다. 이러한 괴리와 갈등은 끝내 춘원을 개인적 파탄으로 몰아갔다. 춘원
은 절대적 힘의 논리에 의해 좌지우지되는 현실을 무시하고 낭만적인 의
지에 따른 민족운동을 실행하려고 하였지만, 결국 강한 식민지 현실과 절

---

39) 金鵬九, 「新文學初期의 啓蒙思想과 近代的 自我−春園의 경우」(1964), 『李光洙研究』
(上), 太學社(1983), 114쪽.

대적 권력의 자장을 벗어나지 못하고 타협에 이르렀다. '오직 조선민족의
행복을 위하여 五十년간 건투해왔고, 조선민족의 행복을 위하여 일본에
협력하기를 주장하여 왔거늘'40)하는 평가는 뒷 부분만 주목받게 되었다.
1937년 동우회 기소를 겪고 도덕적 인격 개조운동의 무력함과 그것을 실
천했던 자신이 몇 푼어치 못 되는 자였음을 깨달았던41) 춘원이 자신을
'아Q'와 같다고 냉정하게 판단했을 때에 그에게는 이미 '민족의 죄인'이
라는 낙인이 찍혀 있었다.

한편 루쉰의 사회 진출에는 춘원과 같은 그러한 '비장'한 모습이 보이
지 않는다. 춘원은 민족을 위하는 일에 종사하다가 위기를 탈출하는 상황
에서 집을 떠난 데 반하여, 루쉰은 순전히 개인적 원인 때문에 집을 떠났
다. 루쉰의 생애를 이해하는 데에 가장 많이 참조되는 글은 1923년 8월,
북경 신조사(北京 新潮社)에서 출판했던 루쉰의 첫 단편소설집『吶喊』의「自
序」와 1925년 러시아 사람 와씰리예브(王希禮, Б. А. Васильев)의 청탁에 응
해서 쓴「俄文譯本 ≪阿Q正傳≫ 序及著者自敍傳略」이다. 이 두 글에서 집
을 떠나는 데에 관한 부분을 살펴보기로 한다.

    (a) 나는 중산층의 가정에서 가난한 형편으로 몰락하는 과정을 겪었
    던 사람이라면 대개 그 과정에서 세상 사람들의 진짜 면목을 목격했을
    것이라고 생각한다. 나는 N의 K학당에 가게 되었다. 마치 외딴 길을
    걷고 외딴 곳에 가서 색 다른 사람과 지내려는 듯 했다. 나의 어머니는
    하는 수 없이 노자 8원을 마련해주시며 내키는 대로 하라고 했다. 하지
    만 그녀는 울었다.

    (b) 나는 점차 아주 적은 학비조차 마련할 수 없게 되었다. 그리하여
    나의 모친은 얼마 안 되는 노자를 마련해주며 학비가 들지 않는 학교

---

40) 金東仁,「反逆者」,『白民』(第五輯, 1946. 10), 74쪽.
41)「육장기」,『李光洙全集』4, 494쪽과「序文」,『李光洙全集』10, 539쪽 참조.

에 가라고 했다. 그것은 내가 막료나 상인이 되기를— 이는 나의 고향
에서 몰락한 선비 가정의 자제들이 가장 많이 선택했던 두 길이었다—
거부했기 때문이다. (중략) 그리하여 18세 되던 해에 나는 남경에 가서
수사학당에 입학했다.

(a)는 앞에서 말했던 글의 전자에서, (b)는 후자에서 발췌한 것이다. 루
쉰은 가정 경제의 파탄으로 인해 학비를 마련하기 어려운 상황에서 학비
를 받지 않는 학교에 갔다. '비장'한 성격을 찾아보기 힘든 일상인의 평범
한 출발이었다. 이러한 인생의 출발점에서 찾아볼 수 있는 것은 오직 인
생의 열악한 면을 감지했던 루쉰의 담담하고 냉정한 인생 태도일 뿐이다.
루쉰이 그토록 생명 보존의 문제에 집착했던 것도 이와 무관하지 않다.
개인의 생존문제로부터 점차 민족의 생존환경에 대한 고민으로, 다시 인
간생존의 기본여건에 대한 탐구로 나아갔던 루쉰 일생의 한 근원을 찾아
볼 수 있다. "첫째는 살아남아야 하고, 둘째는 배가 불러야 하며, 셋째는
발전해야 한다."[42]는 것은 루쉰의 가장 기본적인 주장의 하나였다. 그는
모든 인간의 생존을 방해하는 요소들을 지적하고 그것을 고발, 제거하는
것을 '본업'으로 삼았다. 생존문제에 대한 절실한 체험과 고민이 없었더
라면 이토록 굳건하고 지속적인 '고군작전'에 일관하기 어려웠을 것이다.
   루쉰은 이 생명의 보존에 관한 사상을 민족의 생존에 관한 문제와 적
극적으로 연관지었다. 그는 당시 소위 '전통'과 '국수'의 굴레를 쓰고 개
혁에 주저하는 경향에 대하여 "우리로 하여금 國粹를 보존하게 하려면 국
수 또한 우리를 보존해 줄 수 있어야 한다."[43]고 지적했다. 인간의 생명
을 억압하고 압살했던 중국의 역사를 고찰하면서 소위 '국수', '전통'의
허울을 쓰고 인간의 생존을 저해하는 요소들과 맞서 싸우지 않으면 "중

---

42) 「忽然想到」, 『魯迅全集 3』, 45쪽 ; 「北京通信」, 같은 책, 51쪽.
43) 「三十五」(1918년의 隨感錄—필자 주), 『魯迅全集 1』, 306쪽.

국 사람은 '세계인'으로부터 밀려나게 된다."[44]는 점을 통감했던 것이다. 작품집 『吶喊』에 실린 「狂人日記」, 「孔乙己」, 「故鄕」 등 작품에서 민족의 여러 계층의 생존문제를 다룰 수 있었던 것은 생계문제로 고민했던 루쉰 자신의 경력과 상당 부분 연관된다.

남경에 가서 학비를 받지 않는 학교에 입학한 루쉰은 과학계몽의 길에 들어섰다.[45] 용렬(庸劣)한 의사들의 부친에 대한 터무니없는 진단과 처방 등은 루쉰으로 하여금 과학에 대한 남다른 관심을 갖게 했을 것이다. 또한 당시에 갑오 청일전쟁의 실패로 무산된 양무운동과 강유위(康有爲), 양계초(梁啓超) 등의 단명으로 끝났던 '백일유신' 때문에 조장되었던 서구의 사상과 문화를 지향했던 사회풍조도 여기에 일조했을 것으로 보인다. 더욱이 루쉰이 있던 학교가 양무파 '실업구국' 실천의 일환으로 세워진 것이라는 점을 감안할 때에 루쉰의 과학계몽의 첫 선택은 쉽게 수긍된다. 루쉰은 이때부터 진화론과 자연과학, 그리고 과학 소설 등을 번역, 소개하는 데에 주력했다. 이 선택은 그가 1906년 의학을 전공하는 선택에까지 그 영향을 미쳤다.[46]

루쉰의 과학계몽에 대한 신념은 1906년 '환등사건'[47]을 계기로 새로운

---

44) 「三十六」, 위의 책, 307쪽.
45) 중국 연구계에서는 대개 루쉰의 사상발전 단계를 1898~1906년의 과학계몽과 1906년 이후의 사상계몽의 단계로 나누고 있다. 李澤厚, 「略論魯迅思想的發展」, 『中國近代思想論』, 人民出版社(1979), 444쪽 참조.
46) 「'吶喊'·自序」, 『魯迅全集』 1, 416쪽 참조.
47) 위의 글, 416쪽 : "……여하튼 그때는 영화로서 미생물의 형태를 보여주었다. 때로는 강의가 끝났지만 수업시간이 남아 있는 경우가 종종 있었다. 이러한 경우 선생님은 풍경이나 시사에 관한 내용을 보여주는 것으로 남은 시간을 보냈다. 당시는 일로전쟁이 한창일 때이어서 자연 전쟁에 관한 것들이 비교적 많았는데 나는 그러한 장소에서 늘 동창들의 박수와 갈채에 합세해야만 했다. 어느 한번 나는 영화 속에서 오래 동안 못 보았던 중국인들을 많이 보게 되었다. 한 명은 묶이어서 중간에 세워져 있었고, 그 외의 사람들은 그를 둘러싸고 있었다. 똑같은 건장한 체격에 똑같은 무감각한 표정이었다. 해설에 의하면 묶여 있는 사람은 러시아의 스파이로서 군사 정탐을 하다가 붙잡혀 일본군인에게 효시와 조리돌림을 당하게 된다는 것이다. 그 사람을 둘러싸고 있는 사람들은 그 성황(盛況)을 구경하러 모인 관객들이었다."

전환을 맞이했다. 그는 중국 국민의 정신상태를 개변하는 것을 우선적인 과제로 인식하고 그 가장 효과적인 수단으로 문예의 길을 선택했다. 그러나 그 길은 순탄치 않았다. 잡지의 창간과 번역서의 출판이 실상 모두 실패로 돌아감에 따라 그는 자신은 결코 "손을 저으면 사람들이 구름처럼 모여드는 그러한 영웅이 아니다."[48)]는 냉철한 자각을 가지게 되었다. 춘원이 문예의 출발점에서 『무정』을 발표하여 명성을 날렸던 것과 대조를 이루는 부분이다. 루쉰이 자신의 창작에서 영웅을 부각시키지 않았던 것은 이러한 냉철한 자각, 실제적 체험과 관련이 있었다.

1909년 루쉰이 귀국한 이유는 가장으로서의 책임 때문이었다. 가족의 생계에 대한 책임으로 루쉰은 심지어 혁명의 실천단체인 '광복회' 회원조차 포기했을 정도였다. 춘원은 조부의 사망과 누이동생들의 불행으로 가장의 책임을 벗게 되고 사랑의 부여대상을 곧장 '민족'으로 돌릴 수 있었지만, 루쉰은 시종 가정에 대한 큰 부담을 안고 있었던 것이다.

귀국 후 교사 생활,[49)] 관료 생활[50)] 및 대학 교수[51)]의 경력을 가졌던 루쉰의 체험은 그 뒤 창작에 중요한 소재로 되었으며, 고적에 대한 탐구는 후기 창작과 연구저서의 집필을 위한 풍요로운 밑거름이 되었다. 1918년의 「狂人日記」의 산출까지 루쉰은 의기소침한 듯 했으나, 그것은 귀국 후 겪었던 신해혁명(辛亥革命), 2차 혁명, 원세개(袁世凱)와 장훈(張勳)의 복벽 등 역사적 사건 때문에 기존의 모든 것에 회의와 실망을 갖고[52)] 민족

---

48) 위의 글, 417쪽.
49) 1907년 4월 청 나라는 관비 유학생은 졸업하여 귀국한 후 반드시 5년 동안 전문 교원으로 있어야 한다는 규정을 제정했다. 앞의 『魯迅年譜』 184쪽 참조.
50) 1912년 2월 중순부터 1926년까지 교육부에 적을 두었다. 『魯迅年譜』, 288쪽 참조.
51) 당시 교육부가 북경으로 이전한 1912년 5월 초부터 1926년까지 北京大學, 北京女子師範大學 등에서 중국 소설사 강의를 맡았고, 베이징을 떠난 후 친구 林語堂의 주선으로 福建省의 厦門大學의 교수로 있다가 그 곳을 떠나 廣東省 中山大學의 교수로 지낸 적도 있다.
52) 「≪自選集≫ 自序」, 『魯迅全集』 4, 455쪽.

의 새로운 출로를 모색했던 단계로 보는 것이 바람직하다.

루쉰이 소설가, 문화 비평가 등으로 활발한 문필활동을 시작했던 것은 그 축적과 모색의 과정이었던 1918년이었다. 당시 중국 신문화운동을 주도했던 잡지『신청년(新靑年)』의 필진이었던 친구 전현동(錢玄同)과 '무쇠로 된 방(鐵屋)'에 대한 논의 끝에 루쉰은 본격적으로 문학에 의한 사상계몽의 출발을 알렸다. 중국 근대문학사의 첫 백화문 소설「狂人日記」의 발표가 그 신호였다. 전 근대적인 가족제도와 예교(禮敎)를 향해 직격탄을 날렸던 이 작품을53) 시작으로 루쉰은 중국 국민성을 개조하여 민족의 바람직한 삶, 나아가서는 인간의 바람직한 주체적 삶을 억압하는 모든 요소에 도전하고 나섰다. 춘원의 창작과 문필활동이 일제 식민지 통치하에서 자유롭지 못했다면, 루쉰의 문필활동과 실천은 당시 반식민지, 반봉건의 중국 사회에서 수구파 또는 '권위'적인 정치세력의 박해 및 소위 '순수 문학파'의 공격과 대결하지 않을 수 없었다. 한치의 양보도 없었던 비타협적인 태도는 루쉰의 강인한 일면이었는데, 조숙했던 성인의식과 오래 동안 현실 속에서 가장 보편적이고 어려운 서민의 생활을 겪었던 체험이 이에 일정한 역할을 했을 것으로 보인다. 결코 평온하지 않았던 나날을 보내던 가운데 루쉰은 춘원에게도 고질이었던 폐결핵으로 1936년 파란만장한 일생을 마쳤다.

요컨대, 춘원과 루쉰은 모두 일상인의 정상적 인생행로를 밟아 사회로 진출한 것이 아니었다. 가정의 몰락으로 인하여 그들은 보다 일찍이 성인으로서, 가장이 되기 위한 아무런 준비도 갖추지 못한 상태에서 사회로 진출하게 되었다.

춘원은 당시 '척왜척양'을 주창했던 동학에 가담했다. 그때 동학의 반외세, 즉 반일의 성격이 약화되었다는 점은 중요한 대목이다. 이는 그의

---

53)「≪中國新文學大系≫小說二集序」,『魯迅全集』6, 238쪽.

친일과 직접 연계를 맺는 것은 아닐지라도 이러한 성격의 단체에서 사회적 삶을 시작했다는 것은 민족 지도자로 자처하던 춘원에게 결코 달가웠던 일은 아니었을 것이다. 여하튼 동학 참여 때문에 그는 탈출하지 않으면 안 될 위기에 처했다. 동학 성격의 변질로 말미암아 이 '탈출'이 여러 모로 석연치 않은 점을 띠고 있지만 그것은 그로 하여금 오래도록 긍지와 '자아황홀' 상태를 유지하게 했을 것으로 판단된다. 바로 이러한 이유 때문에 춘원은 여러 글에서 이 부분을 더욱 강조했을지도 모른다. 열 한 살에 이러한 경력을 가졌던 그는 그 후에도 민족독립을 위한 투쟁의 앞장에 섰다. 1919년에 상해로의 탈출과 임정의 가담, 1921년 상해 임정에서 귀국한 후에 오해와 비난의 과정을 겪었지만 그는 의연히 민족을 위한 최전방에 있었다. 지도자 계층의 경력은 그의 작품에 엘리트형 인물이나 지도자형 주인공이 많이 등장했던 한 원인이 된다. 그 인물에 작가의 투영이 짙게 보인다는 점에서 그것은 '자아구제' 또는 '자아변명'이라는 지적으로부터 자유로울 수 없다.

루쉰의 사회진출에는 춘원과 같은 '비장'한 성격을 찾아볼 수 없다. 개인과 가족의 생계문제를 위해 출발했던 그의 사회진출은 담담한 일상인의 생활진로와 같았다. 루쉰의 문학은 개인적 문제로부터 민족의 문제로, 다시 인간의 보편적인 생존문제의 탐구에로 나가고 있는데, 이것은 그가 성장했던 가정배경과 연관시켜 이해해야 할 바이다. 한편 춘원과 루쉰의 비교에서 그들이 성장했던 사회적 환경 또한 함께 고려되어야 할 요소이다. 춘원이 처했던 시대는 민족위기의 고비였고 식민지 치하 민족의 현실이었기에 민족을 떠나서 인간의 보편적인 문제를 다루기에 너무도 절박한 상황이었지만, 루쉰은 춘원에 비해 조금 더 여유를 가질 수 있었다. 그의 작품에 등장하는 열악한 국민성의 대표인물이거나 생존마저 위협 당하고 있는 인물은 일상인으로서 루쉰의 인생체험과 무관하지 않다. 루쉰에게 있어서 '민족'의 발견은 개인을 포함한 모든 인간의 주체적인 삶을 지향하는 실천의 구체적인 표현이었다.

2. 문학사상의 형성과정

1) 부정과 생성의 논리

'전통'이란 개념을 한마디로 규정하기에는 여러 모로 어려움이 따른다. 그것이 적용되는 범위를 가리키는 외연으로 보든지 아니면 내재한 속성을 지칭하는 내포, 그 어느 면으로 보더라도 결코 그것은 단순하게 규정할 수 있는 것이 아니기 때문이다. 전통에 대한 사전적 의미규정을 살펴볼 때에 일반적으로 전통은 역사적으로 전해 내려오는 사상, 도덕, 풍속, 예술, 제도 등을 가리킨다는 것,[54] 또는 일정한 집단의 공동체적인 가족·국가·민족 및 지역사회의 단위로서 전해내려 오는 사상, 관습, 행동기술의 양식(tradition)이라는 것[55] 등으로 거의 비슷한 해석을 하고 있음을 확인할 수 있다.

이러한 사전적 정의를 좀 더 구체적으로 논의한다면 전통은 역사적으로 전승된 물질문화, 사고와 행위양식, 사람이나 사건에 대한 인상 등을 지칭하는 것으로서 넓은 의미로는 과거부터 전해오는 모든 문화유산(文化遺産)이라고 이해할 수 있다. 이러한 것들은 주관적인 가치판단에 의해 취사선택되어 부정 또는 계승의 양상으로 표현된다. 주관적 판단에 의해 계승되는 부분은 연속성을 갖게 되고 부정되는 부분은 일시 단절된 양상을 드러내기도 한다. 이러한 의미에서 전통은 근대성과 주체성을 갖게 되어

---

54) 辭海編輯委員會,『辭海』, 上海辭書出版社(1979), 215쪽.
55) 이승현 편저,『국어 대사전』, 民衆書舘(1999), 3334쪽.

전대에 단절되었든지 아니면 연속성을 이루고 있었든지를 막론하고 근대
적 인간의 인식 구조를 재현하기도 한다.56)

본 연구는 전통에 대한 이러한 이해를 토대로 춘원과 루쉰이 각기 자
기 나라의 전통, 즉 역대로부터 전해 내려오는 사상, 도덕, 관습, 풍속, 제
도에 대해 어떠한 가치판단을 하고 있는가를 살피려고 한다. 그 목적은
전통적 요소가 그들의 취사선택의 절차를 거쳐 어떻게 그들의 의식 구조
에, 다시 말하자면 문학사상에 반영되고 있는가를 구명하려는 데에 있다.

춘원과 루쉰이 전통을 대하는 태도는 상당히 유사한 면모를 보여주고
있다. 그들은 모두 '반항자'의 모습으로 나타나 전래된 사회현상, 문화현
상, 가정생활 등 여러 면에서 부정적 영향을 끼치고 있는 전통적 요소들을
질타했다. 즉, 전통을 대함에 있어서 일단 그 부정적인 태도가 확인된다.

먼저 춘원의 전통에 관한 논의의 양상을 살펴보기로 한다.

1910년 일본어로 된 「愛か」를 필두로 춘원은 왕성한 문필활동을 시작
했다. 장편소설 『무정』을 발표하기 전후까지 춘원은 소설작품 뿐만 아니
라 여러 논문에서 낡은 도덕이나 윤리 및 재래로 전승되고 있던 사회관습
과 질서에 대해 가차없는 비판을 가했다.

> 現時 吾人狀態를 觀察하건대 上下 貴賤은 勿論하고 소위 義務라 道
> 德이라 하여 一時 社會의 制裁와 公衆 面目에 左右한 바가 되어 (중략)
> 嗚呼라 人類를 위하여 組織한 社會國家가 도리어 人에게 苦痛을 與하
> 는 機械를 作하며, 人을 위하여 成立한 法律·道德이 도리어 人을 誤하
> 는 網과 罕을 作하였나니.57)

실로 춘원이 처음에 사회에 던진 문자는 그대로 기존의 사회를 겨냥한

---

56) 『한국근현대문학연구입문』, 한길사(1990), 221~222쪽 참조.
57) 「今日 我韓 靑年과 情育」, 『李光洙全集』 1, 526쪽.

반역적 선언이었다.[58] 그는 소위 '윤리도덕'의 이름으로 인간의 '자유자
재'를 억압하고 '자율'을 방해하는 사회의 기존하고 있던 모든 것에 도전
했다. 이는 그가 일찍이 인간의 '자아'와 '개성'을 매몰하고, 인간의 주체
적인 '감정'의 확립을 저해하는 것은 바로 낡은 사회 제도와 같은 전통적
인 요소임을 간파했다는 것을 말해준다. 그리하여 춘원은 옛날의 모든 것
을 포기해야 한다고 주장했다. 그 이유는 진리는 시대의 산물로서, 하나
의 진리가 여러 시대에 통용될 수가 없다는 것이었다. 때문에 전대의 윤
리는 새 시대에 와서 그 가치를 잃어버리게 되므로, 새 시대에는 새로운
윤리가 창출되어야 한다는 주장이었다. 그가 주장했던 이 시대 윤리의 절
대적 표준은 '生의 保持發展'이었다.[59] 모든 것은 인간의 주체적이고, 자
유로운 삶을 위한 것이었는데 춘원의 어려웠던 소년시절의 생활경력과
'인생을 위한 예술(art for life's sake)'을 잇는 중간 고리를 여기에서 찾아볼
수 있다.

  『무정』을 발표하기 전후에 춘원은 그때까지 비판하고 부정했던 전통의
대상을 구체화시켰다.

  朝鮮家庭의 改革의 件을 揭하였나니, 즉 家長專制의 打破요, 家族의
  形式的 階級, 內外의 打破요, 男尊女卑 思想의 打破라.[60]

  춘원이 1916년에 발표했던 글에서 인용한 내용이다. 그는 정상적인 삶
을 억압하는 사회적 관습뿐만 아니라 가정 내의 '생생한 인생'의 반동으
로서 답습되고 있는 구습의 죄악을 고발했다. 거시적인 안목에서 전통적
사회의 죄악에 대한 고발은 구체화된 인간 일상의 삶에 끼쳤던 피해에 대

---

58) 김동인, 「朝鮮近代小說考」, 『金東仁評論全集』(金治弘 編著), 三英社(1984), 67쪽.
59) 「朝鮮 사람인 靑年에게」, 『李光洙全集』 1, 532~535쪽 참조.
60) 「朝鮮 家庭의 改革」, 『李光洙全集』 1, 541~542쪽.

한 고발까지 이어졌다. 이러한 악습의 근원을 밝히는 것은 춘원의 다음 단계 목표였다.

> 儒敎는 聖人의 禮法을 지어 庶民으로 하여금 無意識的으로 服從케
> 하는 것이니, 「可使由之不可使知之」라 함이 此를 이름이외다. 그러므로
> 儒敎道德은 個人意識을 沒却케 합니다. 이 個人意識의 沒却이 思想의
> 發達을 沮害함이 多大하외다.[61]

1917년에 춘원은 드디어 조선의 사회와 가정에서 인간의 정상적인 주체적인 생활을 불가능케 했던 '원흉'을 발견했다. 유교가 모든 '악의 근원'이라는 것이었다. 그리하여 춘원은 유교에 대한 전면적인 공격을 개시했는데 「子女中心論」에서 유교의 절대적인 '효'의 관념을, 「敎育家 諸氏」에서는 교육사상의 空理와 허례를 규탄했다. 춘원은 유교가 실로 '朝鮮을 亡한 者'라고 규정하면서 한 걸음 더 나아가 그 폐해가 문학에까지 미치게 되었다고 지적했다.

> 言念及此에 儒學에 對하여 切齒扼腕아니할 수가 없다. …… 儒學이,
> 그 中에도 朱子學派의 儒學이 朝鮮을 鴆毒한 것은 여러 가지 있거니와
> 그것을 여기서 列擧할 餘裕는 없으되 儒學이 朝鮮文學의 發達을 沮害
> (沮害라 함보다 차라리 禁止)한 罪는 永遠히 消滅치 못할 것이다.[62]

유교가 조선의 여러 방면에 끼친 죄행을 고발했던 춘원은 그 양상을 비판했을 뿐만 아니라 구체적인 인격 대리인으로 파악했던 부계를 향한 비판까지 서슴지 않았다. 그는 「朝鮮家庭의 改革」에서 이미 조선 가정의 가장은 '전제군주'와 같이 가정을 다스리기 때문에 자식과 부친은 마치

---

61) 「耶蘇敎의 朝鮮에 준 恩惠」, 『李光洙全集』 10, 19쪽.
62) 「復活의 曙光」, 『李光洙全集』 10, 27쪽.

양과 호랑이 사이처럼 되어, 의사와 감정의 정상적인 교류가 불가능하다
고 통탄했다. 그리하여 '부계의 뜻이 자녀의 뜻이 되고 부계의 목적이 자
녀의 목적으로 되어' 자녀는 부모가 지정해주는 것 외에 아무 것도 자기
의 뜻대로 할 수가 없게 된다고 했다. 그 이유로 '무정'한 세상이 만들어
졌다는 것이 춘원의 논리였다. 그러한 부계이었기에 일찍 춘원에게 아는
것도 없거니와 실제로 하는 일도 없는 인물로 규정되었다. 이는 조부, 부
친 그리고 숙부에 대한 비판의 연장선에 있던 논의이다. 춘원은 급기야
가부장 중심의 전통사회에 대한 강렬한 부정의 태도를 표명하기까지 이
르렀다.

> 一家의 傳統에 끌림은 우리의 取할 바 아니니 그것을 「必要하거든」
> 弊履와 같이 집어 던지고 自己가 一家의 始祖가 되리라는 氣魄이 있어
> 야 한다. ……(중략) 우리는 우리의 재산 「精神的이나, 物質的」의 全部
> 를 우리와 子孫을 爲하여서만 使用하여야겠고 必要하거든 祖先의 墳墓
> 도 헐고 父母의 血肉도 우리 糧食을 삼아야 하겠다.63)

춘원의 전통에 대한 부정은 주로 조선에 피해를 끼친 유교를 중심으로
진행되었음을 알 수 있다. 유교의 각종 폐습 때문에 조선사람은 정상적인
사회생활과 가정생활을 올바르게 하지 못하게 되었다는 판단 아래 춘원
의 유교에 대한 비판은 그러한 사상이 현실에서 보였던 양상과 그 인격적
인 대리인에까지 이어졌다. 그리하여 춘원은 '조선의 유교는 실로 우리의
정신과 만반기능을 소모하고 마비한 죄책'64)이 있다고 규탄했다. 때문에
그는 '傳習批判의 第一矢는 當然히 儒教思想에 向'해야 한다고 주장했고
또 그것을 실천에 옮겼다.

---

63) 「子女中心論」, 『李光洙全集』 10, 37쪽.
64) 「新生活論」, 『李光洙全集』 10, 329쪽.

춘원의 전통에 대한 부정은 그 단절로 이어지는 것은 아니었다. 그는 전통적 요소에 대한 부정에서 자신의 입장을 이렇게 표명했다.

批判은 實로 進步의 根本的 動力이요, 文明人의 最大한 能力이며, 자랑이외다. (중략) 自來 우리 社會에는 批判이라는 것이 없었습니다. 先聖의 말이니 善, 古人의 法이니 正, 一世의 俗이니 可, 이것으로 살아왔고, 만일 先聖의 말을 批評하는 者가 있으면 斯文亂賊이요, 古人의 法을 變更하는 者가 있으면 容納치 못할 惡人이요, 一世의 俗에 違하는 者가 있으면 唾棄할 惡人이었습니다. (중략) 「孔子曰」이나 「朱夫子曰」이면 萬世에 萬人이 變치 못할 神聖律이요, 「詩不云乎」, 「古人有言」조차 人을 賞罰하는 律法의 힘이 있었습니다. (중략) 이 모든 것을 잘 批判하여 保存할 것은 保存하되, 廢棄할 것은 廢棄하며, 새로 取하거나 定할 것은 새로 取하거나 定하여야 할 것이외다.65)

춘원은 지금까지 조선 사람의 생활이 불행하게 된 것은 모두 '비판'의 안목이 결여되어 '忠孝五倫'과 같은 낡은 제도, 풍속, 습관을 그대로 답습했기 때문이라고 못 박았다. 때문에 그는 '정신생활의 부활은' 바로 '비판'으로부터 시작된다고 주장했다. 여기에서 주목해야 할 것은 춘원이 말하는 '비판'은 단순한 의미에서 부정이 아니라는 점이다. 재래의 전통적인 요소에 대하여 그는 '보존'할 것과 '폐기'해야 할 것을 구별하는 '비판적 계승'에 입각한 '부정'의 태도를 취했다. 즉 춘원의 '전통부정'은 생성을 전제하는 '부정'이었고, 더 훌륭하고 바람직한 '生의 保持發展'을 기하기 위한 필요한 단계로서의 '부정'이었던 것이다.

춘원의 이러한 태도는 전통에 대한 부정과 동시에 나타났다. 「今日 我韓 靑年의 境遇」에서 춘원은 부계를 '앎이 없는 인물'과 '함이 없는 인물'

---

65) 위의 글, 328~329쪽.

이라고 했지만 '석개(釋皆)'가 다 그러한 것이 아니라는 중도적 입장을 취했다. 때문에 청년들은 먼저 '父老나, 社會나, 學校나, 先覺者의 교도를 받으면서, 그것에 未足한 것'만을 자신들이 '자수자양(自修自養)'해야 한다고 했다. 그러니까 당시 조선 청년들의 처지가 다른 나라 청년의 경우보다는 좀 더 열악하다는 점을 강조했을 따름이었다. 이 글에서 춘원은 부모에 기대지 말고 '개인과 단합적' 자수자양으로 '자각'을 이룩하여 어려운 경우에서도 절대로 비관실망하지 말아야 할 것을 호소했다. 엘리트 단체를 결성하여 민족의 저열한 도덕성을 개조하여야 한다는 소지는 여기서 이미 마련되고 있었다.

1906년에 춘원은 「天才」에서 이미 유사한 사상을 피력한 바 있었다. 그는 '不得不 經驗 많은 父母나 先覺의 指導'를 받아야 하지만 그러한 것들은 단지 '顧問의 의견에 지나지 못할 것'이니 그것에 복종할 것이 아니라 그것을 '參考'로 삼아야 한다고 했다.[66] 이러한 점으로부터 미루어 보건대, 부계에 대한 부정적 논의는 청년의 '자각'을 촉구하기 위한 '방편'으로 운용되었음을 알 수 있다.

「子女中心論」에서 물의를 일으켰던 '선조의 분묘도 헐고, 부모의 혈육까지' 자신들의 양식으로 삼겠다고 했던 부분도 이러한 맥락에서 이해할 수 있다. 자녀의 입장에서 최악의 경우 그러한 필요성을 강조했지만 자신이 부계의 입장에 섰을 때 춘원은 역시 자신의 희생을 마다하지 않았다. 그는 자녀들을 위해 '이를 악물고라도 强하여지고, 知하여지고, 富하여지고, 善하여져서 榮光스럽고, 幸福스러운 生活을 하도록'하여 '生前에나, 死後에나 全心力을 다 해야 한다'고 역설했다.

춘원의 이러한 '비판'적 안목은 문학 전통에 대해서도 그 면모가 변하지 않았다. 「復活의 曙光」에서 춘원은 유교사상의 지배하에 사대주의가

---

66) 「天才」, 『李光洙全集』 1, 531쪽 참조.

범람하여 조선문학의 발달과 정신생활을 크게 저해하고 있었다고 갈파했지만 한편, 조선문학과 조선인의 정신생활 능력이 완전히 절멸된 것은 아니라고 했다. 그는 신라시대에 발명된 이두(吏讀)를 예로써 문학의 발전 가능성을 점지하면서 "朝鮮民族이 일찍 文學을 가진 일이 없다고는 생각할 수 없다."고 주장했다. 그리고 경주의 석굴암을 증거로 조선인의 정신생활 능력이 아직 건재함을 증명하고자 했다. 춘원은 결코 조선 민족의 모든 전통을 부정하고자 했던 것은 아니었음을 알 수 있다. 춘원이 배격하려 했던 것은 단지 사대주의 사상에 침윤되어 '儒敎式 道德을 鼓吹하는 者, 勸善懲惡을 諷諭하는 者'로서 조선 민족의 정을 담을 수 없었던 문학의 전통이었다. 그는 신라, 백제와 고구려 등 찬연한 문명국에 반드시 조선 민족 특유의 문학적 유산이 있었을 것이라고 주장하며 그것을 이어받을 수 없는 신세를 한탄했다.[67] 그리하여 춘원은 민족의 문학은 전설을 포함하는 민요를 출발점으로 삼아야 한다고 했다. 그 연장선에서 그는 민요 속에 포함된 리듬과 사상에 기초하여 새로운 문학을 시작할 것을 주장했던 것이다.[68]

새 시대에 맞는 새로운 윤리를 창출해야 한다는 춘원의 주장은 이미 앞서 살펴보았다. 그는 또 청년들이 새 윤리 창출의 주체가 될 것을 주장했다.

> 自古乃今히 老人의 去舊革新의 大業을 成就하였단 말을 들어 보지 못하였도다. (중략) 새 世上에 建設의 偉業도 또한 젊은이의 손으로 될 것이 明瞭하지 아니하랴.[69]

그리하여 그는 새 시대 청년에게 선조보다 더 가치 있는 업적을 이룰

---

67) 「文學이란 何오」, 『李光洙全集』 1, 550~551쪽 참조.
68) 「民謠小考」, 『李光洙全集』 10, 396쪽 참조.
69) 「朝鮮 사람인 靑年에게」, 『李光洙全集』 1, 533쪽.

사명을 띠고 '吾土에 降臨한 新種族'이 될 것을 호소했다. 새로운 윤리의 창출은 새 시대 청년들의 사명이라는 것이었다. 전통의 부정에서 생성에 이르는 춘원의 논리는 이렇게 이루어졌다.

춘원이 반대하고 나섰던 전통은 사회생활과 가정생활, 심지어 문화생활에 갖가지 피해를 주는 요소들이었다. 다시 말하자면, 그는 전통이 인간의 현실적 삶에 도움이 되는가 여부에 초점을 맞추어 취사선택을 했던 것이다. 즉, 전통이 현실 사회에서 일으키는 역할에 따라 부정해야 할 것과 이어가야 할 것을 선별했다.

한편 1902년 일본에 유학을 갔던 루쉰은 초기에 과학으로 국민을 계몽하고 실업으로 나라를 구하려는 과학계몽에 심취했다. 루쉰의 생애에서 이 시기를 고오분학원(弘文學院) 시절이라고 하는데 이때 그는 서양의 선진과학에 관한 많은 저서들을 번역하여 국내에 소개했다. 루쉰이 고오분학원을 졸업하고 센따이 의학전문학교(仙臺醫學專門學校)에 지원한 것도 역시 과학계몽 사상의 실천이었다. 이때 이미 국민성 문제에 대한 사고를 가졌던 루쉰은 센따이의전에서 있었던 '환등사건'을 계기로 과학계몽에서 사상계몽의 단계에 들어섰다.[70] 사상계몽의 단계에 들어선 루쉰은 초기에는 창작이 아닌 논문으로써 자신의 사상을 피력했다.

중국 국민의 정신을 계몽하려는 루쉰의 첫 목표는 개인의 정신을 깨우치는 데에 있었다. 그는 지금까지 중국 국민에게 정신적 굴레를 씌우고 인간의 주체성을 억압했던 것은 전래되고 있는 '여론(輿言)'과 '관습(俗囿)', 그리고 '다수(多數)'로 '무리' 짓고 있는 '용렬한 서민(庸衆)'이라고 지적했다.[71] '환등사건'을 겪고 우매한 국민의 정신을 깨우치는 데에 가장 효과적인 것은 문예라고 했던 그는 자신의 그 주장을 증명하기 위해 '이방(異

---

70) 졸고, 석사학위논문, 17쪽 참조. 국민성 문제에 관한 사고 부분은 허수상(許壽裳)의 「亡友魯迅印象記」, 『魯迅回憶錄・專著部分』, 北京出版社(1999) 226쪽 참조.
71) 「文化偏至論」, 『魯迅全集』 1, 46, 52~53, 56~57쪽 참조.

邦'에서 울리는 새로운 목소리에 귀를 기울였다. 이렇게 발견된 것은 바이런(G. Byron), 니체 등의 주장이었다. 그는 "가져오기 주의(拿來主義)"[72]를 운용하여 악마파의 詩를 고찰하는 가운데 '개성의 말살' 상태를 타개하기 위한 시(문예)의 역할과 시의 힘(詩力)을 확인했다.

> 이제 그 시인들이 반항적인 실제 행동 때문에 세상의 미움을 받았던 모든 주장을 여기에 빠짐없이 수록하려고 한다. 그 의도는 그들의 언행과 사유 및 유파의 영향을 전수하려는 데에 있다. 그것은 바이런에서 시작되어 마쟈르(Magyar)文士에 이르러 끝을 맺는데, 그 겉모양은 각기 달라서 여러 나라의 특색으로 빛을 뿌리고 있었지만 요점은 하나로 귀결된다. 그것은 모두 세상의 조화로운 화음을 따르지 않고 목청을 높여 사람들에게 떨쳐 일어나 조물주와 싸우고 풍속을 거부하도록 인도하는 내용이었다. 이러한 정신은 후세 사람들에게 깊은 감명을 주었는데 그 맥은 끊어지지 않고 연면히 이어지고 있다.[73]

루쉰은 악마파 시인들의 '낡은 인습과 대립하고', '사회에 대항하며', '용렬한 무리들의 뜻에 아부하거나 낡은 풍속을 따르지 않는' 등 각성된 '개성'을 높이 평가했다. 그리고 중국의 정신계에도 이러한 전사가 나타나 중국 '역대의 죄악'을 고발하기를 촉구했다.[74]

국민의 정신을 깨우치는 데에 막강한 역할을 행사할 수 있는 문예를 제창한 루쉰은 중국의 인습적인 '역대의 죄악'을 고발하기에 주력했다. 사실상 당시 그는 이미 선각한 '정신계의 전사'로 행동했다. 자신은 결코

---

72) 루쉰은 1934년 「拿來主義」라는 글에서 당시 중국의 '閉關主義'를 비판하면서 자신의 '拿來主義' 입장을 표명했다. 그는 무엇이든 일단 가져와서 다시 선별하여 '사용하거나, 비축해두거나, 혹은 훼멸해버리든가 해야 한다'고 했는 데 외부 체계로부터 자신을 풍부케 하는 요소를 수용함에 있어서 강인한 주견성을 보였다. 『魯迅全集』 6, 38~40쪽 참조.

73) 「摩羅詩力說」, 『魯迅全集』 1, 66쪽.

74) 위의 글, 85, 88, 99, 100쪽 참조.

'손을 저으면 뭇 사람들이 구름 떼처럼 모여드는 영웅'이 아니라는 뜻을 분명히 밝혔던 것은 그 뒤의 일이다. 악마파 시인의 자각한 '개성'을 높이 평가했던 루쉰의 낭만적 색채는 당시 중국 "5·4 운동"시기의 현실주의 자들이 보였던 보편적인 현상이었다.[75] 루쉰은 아래와 같은 전통의 부정 적 요소를 고발했다.

> 사회에 옛사람들로부터 내력이 분명치 않게 전해 내려오는 도리들 은 대개 이치가 통하지 않는 것이지만 역사 또는 수량상의 힘으로 거 기에 따르지 않는 사람들을 억압했다. 예로부터 이러한 이름도 이데올 로기도 없는 킬러들(殺人團)로 인하여 얼마나 많은 사람이 죽음을 당했 는지 모른다.[76]

그는 사람을 죽이고 있는 전통적 요소들을 발견했다. 전통적 요소들이 인간의 '개성'과 '자각'을 저해하는 현상을 루쉰은 '사람을 죽인다'는 것 으로 규정했다. 그는 사람을 죽이는 그 무리들을 '폭민(mob)'이라고 이름 짓고 그들 때문에 '개인적인 자대(自大)' 즉, '용렬한 무리'와 '세속적인 인 습'에 반항하는 선각한 '천재'들의 각성된 '자아'가 억압당하고 있는 현실 을 고발했다. 이는 '정치와 종교 그리고 도덕' 등 제반 영역에서 시행되고 있는 선각자들의 '광기'를 띤 개혁이 무수한, 그러나 형태조차 없는 '무물 지진(無物之陣)'[77]에 의하여 압살 당하고 있는 현실에 대한 폭로였다. '사 회'와 '개인'의 대립이라는 기본적인 구도형식으로 인간의 '개성'과 '자 각'을 저해하는 '사회'에 의해 죽음을 당하는 '개인'의 비극을 그린 루쉰 의 작품에는[78] 이와 같은 인식이 밑받침되고 있었다. 그는 또 인간의 현

---

75) 온유민 지음(김수영 옮김), 『현대 중국의 현실주의문학사』, 文學과知性社(1991), 「낭 만주의의 겸용」 부분 참조.
76) 「我之節烈觀」, 『魯迅全集』 1, 124쪽.
77) 「這樣的戰士」, 『魯迅全集』 2, 214쪽.
78) 王富仁, 「≪吶喊≫ ≪彷徨≫ 縱論(1985)」, 『魯迅研究的歷史批判』, 河北敎育出版社(1999),

실적인 삶에 아무런 의미가 없는 '국수' 또는 '도덕'과 같은 요소들은 사회 공중의 이익이라는 이름으로 '사람을 죽이는' 행위에 당위성을 부여하고 있다고 지적했다. 이러한 '조상 때부터 전하는 것(祖傳), 옛 관례(老例), 국수(國粹)' 등은 현실의 사람들을 매몰할 정도로 거대한 힘을 갖고 있었다.[79] 루쉰은 '용렬한 무리'들은 '전통'이란 이름으로 자신들의 '비도덕적' 행위를 감싸고 있는데 그 뒷면에는 더 음험하고 더 잔인한 면이 숨겨져 있다는 것을 발견했다.

> 소위 중국의 문명이란 사실 부자들을 위해 차린 사람고기로 된 연회석일 따름이다. 소위 중국이란 사실 이 사람고기로 된 연회석을 마련하는 주방에 지나지 않는다. (중략) 이리하여 수 없는 크고 작은 사람고기로 된 연회석은 문명이 나타난 이래로 지금까지 줄곧 벌려왔다. 사람들은 여기에서 사람을 잡아먹고 또 잡아먹히면서……[80]

사람을 죽이는 데에서 그치지 않고 살아 있는 '사람을 잡아먹기'까지 한다. 루쉰은 '사람을 잡아먹는' 전통 사회의 내면을 예리하게 간파했다. 문제는 그 사실에 있는 것이 아니라 잡아먹히는 사람들조차 그러한 현실을 당연시하고, 순종하며, 영원한 구경꾼이 되고 있다는 것이다. 문명 역사의 기술에는 '온통 사람을 잡아먹는 일' 뿐임을 발견한 「狂人日記」의 '광인'은 바로 루쉰의 이러한 발견을 대변해주고 있다. 자신도 '먹히면서' 또 남을 '잡아먹는' 그들이 그 현실에 안주하고 있었던 것은 모두 중국 역대 통치자들이 '다스린 업적(治績)'[81]이었다.

211쪽 참조.
79) 「通訊」, 『魯迅全集』 3, 21쪽.
80) 「燈下漫筆」, 『魯迅全集』 1, 216~217쪽.
81) 「沙」, 『魯迅全集』 4, 549쪽.

공자를 받들고(尊孔), 유교를 숭상하며(崇儒), 경서에만 전념하고(專
經), 옛 것에 복귀(復古)하는 것은 이미 유래가 오래 되었다. 황제와 대
신들은 언제나 그 일단을 취했는데 '효로 천하를 다스린다(以孝治天下)'
거나, 혹은 '충성으로 천하를 다스린다(以忠治天下)'거나 아니면 또 '세
상이 모두 정절에 힘써야 함을 격려한다(以貞節勵天下)'는 것을 권장했
다.82)

수 천년에 걸친 이러한 통치는 인간을 '압박자와 피압박자',83) '노예와
노예주'84) 두 부류로 만들어 놓았다. 그리하여 중국 사람들은 "예로부터
있었던 것은 모두 옳은 것이다."85)라는 관념에 얽매였고, 전제 통치는 또
한 이러한 귀천, 상하의 등급사상을 강조, 주입시키는 것으로 일관했다.
그것을 지탱하고 온 근거는 바로 유교사상의 5대 경전(經典)중 『예(禮)』의
윤리도덕을 강조한 '삼강오륜'이었다. 군신, 부자, 부부의 기강을 잡는다
는 삼강(三綱)과 인, 의, 예, 지, 신의 오륜(五倫)을 만악의 근원이라는 파악
은 정곡을 찔렀다. 국민 최대의 열악한 습성―노예근성의 근원도 바로 여
기에 있다는 판단으로 루쉰은 논문뿐만 아니라 창작에서도 '자아'를 잃고
그 거대한 '무물지진' 속에 파묻혀 마비된 삶을 살아가는 여러 비극적 인
물을 그려냈다. 루쉰이 부정했던 것은 바로 '등급제도를 수호하고 노예도
덕'을 만들어내는 데 기여하는 전통이었다.86) 중국 사람들은 바로 그러한
전통에 기대어 무수한 등급을 만들어 놓고 문벌과 조상이 만들어놓은 모
든 것에 안주하려고 했다.87)

전통에 대한 이러한 인식으로 루쉰은 그것을 송두리째 뽑아버리려는

---

82) 「十四年的 "讀經"」, 『魯迅全集』 3, 127쪽.
83) 「祝中俄文字之交」, 『魯迅全集』 4, 460쪽.
84) 「燈下漫筆」, 『魯迅全集』 1, 212~213쪽 참조.
85) 「狂人日記」, 『魯迅全集』 1, 428쪽.
86) 汪暉, 『反抗絶望』, 河北教育出版社(2000), 127쪽 참조.
87) 「論"他媽的"」, 『魯迅全集』 1, 234쪽.

자세로 단호한 반격을 가했다. 그는 '일체 전통사상과 수법을 타파'[88]하
는 용사의 출현을 호소했지만 그러한 용사의 출현을 기다릴 사이도 없이
자신이 그 역할을 수행했다. 심지어 그는 중국 한자 사용까지 폐지할 것
을 주장했는데 '왜냐하면 문자는 특권자에 속하여 자체의 존엄성을 갖고
그 신비성'으로써 '대중에게 신분, 경제적인 제한'이 되고 있으며, 민중과
권위적인 전제 사이에 놓인 또 하나의 높은 문턱의 역할밖에 하지 않았기
때문이다.[89] 노예근성의 산실인 전제적 요소들에 대한 경계심은 루쉰으
로 하여금 평생을 권위적인 모든 것을 회의하고, 그에 반발하며, 또한 그
러한 '권위'의 억압을 받는 모든 사람, 단체들에 대한 무한한 동정과 연대
감을 갖게 했다. 따라서 루쉰의 일생은 노예근성을 조장하는 모든 '권위'
에 대한 반항과 투쟁으로 점철되었다.

전통에 대해 반격을 가했던 루쉰은 놀랍게도 자신도 그 '전통' 속의 일
원임을 발견했다.

> 나는 …… 무엇인가? 나는 일시 그 이름을 정하지 못하겠다. 나는
> 일찍 지금까지 중국은 사람을 잡아먹는 연회석에 지나지 않았다고 했
> 다. 사람을 잡아먹는 자도 있고 잡아먹히는 자도 있다. 잡아먹힌 자도
> 사람을 잡아먹은 적이 있고 지금 잡아먹고 있는 자 또한 먹힐 수 있다.
> 그러나 나는 이제야 자신도 그러한 연회석을 마련하는 일을 도와주고
> 있었다는 사실을 발견했다.[90]

이 발견은 자신은 결코 사람들을 지휘할 수 있는 영웅적 인물이 아님
을 자각했던 사실과 맥을 이어 볼 수 있다. 때문에 그는 자기 사상과 작
품에 나타나고 있는 어두운 면이 청년들에게 나쁜 영향을 끼칠까 늘 우려

---

88) 「論睜了眼看」, 『魯迅全集』 1, 241쪽.
89) 「門外之談」, 『魯迅全集』 6, 92쪽 참조.
90) 「答有恒先生」, 『魯迅全集』 3, 454쪽.

했으며, 자신의 사상을 해부할 때에 결코 다른 사람에 대한 것보다 더 여지를 두지 않았음을 강조했다.91) 이러한 반성은 「狂人日記」의 '광인'이나 「祝福」과 「一件小事」의 '나'에서 그 형상화된 모습을 찾아 볼 수 있는데 루쉰의 전통 부정에서 철저했던 일면이 확인된다. 말하자면 그는 자신을 부정해야 할 대상 속에 위치시켰다. 때문에 자신을 포함한 전통을 부정할 뿐만 아니라 그러한 요소들이 제거된 새로운 사회의 창출을 위해 '인습의 무거운 짐을 떠메고 어깨로 암흑을 탈출하는 갑문(閘門)을 떠받쳐' 새로운 사회의 주인이 될 후대들을 '보다 넓고 밝은 곳'에 보내려고 노력했다.92) 그것은 일생의 희생적인 분투로 4천년 동안의 빚을 갚겠다는 다짐이었다.93) 루쉰은 자신을 낡은 사회로부터 밝은 미래의 새 사회로 전환하는 최후의 고리에 처한 '중간물(中間物)'94)이라고 규정했다. '전통'의 한 요소인 동시에 '전통'의 피해자였기 때문에 그 피해 요소들을 속속들이 파악할 수 있었고, 증오심 또한 누구보다 더 깊어서 '반항자'로서의 그 반격도 가장 치명적이고 강력할 수 있었다.95) 이러한 고찰로부터 우리는 '반전통'은 루쉰에게는 이미 내재적인 '조건반응'으로 체질화되어 있을 뿐만 아니라 전통의 일원으로서 '속죄(贖罪)'과정의 일환이었음을 알 수 있다.96)

루쉰은 자신을 부정 대상인 전통의 일원으로 파악하면서 "낡은 것을 청산하는 한편 새로운 길을 개척해야 한다."97)는 주장을 세웠다. 이는 파괴가 없으면 건설이 없음을 시사하며 후손들에게 행복한 삶을 살아갈 환경을 만들어 주는 것이 그의 목표였음을 의미한다. 「狂人日記」의 '아이들을 구원하라'는 외침, 「故鄕」의 결말에 홍아(宏兒)와 수생(水生)이 '나'와 다

---

91) 「兩地書・二四」, 『魯迅全集』 11, 79쪽과 「答有桓先生」, 『魯迅全集』 3, 457쪽 참조.
92) 「我們現在怎樣做父親」, 『魯迅全集』 1, 130쪽.
93) 「隨感錄・四十」, 『魯迅全集』 1, 322쪽 참조.
94) 「寫在<墳>後面」, 『魯迅全集』 1, 286쪽.
95) 「上海文藝之一瞥」, 『魯迅全集』 4, 300쪽 참조.
96) 汪暉, 앞의 책, 181~183쪽 참조.
97) 「我們現在怎樣做父親」, 『魯迅全集』 1, 140쪽.

른 생활의 길로 나가게 해야할 것을 희망하는 장면은 이러한 사상의 형상화였다.

요컨대, 전통의 부정은 춘원과 루쉰 사상의 중요한 부분으로서 민족 개조사상과도 일맥상통하고 있다. 그들은 모두 취사선택의 태도로 전통을 부정하고 새로운 가치관의 생성을 위한 토대를 마련하고 있었다. 하지만 부정과 생성의 과정에서 나타난 자아의 위치설정은 그들에 대한 상이한 평가를 낳게 하고 있다. 춘원은 피해자로 자신을 설정하여 전통을 부정하는 과정에서 청년들의 지도자로 나섰던 한편 루쉰은 자신을 전통 속의 일원으로 파악하여 부정의 대상 속에 위치시켰다. 루쉰의 전통 부정은 춘원에 못지 않게 과격했다. 하지만 식민지 현실처럼 민족의 상황이 절박한 형편이 아니었고, 또한 자신을 그 부정해야 할 대상의 일원으로 파악했기에 좀더 철저하고 객관적인 면모를 보일 수 있었던 것으로 판단된다.

2) 근대 문예의 체험

유교권의 변두리에 있던 일본은 한국이나 중국보다 일찍 그 영향권에서 벗어날 수 있었다. 일본의 근대화 출발을 알렸던 메이지유신(明治維新)이 일어났던 해는 1868년이었다. 이러한 근대적 성격의 변법은 한국과 중국에서 각각 1884년과 1898년에 비로소 그 선을 보였다. 1884년 김옥균(金玉均)을 비롯한 급진개화파가 개화사상을 바탕으로 조선의 자주독립과 근대화를 목표로 일으켰던 '갑신정변'이 한국의 경우였고, 1898년의 '무술변법(戊戌變法)'이 중국의 경우이다. 하지만 이러한 근대화를 향한 움직임은 당시 두 나라에서 뿌리깊었던 수구파, 즉 전 근대적 통치를 고수하려던 세력과 대적하기 어려울 정도로 그 힘이 미약했다. 결국 갑신정변은 '삼일천하'로, 무술변법 역시 '백일유신'으로 단명의 막을 내릴 수밖에 없었다. 이러한 변법은 여러 한계점을 드러냈음에도 불구하고 모두 강성한 근대적 국가와 사회건설을 목표로 하는 근대적 계몽의 붐을 일으켰다는 데에서 그 의의를 찾아볼 수 있다.

한국과 중국에 앞서 본격적인 근대화의 길에 올랐던 일본은 춘원과 루쉰이 일본 유학을 갈 때에 이미 서구 열강과 대적할 수 있는 실력을 갖춘 근대 국가의 반열에 들어섰다. 이러한 지역구도에 의해 일본은 한국과 중국에 위협적인 세력으로 부상하는 한편 또 근대화의 한 구체적 모델로 다가왔다. 한국과 중국은 근대국가로 탈바꿈한 일본을 통하여 좀더 가까이에서 근대화의 숨결을 느낄 수 있었다. 이러한 시기에 일본에 유학을 갔던 춘원과 루쉰은 자신들의 당시 체험에 대한 기록들을 남겼다. 이런 면에서 춘원의 글이 많고 좀더 상세한 듯한데, 먼저 그 부분을 살펴보기로 한다.

청년기에 들어선 춘원은 1905~1910년에 걸친 제1차, 1915~1919년에 걸친 제2차 일본 유학의 경력을 가졌다.

> 甲辰年 ─ 三十三년째 됩니다. 東京으로 가서 비로소 新文學에 接觸하게 되었습니다. 맨 처음 읽은 作品이 무엇인지는 記憶이 안 되나 國木田獨步, 夏目漱石, 바이론, 島崎藤村, 田山花袋, 톨스토이, 木下尙江, 이러한 사람들의 것을 읽었습니다.(중략) 톨스토이 저서를 읽게 된 것은 中學三年시대라고 생각하는데 나이로는 十七歲, 내게 톨스토이 책을 빌려준 이는 山崎俊夫라는 同窓生이었습니다.[98]

춘원은 일본 유학에서 야마자끼라는 동창생을 통하여 톨스토이를 접했다. 당시 일본어로 번역 된 톨스토이의 『나의 종교(我が宗敎)』를 읽고 '이것이야말로 眞理다, 人類가 이 모양으로 살아야만 平和의 世界를 이룰 것

---

98) 「多難한 半生의 途程」, 『李光洙全集』 8, 446~447쪽.

이다, 나는 一生 이 主義로 살아 가겠다, 톨스토이는 果然 큰 先生任이시
다고 感激'했던99) 춘원이었으며 한국에서 유일하게 톨스토이의 추도회를
열었던 그였으니 톨스토이에게 심취했던 점은 쉽게 확인된다. 그렇다면
톨스토이로부터 춘원은 어떠한 요소를 자신의 문학 또는 사상 형성의 자
양분으로 섭취했을까?

춘원이 톨스토이에게 가장 공감했던 것은 그의 박애주의, 비폭력주의
와 무저항주의로 보인다. 현실에서 그것을 실현하는 것이 어렵다는 점을
춘원은 잘 알고 있었다. 그는 당시의 현실에는 아직도 '폭력과 이기주의'
가 횡행하고 있으므로 톨스토이의 사회개혁 사상은 아득한 '재재명일(再
再明日)'의 것이라고 지적했다. 이러한 이상과 괴리되어 있는 현실에 대해
춘원은 나름대로 방안을 마련했는데 그것은 '現實에 발을 붙이고 理想의
미래를 끌어 잡아당기는 誠意 있는 노력'의 태도로 그 '삼대주의'를 추구
하는 실천에 임해야 한다는 것이다. 그는 오직 그렇게 하는 것이야말로
개인의 가정생활, 나아가서는 민족생활이 추구해야 할 '人生의 正道'라고
했다.100) 말하자면 주관적 능동성의 역할에 희망을 두고 있었다. 이러한
판단과 아울러 춘원은 톨스토이의 예술에 대한 태도까지 고찰하여 이러
한 결론을 얻게 된다.

藝術에 대하여서도 그는 人生에게 서로 사랑하는 感情과 眞理의 生
活을 憧憬하고 罪惡된 生活을 惡하는 感情을 일으키게 하는 것이 藝術
의 使命이라고 보았다.101)

그는 자신의 예술관에 가장 큰 영향을 준 것은 톨스토이라고 했다.102)

99) 「杜翁과 나」, 『李光洙全集』 10, 594~595쪽.
100) 「杜翁과 現代」, 『李光洙全集』 9, 464~466쪽 참조.
101) 「톨스토이의 人生觀」, 『李光洙全集』 10, 489쪽.
102) 「杜翁과 나」, 『李光洙全集』 10, 595쪽.

춘원이 문학을 '어떤 種類의 藝術的 形式에 依한 人類의 生活(思想, 感情 及 活動)의 想像的 表現인 文獻으로서 吾人의 感情을 動하는 것'103)으로 파악하고 '文學이 되려면 情의 어떤 줄을 울려준다는 條件'104)을 구비해야 한다고 주장했던 것 등은 모두 톨스토이에 심취했던 점과 떼어놓고 보기 어려운 점이다. 그것은 춘원이 주장했던 '정의 문학'의 한 모태였다.

춘원은 박애주의, 비폭력주의와 무저항주의를 톨스토이의 인생관으로 파악하고 그의 예술관까지 그 연장선에서 이해했다. 소년기에 고아로, 가족을 책임져야 할 장자로 지내면서 고독과 사랑 기갈증을 느꼈던 춘원이었다. 더구나 부친의 부재는 그에게 삶의 정신적 기둥의 결여나 다름없었다. 장자나 남아에게 있어서 부계는 극복의 대상이 될 수도, 모방의 대상이 될 수도, 삶의 길에서의 참조적 준거가 될 수도 있는 존재이다. 이러한 정상적인 삶의 필수적 요건이라고 할 수 있는 부친의 부재는 춘원을 사랑에 대한 갈망에 빠지게 했고, 따라서 일단 숭상의 가치를 지닌 대상이 판단되기만 하면 온 마음을 기울였다. 그 자체가 부계의 대체물, 말하자면 비어있던 마음을 단번에 채우기 때문이다. 이때 반드시 거쳐야 할 비판적 과정은 거세될 수밖에 없었다. 톨스토이는 춘원 인생에서 부재하는 부친을 대체할 만한 첫 만남이었다. 때문에 춘원은 톨스토이를 자신의 모방 대상과 삶의 참조적 기준으로 전격 수용했을 것이라는 판단이 가능하다. 절실한 개인의 고아적 상황은 회의와 탐구심이 결여된 성격을 만들어갔다. 사색이 표면적일 뿐만 아니라 평면적이었으니 앞날을 투시하고 바람직한 방향을 잡아야 할 역사의식도 기대할 수 없는105) 춘원의 단초가 이미 나타나고 있었다.

게다가 춘원이 다니던 학교 또한 "누가 네 뺨을 때리면 다른 뺨까지 내

103)「文學講話」,『李光洙全集』10, 381쪽.
104)「文學에 對한 所見」,『李光洙全集』10, 454쪽.
105) 金鵬九, 앞의 글, 109쪽.

밀어라.”고 주장하던 미션계 학교였음도 이에 일조 했을 것이다. 그리고 인생의 실천에서 춘원은 ‘한국의 톨스토이’로 되기 위해 노력했을 것임은 앞서 살폈던 바이다.

한편 루쉰은 19세기 말 러시아 문학을 ‘스승이고 친구’로 간주하였는데 그 대표로 도스또옙스끼(Ф. М. ДосТеВсКий, 1821~1881)와 톨스토이를 짚었다.106) 하지만 그는 후자보다 전자를 더 숭상했던 것으로 보인다. 톨스토이에 관한 전문적인 글은 보이지 않고 단지 ‘출신은 귀족계층임에도 빈민을 동정’했던 점107)에만 주목했던 것으로 확인되지만, 도스또옙스끼는 여러 글들에서 언급했다. 그는 도스또옙스끼 문학의 ‘뜨겁다 못해 차가워진 열정’과 ‘곧 터질 것만 같은 인내’108)의 성격에 크게 공감했다. 중국 국민의 ‘불행을 슬퍼하고 진취심의 전무에 노여워’109)하면서 냉정하게 그 참상을 그렸던 루쉰 문학과 맥이 닿는 부분이다. 루쉰은 ‘가져오기 주의’의 원칙에 의거하여 억압받는 민중의 간고한 삶을 표현한 문학에서 자신이 필요했던 자양분을 섭취했던 것이다. 초기의 근대적 자아의 확립의 호소에 요긴하게 원용(援用)되었던 니체도 여기서는 그 의의를 상실하게 되었다.110) 후에 독일 판화가 케쉬 콜비츠(Kaethe Kollwitz, 1867~1945)의 판화에 관심을 가진 것도 유년기에 그림 그리기를 좋아했던 전기적 사실과 무관하지 않지만 더 중요한 것은 그녀의 작품이 ‘가난한 사람과 평민의 고난과 비통’111)을 담고 있기 때문이었다. 소년기에 보였던 강인한 주견은 루쉰이 자신 특유의 문학 세계를 구축하는 과정에서도 그 ‘가져오기 주의’를 통하여 반영되었다.

---

106) 「祝中俄文字之交」, 『魯迅全集』 4, 459~460쪽 참조.
107) 「“硬譯”与“文學的階級性”」, 「≪爭自由的波浪≫ 小引」, 『魯迅全集』 4, 204쪽과 『全集』 7, 304쪽 참조.
108) 「陀思妥夫斯基的事」, 『魯迅全集』 6, 412쪽.
109) 「摩羅詩力說」, 『魯迅全集』 1, 80쪽.
110) 「拿來主義」, 『魯迅全集』 6, 38쪽 참조.
111) 「≪凱綏·珂勒惠支版畵選集≫ 序目」, 『魯迅全集』 6, 470쪽.

다음은 일본 유학기간에 춘원과 루쉰이 당시 일본의 문학적 움직임에 어떠한 반응을 했는가를 밝혀야 할 것이다. 일본에서 공부했던 그들이 당시 일본문학으로부터 자유롭지 못했던 것은 매우 당연한 일이었을 것이다.

앞서 살폈듯이 춘원은 톨스토이 외에도 당시 여러 일본 작가들의 작품을 두루 섭렵했던 것으로 나타나고 있다. 이 시기는 춘원의 제1차 유학기간이었는데 이때 평생을 주도하는 자신의 주체의식을 형성하기 시작했다. 이렇듯 중요한 시기에 톨스토이 외에 일본의 문단은 그에게 어떻게 작용했을까?

> 자연주의 문학운동은 대체로 명치 39년(1906)부터 대정(大正) 초기 (1912~)까지 왕성한 활동을 전개했던 것입니다. 이 시기에 있어서 이 운동은, 진실을 은폐하려는 풍조를 문단으로부터 물리치기에 성공했으며, 일본의 소설은 이 운동에 의해서 그 이전의 것과 이후의 것 사이에, 거의 전혀 성질이 다른 것으로 되었읍니다.112)

1894년의 청일전쟁과 1905년의 러일전쟁을 거쳐 청 나라와 러시아를 제압하고 동아시아의 패왕으로 군림한 일본에는 당시 서구의 사상과 문화가 급속히 유입되었다. 메이지유신 후에 이루어진 풍토와 두 차례 전쟁의 승리에서 국민의 자각이 진일보 가속화되었는데, 그러한 상황은 전통에 대한 부정과 개성의 존중, 자유에 대한 추구와 감정의 해방 등으로 표현되었다. 이러한 사조가 문학영역에서 결실을 맺었던 것은 바로 당시 일본의 자연주의 문학이었다.113) 메이지 말년에서 다이쇼(大正) 시대에 걸쳐 일본의 근대문학이 성숙기에 들어섰을 때 문학의 왕좌를 차지한 것은 바로 '당시 소설의 최고 이상의 전형이었으며 가장 많은 걸작을 낳았던 문

---

112) 吉田精一・奧野健男(柳呈 옮겨지음), 『現代日本文學史』, 정음사(1984), 81~82쪽.
113) 小林一郎, 「自然主義の旗手たち」, 『日本文學新史<近代>』5(前田 愛・長谷川泉 編), 至文堂(平成2年), 150쪽 참조.

학형식인' 사소설이었다.114)

춘원은 1909년 12월 31일자의 일기에서 그 해에 읽었던 책들을 나열했
는데 그 가운데 당시 일본 사소설 대표 작가들의 작품이 발견된다. 춘원
은 그러한 '自然主義時代에 小說을 쓰기를' 배우게 되었던 것임을 밝힌 바
있다.115) 심지어 '日本 文壇에서 기를 들고 나설까'116) 하는 생각까지 가
졌던 춘원은 그 환경으로부터 자유로울 수 없었을 것이다. 이러한 점은
춘원의 일본어로 씌어진 「愛か」에서 그 일단을 확인해 볼 수 있다. 여러
모로 춘원 자신을 닮아 있는 작품의 주인공 문길이 사랑기갈증에 빠져 사
랑 착각으로 자살을 시도하기에 이르는 이 작품117)은 그대로 '어쩔 수 없
는 혼돈스러운 위기 자체의 표백'118)이라는 사소설적 성격이 짙다. 하지
만 춘원은 이러한 성격의 사소설에 완전히 침몰되지 않았다. 그는 일기에
시마자키 도손(島崎藤村)의 「破戒」를 읽고 '평범한 듯 하다'고 했으며 「花
袋集」을 읽고 그 용기에는 탄복하면서도 '그리 좋은 줄을 모르겠다'고 기
록했다.119) 같은 해에 어렴풋이 나마 나라를 침략하고 부친을 살해한 외
래 침략자에 대한 비분강개의 감정을 표출하고 있는 「어린 희생」과 민족
을 위하여 사재를 털어 교육사업에 헌신하는 김광호 일생의 대강을 그린
「헌신자」를 쓸 수 있었던 것은 춘원이 자신의 체험을 기록하는 데 그치
지 않고 나름대로 팽창되고 있었던 민족의식을 가미하려는 노력의 일단
을 보여 주었다. 그의 많은 작품들이 '작가의 자기도취에 바탕을 둔 개성
의 과대시 또는 작품 속에서 작가를 대변하는 주인공의 독선'120)을 보였

---

114) 나카무라 미쓰오(유은경 옮김), 「풍속소설론」, 『일본 私小說의 이해』, 小花(1997), 82
    쪽 참조.
115) 「自作의 辭」, 『李光洙全集』 10, 509쪽.
116) 「일기」, 『李光洙全集』 9, 333쪽.
117) 김윤식 역, 「사랑인가」, 『文學思想』, 1981년 2월호 442~446쪽 참조.
118) 히라노 겐(유은경 옮김), 「사소설의 이율배반」, 『일본 私小說의 이해』, 小花(1997),
    188쪽.
119) 「일기」, 『李光洙全集』 9, 330쪽과 334쪽.

던 것은 사소설적 요소에 대한 차용으로 판단된다. 문학 습작기에 접했던 작품들이 쉽게 그의 기억으로부터 사라지지 않았던 것이다. 춘원의 수작 (秀作)들이 거의 다 그의 신변 사실들을 형상화한 것이었다는 것, 작품을 논문 대신으로 쓰기에 허구화의 장치를 중요시하지 않았다는 것 등은 이러한 추정을 가능케 하는 부분이다. 이러한 것들은 또한 소설을 '某 時代의 某 方面의 忠實한 記錄으로' 보기 때문에 '내게는 寫實主義的 色彩가 많다'[121]고 하면서 '文學의 第一要件'을 그 '眞實性'[122]에 두었던 춘원의 문학관과도 직접적으로 연관되는 점이다.

루쉰과 당시 일본 문단을 풍미했던 사소설과 관계에 대한 연구는 별로 진행되지 않았다. 여기에는 그럴만한 역사적 근거가 있었던 바 그것은 루쉰의 친지와 친구들이 남긴 기록들이다.

　　당시 일본문학에 대하여 특별히 주의를 기울이지 않았다. ……자연주의가 흥행할 때에도 단지 다야마 가타이(田山花袋)의 소설 「이불(棉被)」만 읽었고 또한 그다지 흥미를 가진 것 같지는 않다.[123]

이 외에도 타케우찌 요시미(竹內好)의 『루쉰과 일본문학(魯迅与日本文學)』과 增田渉의 『루쉰과 일본(魯迅与日本)』은 모두 루쉰이 거의 일본문학의 영향을 받지 않았음을 증언하고 있다.[124] 주작인은 루쉰의 친동생으로서 1906년에 일본 유학을 가서 루쉰과 오래 동안 함께 지내며 여러 면에서 중국 신문학의 창출을 위한 준비작업에 몰두했었다. 주작인이 일본에 갔을 때는 마침 루쉰이 '환등사건'으로 분연히 센따이를 떠나 문예 구국의

---

120) 吉田精一·奧野健男(柳呈 옮겨지음), 앞의 책, 88쪽.
121) 「余의 作家的 態度」, 『李光洙全集』 10, 461쪽.
122) 「文學瑣言」, 『李光洙全集』 10, 498쪽.
123) 周啓明, 「關於魯迅之二」, 『苦雨齋主』, 東方出版社(1998), 222쪽.
124) 伊藤虎丸(李冬木 譯), 『魯迅与日本人』, 河北教育出版社(2000), 10~11쪽 참조.

길로 들어섰을 때였다. 루쉰과 문학의 출발을 거의 같이 했던 주작인의
증언은 가장 권위적이라 할 만한 것이다. 增田涉 또한 1931년 상해에서 『중
국소설사략』의 번역문제로 루쉰과 거의 매일 만나다 시피 한 사람이다.
루쉰이 타계한 1936년까지 그들 사이에 왕래한 편지만 하여도 50통을 넘
기는 정도이니 그의 증언 역시 무시할 수 없다. 문예를 지향했던 루쉰은
일본문단에서 과연 그토록 초연할 수 있었을까?

   루쉰은 1925년에 片山孤村의 저서를 『自然主義之理論及技巧』란 제목으
로 번역한 적도 있으며 앞서 인용한 증언들에서도 자연주의 대표작 정도
는 읽었던 것으로 나타나고 있다. 성방오(成仿吾)는 "그때 일본 문예계에는
한창 자연주의가 성행하고 있었으니 우리의 작가가 그로부터 자연주의
영향을 받았음은 아마 의심할 바 없는 일일 것이다."[125]라고 했다. 성방
오의 글은 당시의 '순수문학'의 입장에서 루쉰 문학의 '참여성격'을 공격
했던 것이어서 '종파주의'를 범하여 비판의 대상이 되었지만, 이 부분만
은 어느 정도 타당한 일면이 있다. 루쉰의 초기 작품뿐만 아니라 창작 대
부분의 소재가 작자의 체험과 상당한 연관을 맺고 있는 것으로 나타났기
때문이다. 이는 '진실성'을 미리 '사실'에 의거하여 확보하는 사소설의
'리얼리즘 기법'[126]가운데 '사실의 진실성'에 공감했던 것으로 판단된다.
허위와 거짓된 모든 것을 저주했던 루쉰에게 '진실'은 매우 소중한 것이
었다. '진(眞)'이야말로 소설의 모든 기능을 할 수 있는 기본 요건이라고
했던 루쉰의 주장은 이러한 판단을 뒷받침해준다. 하지만 루쉰 또한 이
사소설에 매몰되지 않았다. 그는 신변사실에 집착하는 그러한 '일기체,
서간체'는 쉽게 환멸감을 줄 수 있다[127]고 했는데 이는 지나치게 주관적
감개에 치우쳐 개인의 센티멘탈리즘에 빠져드는 사소설의 부정적인 요소

---

125) 成仿吾, 「≪吶喊≫ 的評論」, 『魯迅硏究學術論著資料匯編』 1, 中國文聯出版公司(1985,
    이하 『匯編』으로 약칭), 46쪽.
126) 나카무라 미쓰오, 앞의 글, 앞의 책, 119~120쪽 참조.
127) 「怎樣寫」, 『魯迅全集』 4, 24쪽.

에 대한 반발을 의미한다. 더구나 민족을 계몽하기 위한 사회적 효용성을 중요시했던 루쉰이 사소설의 전반에 대해 동의할 수 없었던 것은 지극히 당연한 일이었다. 이는 춘원에게도 마찬가지로 적용되는 점이다. 춘원과 루쉰은 모두 민족을 위하는 문학 가운데 사소설의 일부 요소를 나름대로 의 판단에 의해 차용하기는 했지만 거기에 함몰되지 않았다는 것이다. 단, 대조되는 부분은 문학 창작에서 춘원에게는 작가 개입으로 인한 개인의 명성을 옹위하려는 흔적이 짙었고 루쉰은 오직 그 '진실'을 확보하는 기 법에 주안점을 두었다는 데 있다.

제 3 장

문학의 비교 연구

1. 문학사상의 분석 비교

1) 근대문학의 수용 양상

'근대'가 춘원과 루쉰 문학의 공통분모 가운데 하나였다는 점은 서론에서 언급했던 바이다. 문학의 근대성격에 대해 그들은 모두 그 개념에서부터 재래의 문학과는 완전히 다르다는 점을 밝혔다. 이는 그들이 문학을 현실에 참여하는 수단으로 삼았던 한편 문학의 근대적 의미에 대해서 분명한 인식을 가지고 있었음을 의미한다.

춘원은 1916년 「文學이란 何오」에서 당시 말하는 문학은 이전의 문학과 다른 것임을 천명했다. 그것은 '道德的·勸善懲惡的 의미'에 대한 추구를 유일한 준거로 삼는 재래의 '문학'이 아니라 삶의 현실에 있는 '淸醇爛漫한 人情의 美'를 담는 것인 바, 그 의미를 따져본다면 '西洋人이 使用하는 文學이라는 語義를 취함이니, 西洋의 literatur 혹은 literature라는 語를 文學이라는 語로 飜譯'한 것이라고 했다.

루쉰은 1934년 「門外文談」에서 '문학'의 근대적 성격에 대해 피력한 바 있다. 그는 이전에 말하던 '문(文)'을 지금에 와서는 "'문학(文學)'이라고 부르는데 그것은 '文學子游子夏'[1]에서 떼어온 것이 아니라 일본에서 수입한 것으로서 그들이 영문 literature를 번역하여 이름한 것이다."라고 했다.

문학을 종래의 전통적인 '문학'과 구분하였다는 점은 그들이 여러 모로 그러한 근대문학에 걸 맞는 창작의 태도를 가졌다는 것을 말한다. 아래에서 춘원과 루쉰의 문학관에 수용된 근대적 요소들을 밝혀보는 것으로 그들의 '근대문학'에 대한 비교연구를 시작하고자 한다.

(1) 아이디얼리즘과 리얼리즘

문학의 가장 중요한 조건의 하나가 진실성이라고 했던 춘원의 주장은 앞서 살핀 바 있다. 그는 자신의 작품을 언급하는 글에서 '그린다', '그려 보려 한다', '기록', '사진사가 사진을 박 듯' 등 용어를 많이 사용하고 있으며 거의 모든 작품에 모델이 있다고 했다. 심지어 「삼봉이네 집」같은 것은 그때의 일어난 현실사실'이라고 했다. 춘원은 문학이 자체의 목적을 이루기 위해서는 우선 먼저 그것이 실재했던 '사실'이어야 한다는 점을 강조했다. 이는 춘원이 실재했던 삶의 '사실'로써 문학의 '진실성'을 추구하기에 주력했다는 것을 의미한다. 뿐만 아니라 그는 이러한 체험의 '사실성'에 의해 획득한 문학의 '진실성'을 훌륭한 문학이 갖추어야 할 필수적인 요소로 간주했다. 그는 훌륭한 문예는 재미(趣), 감동(感)이 있어야 하며, 참(眞)되어야 하고 아름다움(美)이 있어야한다고 했다.[2] 문학은 우선 재미있는 '진실성'을 확보해야 비로소 '善'의 기능과 '美'적 가치를 확보할 수 있다는 주장이었다. 그리하여 재미있는 이 '진실성', 즉 문학의 '眞'이 없다면 문학의 '선'과 '미'도 있을 수 없다는 논리를 세웠다. 이것은

---

1) 『論語 · 先進』의 "만약 文章博學을 논하려면 자유, 자하 두 사람을 빼놓을 수 없다(若文章博學則有子游, 子夏二人也)."의 援用임.
2) 「藝術評價의 標準」, 『李光洙全集』 10, 442~443쪽 참조.

춘원이 리얼리즘의 '있는 것을 그대로 그린다'는 기법에 대한 파악이 된
다. '寫實主義는 가장 安全하고 正經이 되는 묘사법'[3]이라고 간주했던 춘
원은 자신에게 사실주의적 색채가 많다고 했는데 이 역시 위의 판단을 뒷
받침해주고 있다.

춘원이 "人生의 一面을 如實히 描寫 한다."[4]고 했을 때 그 인생의 여실한
면은 무엇을 말할까? 그것은 아래의 인용을 살필 때 좀더 명확하게 된다.

> 朝鮮民衆의 藝術은 朝鮮民衆의 生活을 그리는 것이 必要한 條件입니
> 다.……聰明한 朝鮮의 藝術家는 朝鮮民衆의 生活에 甚한 新藝術을 創作
> 하는 자외다.[5]

그리하여 춘원은 '「無情」을 日露戰爭에 눈뜬 朝鮮, 「開拓者」를 合併으로
부터 大戰前까지의 朝鮮, 「再生」을 萬歲運動以後 1925年頃의 朝鮮, 方今『東
亞日報』에 連載中인 「群像」을 1930年代의 朝鮮의 記錄으로'[6] 한다는 태도
로써 창작에 임했다. 거기에는 여명기에 고민하고 있는 조선의 '신진지식
계급 남녀'와 일시 악의 유혹에 빠졌으나 자포자기하지 않고 '懺悔하며
노력하는 여자들'과 같은 시대적 인물이 있는가 하면 '빛나는 民族의 性
格'의 대표자인 이순신, '조선 역사상의 첫 순교자' 이차돈과 같은 과거의
인물들도 있었으며 심지어 '奇想天外'적인 행동과 사업을 했던 허생도 있
었다.[7] 그것은 그들이 "오늘날의 조선형편에서 어떻게 제 씨를 뿌리고 제
열매를 거두어 가는가."[8]를 살펴보기 위함이었고, 그 내용은 '민족의 현
상과 장래에 대한 이론도 있고, 또 내가 우리의 현재와 장래에 대하여 느

---

3) 「朝鮮文壇의 現狀과 將來」, 『李光洙全集』 10, 401쪽.
4) 「小說家의 準備」, 『李光洙全集』 10, 494쪽.
5) 「藝術과 人生」, 『李光洙全集』 10, 368쪽.
6) 「余의 作家的 態度」, 『李光洙全集』 10, 461쪽.
7) '＜無情＞等 全作品을 語하다', 『李光洙全集』 10, 520~523쪽 참조.
8) 「내 소설」, 앞의 책, 515쪽.

끼는 슬픔과 반가움과 기쁨과 희망도 있고 또 여러분의 속속 마음과 의논해 보고 싶은 사정'9)도 포함되어 있었다. 다시 말하자면, 춘원은 리얼리즘적 문학관에 입각하여 '있는 그대로 그리는' 사실주의적 수법으로 당시 민족의 생존 현실과 민족 성원의 사상을 담아내는 것을 내용으로 하는 문학을 지향했다.

그런데 춘원의 이러한 문학관이 실제로 문학적 실천에서 이행되고 있었는가 하는 문제에 마주칠 때 그 결론은 상당히 부정적일 수밖에 없다. 이론과 실천이 괴리되는 부분이 많이 발견되기 때문이다. 춘원 자신의 창작의도와 달리 여러 작품에서 등장하는 관념적인 인물들의 추상적으로 흐르는 언행은 리얼리티를 확보하는 데에 부정적 역할을 했다. 식민지 현실을 주관적으로 파악하여 사실적으로 소설화하면서도 현실에 대응하는 태도가 순응·도피적 성향을 띠고 있는 주관적 사실주의계 소설은10) 춘원의 아이디얼리즘의 구체 양상이었다. 그리하여 춘원은 리얼리즘에 대한 이론적인 이해를 가지면서도 그 실천에서는 오히려 아이디얼리즘적인 면모를 보였다. 실제 생활에서는 구식 혼인의 터부를 탈피하고 진정한 사랑을 찾았던 춘원의 창작에 나타났던 아이디얼리즘적인 성격은 실로 아이러니가 아닐 수 없었다.

루쉰의 리얼리즘에 대한 이해도 역시 창작기법과 창작정신으로 나누어 살필 수 있다. 루쉰에게 있어서 유일하게 의미 있는 대상은 오직 현재뿐이었다. 그는 모든 것을 현재의 인간적 삶에 긍정적인 역할을 끼치는가 아니면 부정적인 역할을 끼치는가 하는 것을 기준으로 하여 취사여부를 결정했다. 리얼리즘의 정신과 기법에 의해 이루어진 문학은 '인생을 위한 문학'으로서, 개인과 민족 나아가서 인류의 생존과 발전에 기여해야 한다는 것이 루쉰의 기본 주장이었다. 그의 문학에는 현실을 인식하는 데 그

---

9) 「<흙>에 對하여」, 앞의 책, 511쪽.
10) 윤명구, 『한국근대문학연구』, 인하대출판부(2000), 129쪽.

치지 않고 그것을 개조하려는 자세로서의 행동주의적[11] 면모가 확인되고
있었다.

루쉰 문학의 본령은 '마비되어 무감각한 정신상태'에서 '생명의 존엄을
망각하고' '기만과 사기로' 스스로를 위안하고 '기묘한 도피'의 인생을 살
아가는 '비겁, 나태 그리고 교활'한 국민성을 타개하는 데에 있었다.[12] 그
는 용기를 내어 현실을 정시하고 진수를 정확히 파악한 후 그것을 그려냄
으로써 그 '아픔의 고통을 들추어내어 치료할 생각을 가지도록 해야'한다
고 했다.[13] 현실을 '정시(正視)'하려면 먼저 용기를 갖추어야 했다. 용기가
결여된 민족성은 바로 루쉰이 질타했던 중국 국민의 '비겁'한 성격이었
다. 현실을 똑바로 바라보지 못하고, 자아도취로 이끌어 가는 '정신승리
법'으로 모든 것을 얼버무려 살아가면서 투지를 잃어버리고 '나태'하게
된다. 그리고 스스로를 속여 '위안'할 수밖에 없는 유치한 '교활'의 열악
성을 띠게 된다. 때문에 그들의 정신상태를 '개변'하려고 나섰던 루쉰은
먼저 현실을 "정시(正視)"하고 그것을 있는 그대로 그리는 데에 치중했다.
그리하여 현실의 죄악을 고발하고 현실의 '암흑을 교란'함으로써, 사람들
로 하여금 바람직한 삶을 살아갈 수 있게 하자는 것이었다. 이러한 취지
하에 루쉰은 재삼 현실의 '진실성'을 강조하였다.

    (a) 나는 한 작가가 세련된 필치로, 혹은 아예 좀 과장된 필묵으로—
    물론 그것은 반드시 예술적이어야 한다—일군의 사람 혹은 한 방면의
    진실을 그릴 때 이 작품을 '풍자'라 할 수 있다고 생각한다. '풍자'의
    생명은 진실에 있다. 반드시 발생했던 사실이어야 필요는 없을지라도
    반드시 발생할 가능성이 있는 사실이어야 한다. 그러므로 그것은 '날조

---

11) A. 하우저 著/白樂晴・廉武雄 共譯, 『文學과 藝術의 社會史』(現代篇), 創作과批評社
    (1983), 66쪽.
12) 「自序」, 「論睜了眼看」 ; 『魯迅全集』 1, 416~417쪽과 237~241쪽 참조.
13) 「我怎么做起小說來」, 『魯迅全集』 4, 512쪽 참조.

(捏造)'가 아니고, '무함(誣蔑)'도 아니며, '은밀한 것을 밝히는 것'도 아니고, 일부러 사람을 놀라게 하는 소위 '기문'이나 '희괴(稀怪)한 일'도 아니다. 작품에 씌어진 것은 공개적인 것이며 늘 보는 것이지만 평소에는 누구 하나 이상하게 여기지 않았고 또한 자연 누구도 주의를 일으키지 않았던 것이다.[14]

(b) 진실이라는 점으로 볼 때에 마땅히 매우 우수하다고 해야 할 것이다. 외국독자의 입장에서 보기에는 아마 진실하지 않다는 느낌이 없지 않겠지만 실제로 그것은 거의 진실한 것이다[15](강조 부분은 필자).

(a)는 1935년 문학사(文學社)에 보냈던 편지 내용의 일부이다. 문학론의 성격을 띤 이 글은 사실 자신의 창작원칙에 대한 피력이나 다름없었다. 그는 문학에서 다루는 내용, 다시 말하자면 그려내는 것은 반드시 현실 속에서 일어났거나 또는 일어날 가능성이 있는 것이어야 한다고 했다. 즉, 독자에게 먼저 '진실'이라는 확신을 주어야 한다는 주장이다. 그는 문학이 보유해야 할 이러한 '진실성'을 사진 찍는 것에 비유하며 아무리 보기 흉하고 인정하기 싫은 것이라도 찍는 순간에 '진실'을 담아야만 비로소 훌륭한 (풍자)작품이 될 수 있다고 했다.

(b)는 1936년 일본 개조사(改造社) 사장 산본실언(山本實彦)의 요청에 응하여 중국 청년작가의 단편소설 10편을 추천하면서 일본어로 쓴 서문형식의 글이다. 당시 중국의 단편소설은 거의 루쉰의 영향하에 창작된 것이었다. 루쉰은 작품 성취도의 평가에서 '진실성'을 매우 중요한 준거로 삼고 있었음을 알 수 있다. 중국의 옛날 책은 현실의 인생과 동떨어진 내용을 다루기에 진취성을 잃게 한다고 하면서 청년들로 하여금 가급적이면 적게, 심지어는 중국 책을 읽지 말라고 했던[16] 루쉰이 진실한 삶을 떠난

---

14) 「什么是'諷刺'?」, 『魯迅全集』 6, 328쪽.
15) 「"中國杰作小說"小引」, 『魯迅全集』 8, 399쪽.

'공중누각'을 저주했을 것은 매우 당연했다.

위의 내용에서 본다면 루쉰은 현실의 '진실성'을 문학에서 성공여부의 중요한 준거로 삼고 있었다는 점이 확인된다. 그는 이러한 '진실성'을 그려내야만 진정으로 문학이 자체의 역할을 할 수 있다는 입장에서 문학의 '진실성'을 강조했다. 창작에서 이러한 '진실성'을 확보한다는 것은 바로 작품에서 현실을 있는 그대로, 마치 사진사가 사진을 찍는 모양으로 그려내야 한다는 주장으로 이해할 수 있다. 그것은 루쉰 리얼리즘 문학관의 한 근간 즉, 창작기법으로서 리얼리즘에 대한 이해를 말해주고 있다. 루쉰의 작품집『吶喊』과『彷徨』에 수록된 현실을 소재로 한 소설 거의 모두가 그 사실적 근거를 확보하고 있다는 점은[17] '발생했던 사실이어야 할 필요는 없을지라도 반드시 발생할 가능성이 있는 사실'이어야 한다는 원칙에 대한 루쉰의 실천의 구체적인 표현이다.

루쉰은 이러한 사실주의 기법으로써 무엇을 그리려 했던 것일까?

1922년 창작집『납함』의「자서」에서 그는 문예운동에 몸을 담게 된 이유는 국민들의 '무지하고 마비되어 있는' 정신상태를 깨우치는 데에 있다고 했다. 그리고 자신은 소설의 소재를 '병든 사회의 불행한 사람들' 가운데서 취한다고 했다. 또한 작가는 기만으로 변모된 현실의 '베일을 벗기고 진솔하게, 깊이 있게, 과감하게 인생의 면모를 파악하고 그 진수(眞髓)를 그려'[18]야 한다는 점을 강조했다. 작품이 반영하는 현실의 '진실성'을 중요시했던 그로서는 매우 당연한 주장이었다. 그는 또 작가는 '더 높은 의미에서의 사실주의자'가 되어 인간 영혼 깊은 곳까지 관찰해야 할뿐만

---

16)「青年必讀書」,『魯迅全集』3, 12쪽 참조.
17) 자신 창작의 소재에 대한 루쉰의 언급은 그리 많지 않다. 하지만 그의 동생 주작인은 여러 글, 특히『魯迅小說里的人物』, 河北敎育出版社(2002)에서 루쉰의 작품에 나오는 사건, 인물의 대부분 원형을 밝혔는데 루쉰 소설창작에서 중요시되었던 '진실성' 원칙이 재확인되고 있다.
18)「論睜了眼看」,『魯迅全集』1, 241쪽.

아니라[19] '침묵 속에 잠겨있는 국민의 영혼'[20]을 그려내야 한다고 주장
했다. 국민의 정신을 깨우치려면 그 진면모를 파악하고 있는 그대로 그려
고발해야 한다는 것이다. 다시 말하자면 인생의 진면모에 대한 '재현'과
'반영'이라는 리얼리즘의 '원숙한 사실주의적 기교'에 그치지 말고[21] '가
난한 자와 평민들의 고생하는 비통한 모습'으로 '내용의 충실(充實)'함을
이룩해야 한다는 점에 대한 강조였다.[22]

(2) '인생을 위한 문학'

춘원 문학관의 가장 중요한 특징의 하나는 공리주의였다. 이 점은 그가
오래 동안 민족운동에 앞장섰던 경력과도 무관하지 않다. 말하자면 민족
운동의 엘리트 계층에 서 있었던 지도자적 인물로서 자신의 주장이나 사
상을 지도 받는 사람들에게 전달해야 할 필요성을 매우 강하게 느꼈을 것
이기 때문이다. 그는 자신이 문학의 미학적 가치보다 문학의 공리적인 기
능(계몽)에 더 주목하고 있음을 여러 글들에서 밝힌 바 있다. '美는 없고도
살지마는 善은 없고는 살지 못 하는 것'[23]이라고 갈파했던 춘원은 꾸준히
그러한 문학론을 펼쳤던 것이다. 그 글들은 그가 국내 민족지도자로서 등
장할 무렵인 1920년대부터 한층 논리화되고 체계적인 모습을 보여주었는
데 자신의 지위에 걸 맞는 '명성'을 확립하기에 고심했던 노력의 일환으
로 짐작된다.

춘원은 1916년에 「文學의 價值」에서 서양의 모든 문명의 근원은 우선
민중이 사상의 자유를 자각한 데에 있다고 했다. 그는 프랑스의 대혁명은
'佛國革新文學者' 루소(Rousseau)의 一枝筆의 力'에 의해 발발했으며, 미국의

---

19) 「≪窮人≫ 小引」, 『魯迅全集』 7, 103~104쪽 참조.
20) 「俄文譯本 ≪阿Q正傳≫ 序及著者自敍傳略」, 『魯迅全集』 7, 82쪽.
21) 「文藝与革命」, 『魯迅全集』 4, 84쪽.
22) 「≪凱綏·珂勒惠支版畵選集≫ 序目」, 『魯迅全集』 6, 470쪽.
23) 「文學瑣言」, 『李光洙全集』 10, 496쪽.

독립전쟁 때에 북부 인민의 정을 움직여 그들로 하여금 자유를 지향하게
했던 것은 포스터와 같은 '文學者의 힘'이었다고 했다. 이러한 논리의 연
장선에서 그는 한 나라의 흥망성쇠 그리고 부강과 빈약의 여부는 그 국민
의 이상과 사상 여하에 달려있고, 그 이상과 사상을 지배하는 자는 바로
'문학'이라고 주장했다.24) 서양 근대문학의 공리적 효력에 공감했던 춘원
은 그러한 기능이 종래의 문학과 구별되는 자신의 창작에서도 아주 효과
적으로 이용될 수 있음을 발견했다.

1921년 그는 「文士와 修養」에서 문예가 오랜 타민(惰眠)속에 있는 민족
의 정신을 계발하고 그들에게 새로운 활기 있는 정신력을 주입시키는 데
에 가장 큰 힘을 가진다고 했다. 그가 주목했던 것은 문예의 '强烈한 刺戟
力과 무서운 宣戰力의 强하고 速함'이었다.25) 춘원의 계몽주의 작품가운
데 시혜자의 입장에서 민족주의를 '주입'하려는 형상의 빈번한 출현은 그
의 이러한 문학관과 직결된다. 따라서 이 글은 문인으로서 자신의 소명에
대한 자각으로 볼 수 있다.

1922년 춘원은 「藝術과 人生」에서 로망 롤랑(Romain Rolland, 1866~1944)
의 말을 빌어 인생에 불가피한 여러 가지 고통과 불행은 예술이 필요 되
는 근거라고 했다. 이 글에서 그는 또 예수의 "인생을 도덕화하라."는 말
과 타고르의 "인생을 예술화하라."는 주장을 '各個人이 幸福되려니 人生의
藝術化가 必要하고, 各個人이 社會的 生活을 하려니 人生의 道德化가 必要한
것'이라고 해석했다. 춘원이 말했던 '인생의 예술화'란 인생의 '예술적 개
조'라는 뜻이었는 바 예술의 힘으로 도덕적인 인생을 만든다는 것이었다.

　　人生의 生活을 藝術化하되 道德的으로 한다 하면 人生의 生活은 藝
　術이 되고 말고 또 人生의 生活을 道德化하되 藝術的으로 한다 하면 人

---

24) 「文學의 價值」, 『李光洙全集』 1, 546~547쪽 참조.
25) 「文士와 修養」, 『李光洙全集』 10, 352~353쪽 참조.

生의 生活은 道德이 되고 마는 것이외다. 이러한 生活은 愛와 '기쁨의
生活'이라 하겠고, 더욱 緊切히 말하면, 愛와 기쁨이라 함은 道德은 愛
요, 藝術은 기쁨이외다.[26]

도덕적인 생활이 예술의 내용이 될 때만이 예술은 비로소 미학적 가치
를 지니게 된다는 것이다. 춘원은 예술의 공리적 기능에 의거하여 조선인
의 보다 향상된 생활을 지향하고 있었다. 그는 당시 조선인의 삶을 정치
조직과 경제조직의 각도에서 살피며 "朝鮮 사람같이 幸福을 가지지 못한
백성은 드물다."고 단언했다. 그리하여 인생을 예술화, 다시 말하면 도덕
적으로 개조해야 하는데 그 방법은 바로 '이러한 藝術을 우리 民衆에게
줌으로 우리 民衆의 精神的 生活을 復活시키고 아울러 그네에게 限없는
기쁨과 創造力을'[27] 갖도록 해야 한다는 것이었다. 춘원이 '인생을 위한
예술(Arts for life's sake)'을 주창하였음에 그 '인생'이란 조선민족의 '인생'
임이 확연해진다.

춘원은 문학의 공리적 기능을 조선민족의 삶의 질을 향상하는 데 활용
할 것을 주장했다. 종국적으로 조선과 민족의 향상된 삶을 위한다는 데로
귀결되는 춘원의 공리주의 문학관은 1931년의 「余의 作家的 態度」에서 보
다 뚜렷한 면모를 확인할 수 있다. 자신의 문학적 태도를 비판한 양주동
에 대한 반론의 형식으로 된 이 글에서 춘원은 자신의 민족주의와 민족주
의 문학에 대한 소견을 밝혔다.

이를테면 이 政治 아래서 自由로 同胞에게 通情할 수 없는 心懷의
一部分을 말하는 方便으로 小說의 붓을 든 것이다. 그러므로 소설을 쓰
는 것은 나의 一余技다. 나는 只今도 文士는 아니다.[28]

---

26) 「藝術과 人生」, 『李光洙全集』 10, 360쪽.
27) 위의 글, 364~368쪽 참조.
28) 「余의 作家的 態度」, 『李光洙全集』 10, 460쪽.

춘원이 당시에 자유로 동포에게 이야기하기 어려웠던 것은 바로 민족의식과 민족애의 고조 및 민족운동에 관한 내용이었다. 때문에 창작으로써 그는 '檢閱官이 許하는 限度의 民族運動의 讚美, 만일 할 수만 있다면 煽動'까지 목적했으며, 과거뿐만 아니라 일생을 그 목표를 이루기에 바칠 것이라고 했다.[29]

한편, 루쉰은 『吶喊』의 「자서」에서 국민의 계몽을 위해 문학을 선택했음을 밝혔다. 그러니까 루쉰 문학의 출발점은 중국 국민성의 개조에 있었다. 고향을 떠나 남경에 갔을 때 그가 배웠던 것은 광산채굴이었다. 이 시기에 접촉했던 서방의 선진적인 과학사상에 흥미를 보였던 루쉰은 1906년에 의학을 포기하고 문예를 택할 때까지 꾸준히 서방의 선진적 과학사상 전파에 힘을 기울였다. 1903년 10월 「게르마늄을 논함(說鉬)」, 「中國地質略論」 등과 같은 전공논문을 발표한 데에 이어서 프랑스 작가 쥴리즈 베른(Jules Verne)의 과학환상소설 「월계여행(月界旅行)」[30]을 번역하여 동경에서 출판했다. 부친의 병환 때 목격했던 용렬한 한의들의 행패는 그로 하여금 과학지식의 보급이 국민의 생활을 향상하는 데에 매우 중요함을 느끼게 했을 것이며, 소년 시절 「山海經」에 수록된 전설에 흥미를 가졌던 체험은 그로 하여금 환상소설과 같은 형식에 관심을 갖게 했을 것이다. 그는 과학계몽에서도 소설의 역할을 매우 중요시했는데 「월계여행」을 번역할 때 이미 소설의 공리적 기능에 주목했다.

　　과학적 사상을 진술하면 일반인은 항상 싫증이 나서 끝까지 읽지 못하고 잠에 들게 된다. 사람에게 억지를 강요하니 필연적으로 그러한 결과가 나타나게 되는 것이다. 소설의 힘을 빌어 优孟의 의관을 차용했던 형식을 본받는다면(소설의 형식을 차용하여 과학지식을 전수함을

---

29) 위의 글, 462쪽 참조.
30) 번역한 후의 원 제목은 「지구에서 달에 이르기까지 97시간20분(自地球至月球在九十七小時二十分間)」이었다.

가리킴-필자 주) 비록 분석과 담론이 현학적이더라도 머리에 잘 들어
가게 되고 권태감을 느끼지 않게 할 수 있다.[31]

1909년 루쉰은 동생 주작인과 공동으로 번역 발간한 『域外小說集』의
서문에서도 '문예가 인간의 性情을 전이하며 사회를 개조'[32]하는 기능에
주목했음을 보였다.

1906년 '환등사건'을 계기로 사상계몽의 길에 올랐던 루쉰은 문학의 공
리적 기능에 대해 더욱 명확한 인식을 갖고 의식적으로 그것을 사상계몽
의 수단으로써 활용하고자 했다. 그가 이러한 주장을 가장 선명하게 드러
냈던 글은 『吶喊』의 「自序」이다. 이 글에서 루쉰은 창작집 『吶喊』을 출간
했던 1922년까지 인생여정의 여러 면을 개괄했다. '환등사건'을 겪고 그
는 과학계몽의 연장선에서 시작했던 의학공부가 결코 중요한 것이 아님
을 깨닫게 되었다. 정신상태에 문제가 있는 국민은 아무리 건강하더라도
단지 무의미한 '돌림거리나 관객'으로 전락될 수밖에 없기 때문에 나라와
민족의 생존과 발전에는 아무런 적극적인 역할을 할 수 없다는 판단에서
였다. 그리하여 그는 당시 가장 중요한 것은 국민의 '정신을 개변'하는 데
에 있으며, '정신을 개변'하는 데서 가장 효과적인 방법은 '문예'라는 인
식 하에 '문예운동'을 제창하게 되었다. '문예운동'의 길에서 쓰라린 실패
의 고배를 맛본 그는 귀국 후에 그 좌절과 암담한 국내 현실에 한동안 침
묵을 지켰다. 그는 여러 가지 방법으로 '자신의 영혼을 마비시키고 국민
들 속으로 숨어 들어가거나 고대로 회귀'하는 나날을 보냈다. 이러한 가
운데 친구인 전현동(錢玄同)의 권유로 첫 작품 「狂人日記」를 쓰게 되었다.
그들 사이에 있었던 '무쇠로 된 방(鐵屋)'에 대한 논의에서 루쉰은 자신의
절망으로 다른 사람의 희망을 부정할 수는 없다고 생각하고 죽음에 처한

---

31) 「≪月界旅行≫ 辨言」, 『魯迅全集』 10, 152쪽.
32) 「序」, 『魯迅全集』 10, 161쪽.

그 '철옥' 안의 사람들을 깨우는 데에 참여하기로 했던 것이다. 그러니까 「狂人日記」는 문예의 공리적 역할에 의거하여 '사람을 잡아먹는' 현실에 안주하려는 국민을 깨우치기 위해 쓰게 된 것이었다.[33]

그로부터 10년이 지난 1933년에 이르러서도 루쉰은 여전히 자신이 사상계몽의 길에 올라 국민을 계몽하기 위해 선택했던 공리주의 문학관을 포기하지 않았다. 이미 『吶喊』의 「自序」에서 자신의 소설은 예술과 거리가 멀다고 말한 바 있었는데 이때에도 그는 "나는 소설을 文苑에 등장시키려는 뜻은 없었고 단지 그 힘을 이용하여 사회를 개량하려고 했을 따름이다."라고 했다. 그리고 소설창작 동기와 창작원칙에 관하여 아래와 같은 기록을 남겼다.

'무엇 때문에' 소설을 집필하였는가에 대해 말하자면 나는 아직도 10여 년 전의 '계몽주의'를 버리지 않고 있다. 그리고 그것은 반드시 '인생을 위하는 것'이어야 하며, 또한 이 인생을 개량할 수 있는 것이어야 한다고 주장한다. 나는 소설을 '심심풀이 책(閑書)'이라고 하는 옛날의 관점을 매우 반대하며 또한 '예술을 위한 예술'은 '소일거리(消閑)'의 새로운 별칭에 지나지 않는다고 본다.[34]

사상계몽의 길에서 시종일관 국민성 개조에 입각했던 루쉰이 주장했던 '인생을 위하는 문학'이 중국 국민의 생존과 발전을 위한 문학이었던 점은 쉽게 수긍된다.

요컨대, 춘원과 루쉰은 모두 문예사조로서의 근대 리얼리즘의 창작정신과 기법이라는 양면을 파악하고 있었다. 현실에 대한 정확한 파악을 토대로 그것을 문학적으로 반영하며, 한 걸음 더 나아가 자아민족의 정신과 생활의 쇄신을 지향했던 것은 그들의 공통점이었다. 그런데 춘원의 문학

---

33) 「吶喊・自序」, 『魯迅全集』 1, 416~419쪽 참조.
34) 「我怎么做起小說來」, 『魯迅全集』 4, 512쪽.

적 실천은 이러한 이론적 이해와 괴리를 보이고 있는 점이 주목된다. 작품중의 관념적인 인물과 구체적인 언행이 아닌, 추상적인 호소에 머물고 있는 양상은 오히려 아이디얼리즘에 가까운 모습이다. 이는 춘원이 민족 현실의 타개에 있어서 이상적인 현실 또는 이상적인 민족성의 인물을 부각했다는 것에서 그 원인을 찾을 수 있다. 더구나 식민지 현실에서 '정치성'을 배제한 민족운동은 실로 사회적 현실에 관한 잘못된 인식에 기초를 두고 있는 주관적 원망의 소산으로서35) 그 결과는 결국 현실도피가 아니면 현실타협의 병적인 양상을 보일 수밖에 없었다. 춘원의 문학 실천에서 그것은 아이디얼리즘적인 현상으로 나타났던 것이다. 루쉰은 현재만을 유일한 의미 있는 것으로 파악하고, 달콤한 이상에 빠져드는 현상에 대한 비판을 창작에서도 그대로 이행했다는 점에서 춘원과 선명한 대조를 이루고 있다. 한편 춘원과 루쉰 문학관의 일단은 모두 공리주의였다. 그들은 모두 근대문학에 대한 이해로 이전의 '재도론'이 아닌 새로운 공리적 기능, 즉 민족의 현실 문제를 타개하는 실천에서 문학의 효용성을 주목했다. 그것은 '인생을 위하는 문학'을 지향했던 것 즉, 자아 민족의 삶의 질에 대한 향상을 목적했다는 데 그 적극적인 의의가 발견된다.

2) 민족개조 사상의 전개 양상

시대적 상황은 현실의 모든 것을 변혁할 것을 강력하게 요청하고 있었으나 사회적 여건은 그 변혁의 요구를 만족시켜 주지 못하는 상태, 선각자는 시대발전의 맥박을 파악하고 혁명의 기치를 내어 들었으나 민중은 아직 낙후한 전 근대적 의식에 포획되어 있는 상태, 이 두 상태를 예리하

---

35) 伊東 勉 지음·서은혜 옮김(새로운 번역), 『리얼리즘이란 무엇인가』, 청년사(1990), 138쪽 참조.

게 간파하고 그 거리를 좁혀가려는 것은 당시 사회현실과 민족을 위하는 춘원과 루쉰의 공통된 노력이었다. 현실을 개변하는 관건은 그 사회의 주체가 되고 있는 민중의 의식의 혁신에 있다는 판단아래 그들은 모두 민중의 정신을 변혁하고자 했다. 식민지와 반식민지라는 상이한 시대적 상황, 그리고 앞서 살핀 그들의 인생체험과 경력 등으로 말미암아 그 구체적 발로는 서로 다른 양상을 보였다. 이 자리에서는 비교문학적 시각에서 이 두 사상의 배경과 실체를 파악해 보려고 한다.

춘원은 「민족개조론」에서 자신의 민족 개조사상을 집약적으로 피력했지만 루쉰은 '국민 개조'에 대한 자신의 사상을 어느 한 글에 집약화 시키지 않았다. 따라서 춘원의 사상은 「민족개조론」을 중심으로 살펴볼 것이며 루쉰의 국민성 개조에 관한 사상은 여러 '雜文'을 통하여 정리하기로 한다.

(1) 춘원의 '민족성 개조'론

춘원의 「민족개조론」은 <변언>과 <상>, <중>, <하>로 구성되어 있다. <변언>에서 그는 민족개조 사상의 출처를 밝혔고, <상>에서는 세계적 범주와 한국 내의 민족 개조에 대한 사적 고찰로 그 교훈과 의의를 천명하였으며, <중>은 민족개조는 바로 민족성에 대한 개조이고, 도덕적 차원의 개조라는 점과 그 가능성과 장기성에 관한 내용으로 되어 있고, <하>에서는 민족개조의 주요 내용과 도달해야 할 목표를 제시했다.

춘원은 먼저 범세계적 시각에서 민족개조 운동의 선각자였던 고대 희랍의 소크라테스 플라톤의 민족개조 운동을 고찰했다. 그리하여 그 실패한 원인을 '공통한 이상을 가진 강고한 단체'의 부재에서 찾고 있다. 다음 눈길을 조선에로 돌리는데 甲申이래 조선에서 발발했던 김옥균 등의 정부개혁 운동과 갑오경장, 서재필의 독립협회 그리고 甲辰이후의 서북학회, 기호학회, 호남학회, 교남학회 등은 모두 동지가 없었거나 동지간의 단결이 공고하지 못했기에 실패로 돌아갔다는 결론을 내렸다. 이로부터 그가 도출했던 교훈은 민족개조에서 '단체를 조직'하는 것이 가장 중요하고 효과적인 방법이라는 것이었다. 그 이유는 단체가 있음으로 하여 그 환경 속에서 본래의 새 사상을 잃어버리지 않을 수 있고, 개인보다 더 큰 영향력을 행사할 수 있으며, 다수의 능력과 학식과 기능 및 경제력으로 사업을 지속적으로 경영할 수 있으며, 개인의 유한한 생명의 제한을 받지 않고 영구적으로 새 사상을 보존, 선전할 수 있기 때문이었다.36) 이리하여 춘원은 단체의 힘에 의거하여 모든 정치적 요소를 배제한 민족개조를 주장하고 있는데 그 '民族改造라 함은 民族性改造'37)이었다. 아래에 춘원이 파악했던 당시 민족의 상황을 살펴보기로 한다.

단체생활이 결여된 민족은 쇠퇴될 수밖에 없다는 논리의 연장선에서 춘원은 '朝鮮民族 衰頹의 根本原因은 墮落된 民族性'에 있다고 했다. 그 구체적인 양상은 虛僞, 懶怠, 無信, 社會性의 缺乏38)으로서 그 때문에 조선왕조는 국왕과 양반에 의한 '악정'의 역사였고, '近代朝鮮은 虛僞와 懶怠의 記錄'일 뿐이라고 주장했다. 그는 이러한 상태가 지속된다면 조선 민족은 쇠퇴 또 쇠퇴로 전락되어 재기할 여지를 잃고 멸망에 빠지게 될 것이라고 우려했다. 민족 생존과 발전기반이 피폐하고 열악한 상황을 파악한 춘원은 조선민족의 운명에 대해 '비관' 하게 된다.39) 이러한 위기를 타개하기 위해 춘원은 나름대로 방안을 제시했다.

앞서 춘원은 '민족개조가 朝鮮民族을 살리는 唯一한 길'임을 강조하면서 '가장 重要한 方法은 團體를 組織' 하는 것이라는 뜻을 밝혔다. 그 단체

---

36) 「民族改造論」,『李光洙全集』10, 119쪽 참조.
37) 위의 글, 124쪽.
38) 위의 글, 126~127쪽 참조.
39) 위의 글, 125쪽, 140쪽, 146쪽 참조.

의 힘에 의거하여 민족개조의 근본목표인 '懋實과 力行의 思想'을 전 국민
에게 보급시키자는 것이었다. 하지만 춘원이 말하는 단체는 전체 개조대
상으로 이루어진 단체가 아니었다. 그것은 '인격과 학식과 능력'을 갖추
고, '지도자, 전문가, 회원'들로 구성된 단체로서, '少數의 善人, 다시 말하
면 그 民族의 根本的 惡性格을 가장 少量으로 가진 사람들中'의 선각자들
로 구성된 동맹단체였다. 즉, 그 단체는 민족의 선각자들로 구성된 엘리
트 조직이었다. 춘원은 또 그 단체에서 '指導者를 잘 택하는 것과, 擇한 指
導者에게 잘 順從하는 것'이 중요함을 역설했다. '특별히 위대한 人格者가
아니고는 단독으로 社會의 風潮를 對抗하고 征服'하기 어렵기 때문에 '민
족의 지도자'가 절실히 필요 된다는 것이다.[40] 그 지도자의 인솔하에 동
맹의 성원들은 위선 자신의 개조로부터 시작하여 민중을 감화시킴으로써
그 단체를 점차 확대하여 민족성의 개조를 달성해야 한다는 것이었다. 이
러한 사상은 1921년 7월에 발표한 「中樞 階級과 社會」에서 주장했던 민족
의 중추계급을 만들기 위해 우선 적당한 인물을 찾아 '수양'과 '수학'의
동맹을 갖추어서, 그 단체에 의한 '민족개조 운동'으로 점차 무력하던 민
족을 유력한 민족으로 이루게'하자는 것과 동궤를 이루고 있었음은 말할
것도 없다. 이는 또한 '소년동맹'을 조직하여 "무실역행하기를 동맹하자."
는 주장을 피력했던 같은 해 11월의 논설문 「소년에게」와도 동일한 축에
놓여 있었다. 그러니 「민족개조론」은 춘원이 상해에서 귀국 후 일정한 시
기의 고안을 거쳐 정리한 나름대로의 논리적 결실이었다.

춘원은 민족의 생존과 발전을 저해하는 피폐하고 열악한 상황을 간파
하고 민족이 멸망으로 빠져들고 있는 위기에서 구출하기 위한 방안으로
'민족성 개조'의 슬로건을 내어 걸었다. 민중을 근대화의 주체가 되도록
각성시키는 '단체사업'에서 춘원은 소수 선각자의 역할을 강조했다. 그것

---

40) 위의 글, 113쪽, 119쪽, 122쪽, 128쪽, 137쪽 참조.

은 주관 능동성을 강조한 것을 의미하는 바, 전래된 '사회풍조'의 막대한 관성을 감안하여 고안해낸 방편으로 초기 계몽자에게 흔히 나타났던 낭만적 성격으로 보인다.

　루쉰 역시 이 점에서는 유사한 면을 보였다. 자아민족의 열악성(劣惡性)을 초래했던 근원은 수 천년에 걸쳐 전해지면서 당대에까지 현실의 지배적 힘으로 작용했던 부정적인 전통의 요소였다. 때문에 그때까지 역량이 미소했던 선각자에게 있어서 주관성을 강조하는 낭만주의적 요소는 아주 절실한 선택이었다.

　논설의 서두에서 이미 밝혔듯이 이 글의 주요내용으로 되는 '민족개조의 사상과 계획'은 재외동포 중에서 발생한 것이었다. 그것은 민족의 기본실력과 지도적 인재 양성을 목적으로 하는 도산 안창호의 '무실역행(懋實力行)'사상이었다는 것은 주지하고 있는 바이다. 춘원의 사상전개 과정을 3기로 구분하는 관점을 수긍한다면 이 시기는 도산 안창호의 영향 아래 초기의 계몽단계를 벗어나 민족개조 사상과 이를 위한 지도적 계층이 될 엘리트를 강조한 제2기(1920~1930)에 해당된다.[41] 일본 유학시절 이미 도산의 강연을 듣고 흥분했던 춘원은 상해 임시정부에서 기관지『독립신문』의 사장 겸 주필로 활약하던 시절에 비로소 그를 직접 상면할 수 있었다. 춘원은 도산에게서 직접 흥사단의 이념을 듣고 크게 공명하여 흥사단의 일원이 되었으며「민족개조론」에서 도산 사상의 핵심인 '무실역행'과 '점진론' 등을 체계적으로 소개했다.[42] 도산이 원동에서 발전시킨 흥사단의 첫 성원으로서 춘원은 이 사상을 처음으로 한국에 소개하는 데에 가장 적격자였다. 이 논설의 문제점은 '정치성을 배제하고 도덕성만 강조'하는

---

41) 주요한,「春園의 思想·民族性改造와 엘리뜨形成論」,『李光洙全集』17, 三中堂(1962), 557~563쪽 참조.

42)『安島山全書 中』(島山紀念事業會 編), (株)汎洋社 出版部(1990)의「연설과 담화」부분 참조.

데에 있었다.

> 政治的 獨立은 一種 法律上手續이니, 이는 獨立의 實力이 있고 時勢
> 가 있는 때에 一種의 國際上의 手續으로 承認되는 것이지, 運動으로만
> 될 것은 아니외다. 우리는 過去의 쓰라린 經驗으로 이 貴한 眞理를 깨
> 달았습니다. 우리는 다시 救援을 우리 밖에서 求하는 愚를 反覆하지 아
> 니할 것이요, 우리는 目的을 僥倖에서 達하려는 釋를 反覆하지 아니할
> 것이외다. 이제부터 우리가 근본적으로 할 일은 正經大道를 取한 民族
> 改造요, 實力養成이외다.[43]

이러한 주장이 만약 식민지가 아닌 민족의 현실이라면 나름대로의 당
위성과 합리성이 인정될 것이다. 「2·8독립선언서」를 기초한 춘원이었고,
상해 임정시절 청년당의 이사로, 임정의 기관지 『독립신문』의 사장으로,
임정사료편찬위원회 주임으로, 대한적십자회 상의원, 대한교육회 편집,
흥사단 원동지부 발기위원 등[44]여러 영역의 민족독립실천의 현장에서 활
약했던 춘원이었다. 또 앞의 인용은 춘원이 결코 절대적인 힘의 논리에
따라 움직이는 정치적 현실과 담을 쌓고 살던 사람이 아님을 보여준다.
그러니까 그가 식민지라는 민족의 생존과 발전의 현실상황에서, 정치성을
배제한 민족운동이 사실상 기존의 정치질서에 대한 순종이라는 것을 모
르고 있었다고 보기는 어렵다. 민족의 치열한 독립투쟁의 일선에서 이탈
하고 민족 내부의 열악한 도덕성을 고발하며 그것을 개조하는 데에 치중
하면서 심지어 명망 높았던 애국자까지 비난했던[45] 춘원의 이 모습은 사
실상 당시 일제 식민지 정치체제에 대한 수긍으로밖에 볼 수 없다. 주체
적 선택으로서 민족 독립운동에 나섰던 춘원의 지사적 모습은 여기서 홀

---

43) 「民族改造論」, 『李光洙全集』 10, 132쪽.
44) 「春園 李光洙年譜」, 위의 책, 557면.
45) 「民族改造論」, 『李光洙全集』 10, 139쪽 참조.

연히 자취를 감추게 된다. 또한 작품에 빈번한 작자 개입이나 투영의 출현은 그의 혹독한 나르시시즘뿐만 아니라 이때부터는 자신의 오점에 대한 수긍 받기 어려운 '변명'까지 가미되고 있지 않을까 하는 추정을 하게 한다. 다시 말하면 그의 문학의 일부가 현실과의 타협으로 손상된 자신의 '명성'에 대한 구제의 방책으로 이용되었다는 지적을 면키 어렵다는 것이다.

그런데 이 논설을 집필하던 시기에 춘원의 개인적 생활은 전성기에 처해 있었다는 점에 주목할 필요가 있다. 그가 지향하던 "제 주권이 있는 나라의 혁명 운동은 국외에서 하는 것이 편하고, 제 주권이 없이 남의 식민지가 된 나라의 독립운동은 국내에서 하여야 한다."46) 는 구상 또한 매우 순조롭게 진행되고 있었다. 또한 자유연애의 결실로 허영숙과 안정된 가정생활을 이룩했고, 한국 내 수양동우회가 창립되었다. 그러나 그것은 그가 초기에 표방하던 '독립운동'이 아니고 도덕성 개조에 치우치는 민족 내부에 대한 전면적인 개조운동이었다. 종래의 독립투사라는 명성의 희생은 그에게 안정된 개인 생활과 실속적인 '지도자의 신분'을 가져다 주었다. 이 점으로 말미암아 그의 '민족성 개조' 논의와 지도자의 역할을 강조했던 주장은 개인의 '전향'을 명분화하기 위한 의도가 없지 않았을 것으로 추정된다. 「민족개조론」을 위시한 이 시기 일군의 논설들은 춘원이 국내 민족운동의 지도자로 등장하는 이론 지침서이며 선언서 성격을 띤 글로 간주되기 때문이다.

안이한 개인의 실리적인 선택은 스스로가 세운 거창한 '명분'과 상관없이 춘원을 더 이상 주체할 수 없는 '함정'에 빠뜨렸다. 일제 식민지라는 상황에서 춘원은 그 절대적인 힘의 지배에서 자유롭지 못했다. 춘원은 식민지 현실 속에서 본의에 관계없이 이리저리 끌려가지 않을 수 없었다. 그 결과는 일제 식민지 현실과 타협하게 된 비극적인 '친일'이었다. 항상 도

46) 「나의 告白」『李光洙全集』 7, 264쪽.

착되고 당찬 우월감에 빠져 있던 춘원이 자신을 '아Q'와 같은 인물로 생
각했을 때에 모든 역사는 이미 돌이킬 수 없는 방향으로 나아가고 있었다.

(2) 루쉰의 '국민성 개조'론

타락된 국민 정신상태의 열악한 상황을 간파하고, 그러한 상태에 안주
하고 개변을 시도하지 않는 국민을 깨우치는 것을 출발점으로 했다는 점,
그리고 그러한 자아 민족의 열악한 본성(劣根性)의 타개에서 선각자의 역할
을 강조했다는 점에서 루쉰의 국민성 개조는 춘원과 유사한 면을 보였다.

'국민성'에 관한 문제는 루쉰이 이미 고오분학원 시절부터 관심을 가졌
던 분야였다. 허수상은 루쉰이 일본 유학 초기에 이상적인 인간성이란 어
떠한 것인가, 중국 국민성 가운데 가장 결핍한 것은 무엇인가, 그 근원은
어디에 있는가 하는 문제에 대해 깊은 관심을 보였다고 했다.[47] 과학계몽
으로부터 정신계몽으로 전환한 루쉰은 일본 유학 초기의 국민성에 관한
사고를 점차 구체화시켰다. 루쉰은 유년시절의 체험에 대한 되새김과 전
통의 부정적 요소들에 대한 투철한 관찰, 그리고 서구 근대문명에 대한
고찰을 거쳐 국민성에 대한 보다 전면적인 사고를 하게 되었다. 그리하여
그 열악한 근성을 고발했을 뿐만 아니라 바람직한 국민성을 제시했다. 그
가 파악했던 국민의 열근성(劣根性)을 살펴보기로 한다.

> 실로 반드시 바로 쳐다볼 수(正視) 있어야만 비로소 감히 생각하고,
> 감히 말할 수 있으며, 감히 행동하고, 감히 담당할 수 있는 것이다. 만
> 약 바로 쳐다보는 것조차 두려워한다면 그 외 아무런 기후도 이룰 수
> 없을 것이다. 하지만 불행하게도 우리 중국 사람들에게 가장 결핍한
> 것은 바로 이러한 용기이다.[48]

47) 許壽裳,「亡友魯迅印象記」,『魯迅回憶錄』(專著部分, 上冊), 北京出版社(1999), 226쪽.
48)「論睜了眼看」,『魯迅全集』1, 237쪽.

　루쉰은 현실을 정시하는 용기의 결여 때문에 자아기만 속에 살아가고 있는 중국인의 실상을 파악하고 그것을 규탄했다. 용기의 부족 때문에 중국인은 무슨 일에서나 위기일발의 찰나에 눈을 감고 환상 속으로 빠져 들어간다. 그리하여 중국인에게는 언제나 '태평천하'였고, 언제나 '해피엔딩(團圓)'밖에 보이지 않는다. 심지어 고통을 겪는 것조차 '하늘이 큰 일을 위임하려고(天之將降大任於斯人也)' 그에게 부과하는 정상적인 시련으로 간주되었다. 이러한 '눈가림과 기편(瞞和騙)'에 의거하여 중국인은 '기묘한 현실도피의 길을 만들어 그것을 정도(正道)'로 여기면서 '문제도 없고, 결함도 없으며, 불평도 없는' 세상에서 '해결도, 개혁도 반항'도 하지 않고, 보수적이고도 위선적인 '만족'의 삶을 살아가고 있다는 것이다. 그러한 왜곡된 현실 속에서 살아가는 중국인은 세월의 흐름과 함께 점차 타락하여 결국은 '비겁, 나태와 교활'이라는 열악한 국민성을 초래하게 되었다.49)

　이러한 국민성은 또 다른 열근성을 낳았다. 주관적인 의도에 의해 만들어진 '환상'의 위안으로 현실의 진실한 면모를 은폐할 뿐만 아니라, 일방적으로 자신이 기대하던 기준에 짜서 맞추는 것, 그리고 그것조차 이룰 수 없을 경우에는 자신감을 잃고 굴복한다는 것이다. 루쉰은 전자를 '자아 기만(內訟)', 후자를 '자아 비하(自卑)'로 이름하고 이 역시 중국인의 열근성의 하나라고 못박았다.50)

　현실을 정시할 수 있는 용기의 부족은 '내송(內悚)'한 자를 낳고, '내송'한 자는 환상 속에서 만족을 느끼며 엄연한 현실의 모든 것을 도외시하게 되고, '자비'한 자는 '내송'의 만족조차 이루지 못하고 현실에서 부딪치는 모든 것 앞에서 자신을 '비하'한다는 것이다. 루쉰이 파악했던 이러한 국민의 '열근성'으로부터 파생되는 양상은 실로 다양했다.

　중국인은 대내적으로는 사람이 사람을 잡아먹는 현실을 '태평천하'로

---

49) 「論睜了眼看」, 「隨感錄・六十一」, 『魯迅全集』 1, 237~238쪽 ; 240쪽 ; 358쪽 참조.
50) 「通信・復張孟聞」, 『魯迅全集』 8, 228~229쪽 참조.

여기고, 대외적으로는 다른 민족을 대함에 있어서 줄곧 '금수(禽獸)'와 '성상(聖上)'이라는 칭호밖에 사용하지 않았다.[51] 그것은 조금이라도 불안스럽게 여겨질 징조가 보이기만 하면 억누르거나(壓) 아니면 떠받드는 수법(捧)의 구체적 표현이었다.

> 억누르는 데에는 낡은 습관과 낡은 도덕 혹은 관청의 힘을 동원하고 (중략) 억누를 수 없을 경우에는 떠받드는 수법을 썼는데 상대를 높이 추켜 올려 기껏 만족하도록 만들어 자신에게 해가 되지 않도록 하는 것으로서 안심했다.[52]

이렇게 양 극단에 치우쳐 상위가 아니면 하위를 취했는 데, 다시 말하자면 노예가 아니면 노예주였다는 것이다. 루쉰은 유교의 '삼강오륜'을 골자로 하는 전근대적 오랜 사상통제하에 중국 국민성은 이러한 노예근성으로 전락되었다고 판단했다.

강권의 억압과 유린으로 중국인은 마치 천생 노예로 태어난 것처럼 지내고 있었는데 지금까지 '사람'의 자격을 가져본 적이 없으며 기껏해야 노예였고 노예의 취급도 받지 못하였던 때가 더 많았다. 그리하여 중국의 역사는 '노예로 되려고 했으나 못 되었던 시대'와 '잠시 노예상태에서 안주하던 시대'로 구분된다는 것이 루쉰의 관찰이었다.[53] 중국인의 삶은 엄연한 전 근대적인 등급제도에 편입되어 있다는 것이었다.

> 貴賤과 大小, 上下가 구별되어 자기가 능욕을 당하지만 동시에 다른 사람을 능욕할 수가 있고, 자신이 잡아먹히지만 또 다른 사람을 잡아먹을 수도 있었다. 이렇게 한 급 또한 한 급씩 통제하여 꼼짝달싹 할

---

51) 「燈下漫筆」;「隨感錄·四十八」,『魯迅全集』1, 212쪽과 336쪽 참조.
52) 「這个与那个」,『魯迅全集』3, 140쪽.
53) 「燈下漫筆」,『魯迅全集』1, 213쪽.

수 없도록 만들어 놓았다.[54]

뿐만 아니라 현실을 감히 응시하지 못하고 회피하는 자신의 행위를 명분화하기 위해 여러 가지 금기사항을 만든다. 그리하여 학자의 '연구실에로의 도피주의(進研究室主義)', 문학가와 찻집 주인이 세운 '나라 일을 논하지 말라'는 터부, 교육가의 "예의에 어긋나는 것은 보지 말지어다(非禮勿視)"는 주장이 흥행했다.[55]

더 큰 문제는 그러한 상태에 안주하면서 그 개변을 싫어하는 것이다. 무감각하고 진취심이 전무한 삶을 살아가면서 '무거운 채찍이 어깨에 떨어지지 않는 이상' 스스로는 좀처럼 내적 변화를 시도하지 않았다. 그 정도는 심지어 책상 하나를 옮기고 화로 하나를 개선하려고 해도 피를 흘려야 하고, 그럼에도 불구하고 반드시 그 일이 성공할 수 있다는 보장조차 없는 상태였다.[56] 모든 것은 전해 내려오는 옛 법에 따라야 한다는 것인데 무슨 일에서든지 만약 전해 내려오던 관습과 조금이라도 저촉이 있기만 하면 곧 대역부도(大逆不道)한 것으로 취급된다. 간혹 어렵게 성공을 하게 되면 분에 넘칠 정도로 떠받들리어 뜨겁게 달아올랐다.[57] 그들은 비겁한 노예근성으로 인하여 무슨 일에나 맨 선두에 나서는 것도 싫어하거니와 맨 뒤에 떨어지는 것도 역시 싫어하는데 언제나 '연극의 관객'마냥 무리를 짓고 무감각한 구경꾼이 된다. 때문에 그들은 이겨도 한 무리의 승리이고, 패배를 당해도 한 무리의 패배로 되는 용렬한 오합지졸이 되었다.[58] 따라서 개인의 '자아'는 매몰되고, 인간의 주체성라는 것은 운운조차 할 수 없는 상태에 처했다.

---

54) 위의 글, 215쪽.
55) 「春末閑談」, 『魯迅全集』 1, 205쪽.
56) 「娜拉走后怎么樣」, 『魯迅全集』 1, 163~164쪽 참조.
57) 「隨感錄·四十一」, 『魯迅全集』 1, 324쪽.
58) 「娜拉走后怎樣」, 『魯迅全集』 1, 163쪽.

루쉰은 국민의 노예근성을 간파하고 국민의 운명에 대한 심한 우려를 보였다. 그는 지금 '가장 요긴한 것은 국민성의 개혁'이지 그 무슨 정치체제와 같은 것이 아니라고 주장했다.[59] 만약 저열한 국민성을 개혁하지 않는다면 중국인은 이제 세계를 잃고 '세계인'으로부터 쫓겨나게 되며, 설사 쫓겨나지 않고 잔존하고 있을 수 있다고 할지라도 아무런 쓸모 없는 잉여적 존재로 될 수밖에 없다면서 이 때문에 '대공포(大恐怖)'를 느낀다고 했다.[60]

루쉰은 이러한 상황과 우려에 직면하여 그러한 국민성을 개변하기 위한 구체적인 방안을 제시했다. 물론 그가 국민성에서 가장 결여되어 있는 '용기'를 갖추어야 한다고 주장했던 것은 당연했다. '권위'적인 모습으로 나타나 '용렬한 무리'들에게 개인을 압제하는 수단으로 이용되고 있는 소위 '인습과 전통'의 속박을 벗어나야 비로소 주체적 삶을 지향하는 '용기'를 갖출 수 있다는 것이다. 그리하여 루쉰은 '물질적인 것을 배격하여 심성을 펼치며, 개인을 확립하여 무리를 물리쳐야 한다(捨物質而張灵明, 任個人而排衆數)는 주장을 내 세웠다. 더욱 구체적인 대안으로 루쉰은 '반항자'로서 '선각자'의 출현을 강렬히 호소했는데, 그가 내세운 이상적 '선각자'는 쇼펜하우어, 입센, 니체 등이었다.

루쉰은 서양의 근대적 문명발달사에 대한 고찰에서 쇼펜하우어, 입센, 니체 등의 주장이 중국인 국민의 열근성을 지양하는 데 타산지석의 의의가 있음을 발견했다. 그는 전통의 부정에서 이미 악마파 시인들의 낡은 인습과 사회에 맞서고 진리를 추구하는 각성된 '개성'을 높이 평가한바 있다. 악마파 시에서 중국 전통의 구속으로부터 탈출하는 데에 필요한 요소들을 발견했기 때문이다. 그의 '가져오기 주의'는 국민성 개조에서도 역시 그 진가를 발휘했다.

59)「兩地書·八」,『魯迅全集』11, 31쪽.
60)「隨感錄·三十六」,『魯迅全集』1, 307쪽.

쇼펜하우어는 스스로 자아를 반성하면 마음이 확 열리게 된다고 주장하면서 의지야말로 세계의 근본이라고 했다. 니체가 희망했던 것은 절세의 의지를 갖춘 神人에 가까운 초인이었다. 입센이 묘사한 것은 변혁을 생명으로 여기며 강력한 힘과 슬기로운 지혜를 갖추어 萬衆을 상대해도 굴종하지 않는 강자였다.[61]

이 가운데서 루쉰은 니체에 가장 동감했는데 그를 '개인주의의 웅걸'로 평가하며 이상적인 인간상을 구가하던 그의 '초인지설(超人之說)'에 크게 공감했다. '모든 신은 죽었다'와 '나는 이제 날 버리고 너희들을 발견하기를 바란다'[62]라는 차라투스트라의 외침은 중국 국민으로 하여금 사회인습과 전통적 통제의 굴레를 벗고 독립적인 인격을 갖추어 주체적 삶을 찾아가도록 하려는 루쉰에게 소중한 타산지석이 되었다.

국민의 열악한 노예근성을 파악한 루쉰은 이렇게 초인적인 의지를 갖추어 그러한 성격을 만들었던 모든 습관, 신앙, 도덕을 극복하고 참된 주체적 삶을 찾자고 호소했다. 루쉰의 최종 목표는 사회를 구성하고 있는 모든 성원으로 하여금 주체성을 찾도록 하여, 평등한 개체적 삶을 이룩하려는 데에 있었다.[63]

자기와 다른 사람들로 하여금 모두 순결하고, 총명하고 용맹하게 향상하도록 해야 한다. 허위의 가면을 제거해야 한다. 세상에 자신과 다른 사람을 해치는 昏迷와 强暴을 제거해야 한다. (중략) 인생에서 아무런 의미도 없는 고통을 제거해야 한다. 다른 사람의 고통을 만들어 내고 그것을 구경거리와 장난거리로 삼는 昏迷와 强暴을 제거해야 한다.[64]

---

61) 「文化偏至論」, 『魯迅全集』 1, 55쪽.
62) 프리드리히 니체(최민홍 옮김), 『짜라투스트라는 이렇게 말했다』, 집문당(1997), 89쪽.
63) 「文化偏至論」, 『魯迅全集』 1, 50쪽 참조.
64) 「我之節烈觀」, 『魯迅全集』 1, 125쪽.

존비(尊卑)와 억압이 없는, 모든 사람들이 생존과 발전의 자유를 갖는 세상을 만드는 것이 루쉰이 지향하던 바였다. 이 목표를 실현하기 위해 전래하던 것뿐만 아니라, 개체를 억압하고 그 자유를 말살하는 현실의 모든 '권위'적 요소를 고발하고 반항하며, 그 발생을 경계하는 것은 루쉰이 평생을 기하고 추구했던 바였다.

요컨대, 춘원과 루쉰의 '민족성 개조'의 주장은 전통 부정의 연장선에 있는 논의이었다. 그들은 모두 전근대적 정신상태에 처해 있던 자아 민족을 근대적 주체로 성장하도록 하려는 것을 목적으로 삼았지만 출발의 배경, 다시 말하자면 개인적 문제와 현실의 상황과 결부시킬 때 판이한 양상을 보였다.

춘원의 경우, 일제 식민지 상황이라는 현실을 감안할 때 정치성을 배제하고 민족성 개조에만 주력하는 그 주장 자체로서도 이미 현실과의 타협, 일제 식민지 통치에 대한 순응이란 지적을 면키 어렵게 된다. 게다가 석연치 못했던 상해의 임정으로부터의 귀국과 연관을 지을 때에 그것은 춘원에게 치명적인 오점이 된다. 혹독한 나르시시즘이란 개인 성격의 차원을 떠나 그것은 또 민족의식과 역사의식의 결여로 판정 받는다. 어불성설의 '변명'으로 보였던 '자아결백'에 대한 주장이 논설뿐만 아니라 창작에도 단초를 보이고 있다는 점은 그의 문학의 성취도에도 부정적 영향을 끼쳤다. 그리하여 그 문학에까지 그림자를 드리우게 했던 것은 춘원 스스로 초래한 부분도 적지 않았던 것으로 판단된다.

이에 반해 루쉰은 논설과 창작에서 시종일관 국민의 열근성에 대한 비판을 포기하지 않았다. 춘원보다 시대적 상황에서 좀더 여유가 있었던 점도 없지 않았지만, 그의 민족 비판은 개인적 실리와 아무런 연관을 맺지 않았다는 점이 주목된다. 주마등처럼 바뀌는 현실의 정치 앞에서 루쉰은 시종일관 신조를 지키며 절개를 굽히지 않았다. 심지어 생명의 위협 앞에서도 불굴 했던 루쉰이었기에 춘원의 언행은 그에 비해 손색이 갈 수밖에 없었다.

2. 문학작품의 분석 비교

1) 계몽사상의 형상화

(1) 근대적 자아의식의 발현

가정의 몰락으로 인해 고아가 되었던 춘원은 한동안 가장으로서 책임에 나름대로 충실하느라 신고한 나날을 보냈다. 동학에 입도함으로써 어려운 유년생활을 일단락 짓고 춘원은 뒤늦게나마 표준적인 인생의 행로에 올랐다.65) 학교 공부단계를 거쳐 사회에 진출한 것이 아니라 춘원은 사회의 풍파를 겪은 다음 비로소 캠퍼스 생활의 순서를 밟았던 것이다. 일본 유학을 거친 춘원의 우월감은 극도로 부풀어져 있었다. 귀국 전에 일본어로 「사랑인가」를 발표함으로써 문필 생활에도 자신감을 가졌다. 1909년 1월 12일 일기에서 그는 문예도 없는 조선에서 첫 "문학자가 될까" 하는 기록까지 남겼다.

> 하나는 당시 기개 있다고 자처하는 청년들은 이때가 안한하게 공부하고 앉았을 때가 아니라, 고국에 돌아가서 민중을 각성시켜야 할 때라는 비분 강개한 생각을 가졌었다. 그 해가 바로 합방이 되던 경술년이었다면 상상될 것이 아니냐. 또 한 가지 (중략) 이유는 공부는 더 해서 무엇하느냐, 나는 벌써 최고의 지식에 달한 것이 아니냐, 나는 벌써 인생관과 우주관을 완전히 가진 것이 아니냐.66)

1차 유학을 마치고 오산학교에 초빙되었던 1910년 전후 춘원 내심의 일단을 드러내고 있다. 습작기였던 이 시기는 춘원에게 있어서 근대적 자아의식과 민족의식의 형성 초기가 된다. 그리고 당시 안중근의 이토히로

---

65) 졸고, 석사학위논문, 13쪽 참조.
66) 「그의 自敍傳」, 『李光洙全集』 6, 341쪽.

부미(伊藤博文) 암살사건, 고종의 양위사건, 헤그(海牙) 밀사사건 등 역사적
사건으로 인한 국내의 정서를 실감했던 춘원이 자아의식과 민족애가 넘
치는 논설과 창작을 했다는 것은 쉽게 이해되는 점이다. 그리하여 그는
당시 자신의 그러한 주장이나 심경을 창작에 적극 반영했다.

일본어로 된 「사랑인가」(1909)의 기조는 '무정'으로 집약되는데, 이는
초기 단편소설의 한 패턴을 이루었다. 11세에 부모를 여의고, 늙은 조부
와 어린 여동생이 있다는 것, 무정한 친척들, 정상적인 학교교육을 받지
못하고 지내다가 타인의 도움으로 일본에 가서 중학교 3학년에 입학하였
다는 것 등 주인공 '문길'의 모습에는 춘원의 여러 체험이 드러나고 있다.
14세에 홀로 이국 땅에서 고독한 나날을 보내던 '문길'은 친구의 사랑을
갈망한다. 그는 일본 소년 '미사오'에게 동성애를 느끼게 되어 사랑의 편
지를 띄웠고, 그로부터 사랑의 확인 편지까지 받는다. 방학하여 귀국하기
전날 밤에 '미사오'의 집을 찾아갔지만 용기 부족으로 안방에서 공부하고
있는 '미사오'를 부르지 못하고 돌아온다. '문길'은 체념하여 자살하려고
했지만 근무원의 만류로 미수에 그치고 하염없는 눈물 속에 무정한 세상
을 원망한다.

1918년에 발표했던 「윤광호」는 주인공이 동성애에 대한 추구에 의거하
여 '무정'한 세상을 탈출하려 했다는 점과 작가의 체험이 투영되고 있다
는 점에서 「사랑인가」와 비슷한 점이 많다. 그리고 이 작품은 『개척자』를
탈고한 지 불과 몇 달 내에 발표된 것이라는 점을 감안할 때 역시 '情熱
을 모도 다 쓰고 뷔인 마음에 새로운 감동을 집어너키 전'[67]의 부류로 대
해야 할 것이다. 주인공 '윤광호'는 동경 K대학의 특대생으로서 곧 '조선
최고급의 인사'로 될 사람이지만 늘 자신을 감싸고 있는 '비애와 적막'을
떨칠 수 없다. 그것은 '친우의 애정과 위안의 힘'에 의해서는 극복될 수

---

67) 김동인, 「春園硏究」, 『金東仁評論全集』(金治弘 編著), 三英社(1984), 107쪽.

없는 것이었다. 부친을 여의고 모친의 개가 때문에 24년 동안 '따뜻한 애정'을 맛보지 못하고 '얼음세계(氷世界)'에 살아온 것이 그 원인이었다. 그는 급기야 'P'라는 동성에게 '사랑'을 느끼고 혈서를 띄워 사랑을 구걸했지만 상대가 요구하는 세 조건 가운데 '재지(才智)'뿐이고 '황금과 미모'를 갖추지 못한 것 때문에 '실연'하여 발광증을 일으키다가 자살한다.

위 두 작품은 춘원이 개인의 주체에 대한 확립과정에서 창작된 것으로 된다. 춘원은 유학시절 접했던 일본 사소설에서 신변잡기에 대한 기록도 문학의 장치로 사용될 수 있다는 점을 터득했다. 그리하여 그는 위의 두 작품에서 실제체험의 사실에다가 허구적 디테일 장면을 접목시켜 당시 스스로의 내면을 토로하고자 했다. 그것은 조실부모한 '고아의식'에 대한 자각이었다. '고아의식'에서 파생되는 것은 '사랑기갈증'뿐만이 아니었다. 그것은 또 춘원 자신의 객관적인 자아 반성과 자각으로 이어졌다. 사랑에 대한 갈망은 부재한 부모에 대한 그리움의 한 표현이었는데, 사실상 그것은 춘원의 '오이디푸스 콤플렉스의 붕괴'였다. 부모의 사랑이 없이 살아가는 삶이 얼마나 고독하고 적막한가를 보여주는, 엄연하고 무정한 현실의 위협에서 춘원은 출로를 찾지 못하고 있었다. 그에게는 '돈보다도 지위나 명성보다도 누구의 사랑을 구하는'[68]것이 더 시급했다. 주인공이 '자살'의 길밖에 택하지 못하는 것은 작가 자신의 절망을 보여주고 있는 부분이다. 그리하여 춘원은 작품 창작을 통해 출로를 모색했는데, 그것은 부모 사랑의 대체물로서 동기의 사랑에 대한 갈망으로 나타났던 것이다. 물론 춘원이 사춘기에 처하였다는 것도 역시 여기에 일조 했음은 당연했다. 이는 1915년의 「金鏡」에서 좀더 확연한 모습을 보였다.

작가의 전기적 사실과 상당 부분 닮아 있는 주인공을 내세웠다는 점에서 「金鏡」은 앞의 두 작품과 한 맥락에서 고찰해볼 수 있다. 부모를 여의

---

68) 「나·네째 이야기」, 『李光洙全集』 6, 457쪽.

고 늙은 조부와 어린 누이 둘을 두고 있는 주인공 '금경'의 일본 유학생
활과 교우관계, 독서생활 및 "大學은 마치어 무엇하나" 하면서 오산학교
의 초빙을 받아들이는 내용으로 된 이 작품은 그대로 춘원의 당시 생활과
심경의 표현이었다. 그런데 앞서 거론한 두 작품과 달리 「金鏡」에서는 작
자의 자성에 가까운 발언과 개인의 자존에 대한 자각이 발견된다. '금경'
이 선배 없이 자라난 자신의 생활을 후회하면서 '이제라도 畏敬할 嚴師門
下에 一年만 지났으면' 하는 생각을 하는 것이라든가, '내 속에 굳게 선
人格이 없고' '自覺 있는 生活'을 하려는 일념으로 불타고 있다는 것 등이
다. 그 모습에는 춘원 자신의 당시 심경이 드러나고 있는데, 그것은 바로
부모의 부재로 한 면이 비어있는 자신의 생활에 대한 자각이었다.

일본 유학에 이르기까지 춘원의 전기적 부분을 살펴보면 그 사실들이
주체적인 선택이라기보다 이러저러한 외적 원인에 의해 이루어진 것이
더 많았다. 동학 입도와 천도교의 유학생이 되기에는 그의 총명과 노력이
뒷받침되었지만, 그 계기를 만든 것은 춘원 자신이 아니었다. 유학을 마
친 춘원은 그 단계를 넘어서 '개인의식'에 대한 자성과 자각으로 보다 주
체적이고 '자각 있는 삶'을 지향했다.

그와 동시에 나서게 된 급선무는 부모의 부재로 생긴 그 빈자리에 어
떤 대체물을 확립하는 일이었다. 이러한 상황에서 발견된 것이 '민족'이
었다. '민족'은 우선 먼저 춘원이 자각된 생활을 하기 위한 '정신적 기둥'
으로 발견되었던 것이다. 톨스토이즘은 이 시기에 이르러서는 현실과 그
다지 절실한 연관을 맺지 못했던 것으로 보인다. 부재의 부모 대신이었기
에 그 인격적 대표자로 도산 안창호가 일정한 단계에 있어서 춘원에게
'민족의 대표적 인물'로 간주되기도 했다.

그렇다고 하여 위의 세 작품에서 개인에 대한 자아의식이 바로 민족의
식으로 직결되었다는 것은 아니다. 그 사이를 연결하는 역할을 했던 작품
은 「어린 희생」과 「헌신자」였다.

1910년 2월 『少年』에 발표되었던 「어린 희생」의 소년 주인공은 러시아
병정에게 죽음을 당한 아버지를 위한 복수심에 불타고 있었다. 작품에서
그 소년의 개인적 복수심을 민족의식으로 연결시키는 부분은 할아버지의
말과 어린 희생자의 의식에서 잘 드러나고 있다.

> 네 아비가 죽었다. …… 나라를 위하여! 同胞를 위하여! (중략) 네 애
> 비는 名譽있게 …… 나라 위해, 동포 위해…….
> 우리 사랑하는 아버지가 저놈의 손에 죽고, 또 우리의 피를 나눈 全
> 同胞가 저놈들의 奴隷가 되어서 개와 돼지같이 학대를 받게 되었는데.
> 우리는 땅도 없고, 집도 없고, 自由도 없고, 權利도 없어, 살고도 죽은
> 模樣이야.[69]

어린 희생자 소년은 스스로 아버지를 위한 복수심을 민족을 위한 복수
심으로 승화시켜 갔다. 개인적 감정을 민족적 현실과 연관시키는 이 부분
은 비록 막연하게 보이지만 일단 춘원이 자신의 '자아의식'을 '민족의식'
으로 연결시키는 과정과 일치되는 면을 보여주었다.

「헌신자」는 주인공 '김광호'의 막연한 교육열에 관한 내용으로 되어 있
다. 막연하다는 것은 주인공이 막연히 근대교육의 외모만 본 따려 했을
뿐 구체적인 교육목적이 드러나지 않아서 작가가 결말에 부언한 것처럼
'주인공의 인격이 아주 불완전케'[70] 부각되고 있다는 점을 가리킨다. 그
리고 '내 학교 학생을 남에게 지지 아니하게 하려' 하는 주인공의 정성이
드러나고 있는 대목도 역시 자기 민족에 대한 막연한 사랑을 의미했던 것
으로 판단된다.

그 외에 1910년의 미완의 단편소설 「無情」 또한 그저 넘길 수 없는 작
품이다. 왜냐하면 이 작품은 민족의 저열한 도덕성 또는 부패한 전통적

---

69) 「어린 犧牲」, 『李光洙全集』 1, 556쪽과 558쪽.
70) 「獻身者」, 『李光洙全集』 1, 568쪽.

요소에 대한 춘원의 형상적 고발의 출발점이 되기 때문이다. 뿐만 아니라
이 작품에서 춘원은 자신의 '자각 없는 생활'을 청산하려는 출발도 알렸
고 아울러 이를 시작으로 전근대적인 인습에 매몰되어 있는 민족의 전형
을 부각하려는 움직임도 보였다. 미완으로 그친 이 작품은 '絶對的 父母와
지아비의 命令에 服從'하고 있는 무던하고 단순한 '韓國模型의 婦人'의
'비애와 절망'을 그렸다. 그 내용은 부모의 명에 따라 16세 때 12세 되는
어린 신랑에게 시집 와서 신랑을 키우다시피 살다가 그 신랑이 다 커서
축첩하는 데에 반항하여 자살을 시도하는 것으로 되어 있다. 남존여비와
삼종지덕을 비판했던 「朝鮮 家庭의 改革」, 조혼의 폐단을 규탄했던 「早婚
의 惡習」, 그리고 자녀의 독립적인 인격을 강조했던 「子女中心論」 등의
논설에 나타났던 여러 가지 사상이 여기에서 형상화되고 있다. 이러한 것
들을 내면화하여 형상화시켰을 때 춘원 나름대로의 주체가 확립되었다.

　이상 살펴 본 작품들은 독립적 주체를 갈망하는 근대적 자아의식과 민
족의식의 발로가 어렴풋이 나타나고 있는 부류이다. 춘원의 근대적 자아
의식과 민족의식이 뚜렷한 면모로 형상화된 것은 1917년의 장편소설 『無
情』이 그 처음이다. 앞의 습작기의 단편의 여러 면모가 이 장편소설에서
집약되고 있다.

　춘원은 1920년까지 주로 개성을 존중하는 계몽사상의 고취를 주창했다
는 주요한의 견해는 이미 앞에서 언급한 바 있다. 그 가운데서도 1916
년~1918년에 그러한 내용들로 된 논설과 작품이 한층 집중되어 있었다.
그것은 장편소설 『무정』이 새해 벽두를 장식했다는 것만을 가리키는 것
이 아니다. 「早婚의 惡習」(1916), 「朝鮮 家庭의 改革」(1916)이 있고, 또 계몽
작품의 대표작인 장편소설 『흙』의 주제로 되었던 논문 「農村啓發」이
1917년에 집필되었고, 「婚姻論」(1917), 「復活의 曙光」(1918), 「宿命論的 人生
觀에서 自力論的 人生觀에」(1918), 「子女中心論」(1918), 「新生活論」(1918) 등
대표적인 계몽논설도 모두 이 시기에 발표되었다. 그러한 자아의식과 민

족의식을 형상화한 작품이 되는 장편소설 『무정』, 「少年의 悲哀」, 『開拓者』, 「어린 벗에게」, 그리고 앞에서 고찰했던 「尹光浩」 역시 이 무렵에 창작한 것이었다.

「소년의 비애」에서 춘원은 자각한 소년 '문호'를 통하여 전통적인 구습, 부모 명에 의한 혼인에 반항하는 자유연애 사상을 고취했다. 앞의 단편소설 「무정」에서 피해자가 되어 팔자만 한탄하며 자살하려는 부인의 모습과 매우 대조되는 인물이다. '문호'는 종매 '난수'에게 시인의 자질이 있음을 발견하고 그러한 개인의 자질에 따라 공부해야 한다고 생각한다. 하지만 계부는 계집애라는 이유로 공부시키려 하지 않고 '문수'를 어느 천치에게 시집보내려고 한다. '문호'는 단호하게 계부와 맞서 양반의 체면 때문에 '난수'의 일생을 희생하려는 행위를 규탄하지만, 그 현실을 개변하는 데에 실패하고 '난수'에게 도피할 것을 권한다. 그러나 '난수'의 호응을 얻지 못하여 이 자각한 계몽자의 노력은 수포로 돌아가고, 동지 없는 선각자 '문수'는 비애와 고독의 쓴맛을 보게 된다. '자녀는 자기편으로 보면 독립한 개체니 자녀는 실로 자녀 자신을 위하여 난 것이요, 부조를 위하여 난 것이 아니니'[71]라고 운운했던 춘원의 논설 내용을 연상케 하는 작품이다. 작가가 개인의 자존에 대한 각성에 그치지 않고 근대적 자아의식을 작품으로 형상화하기에 주력했음을 알 수 있다.

「소년의 비애」가 '문호'라는 소년형상을 통하여 전근대적 인습에 반항하는 자아의식을 고취했다면 「어린 벗에게」는 주인공 '임보형'을 통하여 근대적 자아의식뿐만 아니라 민족의식에 대한 각성까지 다루었다. 편지 형식을 취하고 있는 이 작품은 네 통의 편지로 이루어졌다. 동경 유학 때에 사랑을 갈망하던 주인공은 동성애를 느꼈던 동창의 여동생에게 이성의 사랑을 갖게 된다. 헤어졌다가 이국 상해의 병상에서 그녀의 간호를

---

71) 「子女中心論」, 『李光洙全集』 10, 34쪽.

받게 되지만 해후하지 못하고, 우연한 기회에 블라디보스토크로 가던 선상에서 만나 같은 열차로 시베리아를 달리고 있는 것으로 끝을 맺는다. 주목해야 할 것은 이 작품이 근대적 자아의식과 민족의식을 아울러 다루고 있다는 점이다. 주인공은 자신의 아침이슬 같은 인생을 '精神的으로 同胞民族에게 善影響을 끼쳐' 그들로 하여금 자신들의 생활을 주체할 수 있도록 하려는 데에 바치려는 일념으로 '同族의 敎化를 決心'한다. 그리하여 그는 자신의 '새 希望과 새 精力'을 얻으려고 했다. 이러한 가운데 춘원 작품 특유의 연설장면이 나오게 되는데 그 내용은 구식 혼인제도, 조혼의 악습, 그리고 민족의 열악한 정신상태에 대한 비판이었다.

> 大體 社會의 乾燥無味하기 우리 나라 같은 데가 다시 어디 있사 오리까. 그리고 品性의 卑劣하고 情의 醜惡함이 우리보다 더한 이가 어디 있사오리까. 그리고 이 原因은 敎育의 不良, 社會制度의 不完全 – 여러 가지 있을지나 그 中에 가장 重要한 原因은 男女의 絶緣인가 하나이다. 생각하소서. 一家庭內에서도 男女의 親密한 交際를 不許하며…….
>
> 나는 男女가 무엇이며 婚姻이 무엇인지를 알기도 前에 父母가 任意로 契約을 맺고 社會가 承認하였을 뿐이니, 이 結婚行爲에는 내 自由意思는 一分도 들지 아니한 것이요 (중략) 蹂躪된 權利의 一部를 主張하고 掠奪된 享樂의 一部를 恢復함은 堂堂한 吾人의 權利인가 하나이다.[72)]

위의 두 작품의 공통점은 앞의 여러 단편과 같이 작가 자신의 생활 체험이 깊이 투영되고 있다는 것이다. 작가 체험의 사실성으로 문학의 현실성을 이룩하고, 그 작품에 근대적 자아의식과 민족의식을 담고 있다는 것은 춘원 창작의 한 특징의 구체적 표현이 된다. 또한 「어린 벗에게」는 새 세대의 연애문제를 다루고 있다는 의미에서 장편소설 『무정』의 전주곡이

---

72) 「어린 벗에게」, 『李光洙全集』 8, 74쪽과 77~78쪽.

되는 작품이기도 하다. 이렇게 조금씩 더 확연한 면모를 갖추어 가는 가운데 춘원은 그것을 최종 한 작품에 집약화하기에 이르게 된다. 이러한 특징을 습작기의 단편적이 아닌, 복합적으로 작품 속에 융합한 것이 1917년의 장편소설 『무정』이었다.

『무정』은 작자의 개인적 체험을 기본적인 토대로 하고 있다는 것, 근대적 자아의식과 민족의식을 호소하고 있다는 등을 감안할 때에 여러 모로 당시 춘원의 인생관과 민족관에 대한 형상화라는 점을 확인할 수 있다. 『무정』이 한국 문학사상 최초의 근대적 면모를 갖춘 장편소설이라는 평가를 받고 있는 이유는 그 현실적인 소재, 인물의 성격화와 심리묘사의 시도 등에서 비롯되지만, 근대적인 주체의식에 대한 형상화라는 점 또한 간과할 수 없는 요소이다. 다시 말하면 작품에서 나타나고 있는 근대적 자아의식과 민족의식은 이 작품에 큰 무게를 실어주고 있다는 것이다.

춘원은 『무정』에서 새로운 연애문제, 새로운 결혼문제 등을 통해서 여명기에 처한 조선의 새로운 젊은 지식인 남녀들의 이상과 고민을 그리려고 했다.[73] 그는 앞의 단편들에서 이미 그러한 단초를 드러냈다. 미완의 단편 「무정」과 「소년의 비애」 그리고 「어린 벗에게」로 이르는 과정에서 단순한 혼인문제에 대한 반항으로부터 점차 근대적 자아의식의 확립에로 나아가고 있는 양상을 확인했다. 『무정』에 이르러서는 그 모양이 더욱 확연시 되는데 특히 주인공 '이형식'이 약혼녀 '김선형'에게 사랑의 확인을 받고자 하는 장면과 '병욱'이 '영채'를 자신의 주체적인 삶을 찾아가도록 인도하는 데서 그 점을 읽을 수 있다.

주인공 '이형식'은 동경유학생으로서 유지인 김장로의 사윗감이 된다. 그는 친구 '병국'의 사랑 없는 불행한 결혼에 대한 이야기를 알게 된 후 자신의 약혼녀 '선형'이 과연 자기를 전인격적으로 사랑하며, 자신의 '약

---

73) 「多難한 半生의 途程」, 『李光洙全集』 8, 451~452쪽과 「'無情'等 全作品을 語하다」, 『李光洙全集』 10, 521쪽 참조.

혼은 과연 사랑을 기초로 한 것인가' 하는 회의를 갖고 선형에게 그 점을 확인하려고 한다. 그는 '선형'이 진실로 자기를 사랑하지 않고 단지 부모의 명을 거역하기 어려워 이 약혼에 승인한 것이라면 그것은 남의 희생으로 자신의 행복을 얻는 것이니 인도적인 행위가 못 된다고 생각했던 것이다. 그 자신은 유학까지 하였으니 근대적 자아의식에 눈을 뜬 선각자였다. 그리하여 그는 '선형'에게 "선형씨는 나를 사랑합니까?"라고 묻는다. 비록 '선형'은 아직도 '자기에게는 그런 것을 생각할 권리가 있는 줄도' 모르는 여성이었지만 근대적 주체의식이 넘치는 '이형식'은 형식적으로나마 전근대적인 혼인을 탈피하고자 했다. 그러나 그것은 실제로 선형의 자아의식을 깨우치는 구체적인 실천에 옮겨지지 않았다. 약혼녀에게 미련을 두고, 그녀의 자아의식을 깨우치지 않았던 것은 사랑도 잃지 않으면서 또한 명분도 세우는 것으로써 인간의 보편적 심리에 부합되는 처리이어서 오히려 리얼리티를 확보하는 데에 기여했다. 이에 반해 같은 여성으로서 다른 한 선각자 '병욱'이 '영채'에 대한 계몽은 단호하고도 철저했다.

'영채'는 아버지가 한 마디 농담조로 던진 말에 오직 '이형식'을 찾으려는 일념에 살아왔다. 스스로 실신했다는 콤플렉스 때문에 살 면목이 없다고 여기고 자살하러 가는 길에 동경 유학생 '병욱'을 만났다. 작품에서 선각자로 등장한 여학생 '병욱'은 그 상황을 알고 '영채'에게 지금까지 '천만 여자를 죽이고 또 천만 남자를 불행하게' 만든 '삼종지도(三從之道)'의 비리의 피해 때문에 '참 생활'을 모르고 살아왔다고 설파했다. 그리고 그러한 낡은 사상의 종이 되지 말고 주체적인 삶을 찾도록 일깨운다.

> 여자도 사람이지요. 사람일진댄 사람의 직분이 많겠지요. (중략) 그런데 고래로 우리 나라에서는 남의 아내 되는 것만으로 여자의 직분을 삼았고, 남의 아내가 되는 것도 남의 뜻대로, 남의 말대로 되어 왔어요. 지금까지 여자는 남자의 한 부속품, 한 소유물에 지나지 못하였어요.

우리도 사람이 되어야 합니다. 여자도 되려니와 우선 사람이 되어야
합니다.[74]

천만의 여자뿐만 아니라 천만의 남자까지 불행하게 만들었던 진상을
밝히고, '그릇된 낡은 사상의 속박을'을 벗어나 여자도 되려니와 우선 사
람이 되라고 하는 이 부르짖음은 단순한 여권의 신장이 아니다. 그것은
'스스로 자신의 이성을 사용할 용기를 가지려고 하는' 근대적 자아의식의
발로였다. 그리하여 혼인문제의 의미를 단순히 개인의 일생대사의 차원에
서 다루지 않고 인간의 주체를 확립한다는 보편적인 문제와 결부시켰다.
낡은 사상이나 인습의 굴레를 벗어나려는 여성인물의 계몽적 주장은『개
척자』에서도 그 면모를 보여주었다.『개척자』는 가정과 가산을 돌보지 않
고 새로운 과학기술을 도입하려는 '실행'에 앞장서고 있는 엘리트 '김성
재'를 주인공으로 삼고 있다. 하지만 이 엘리트 지식인은 여동생 '성순'의
혼인문제에서는 구 가족제도의 대표인물로 전환되었다. 그리하여 그는 어
머니와 단합하여 '성순'에게 사랑 없는 혼인을 하도록 강요하면서 가정의
은혜를 갚는 '물건'으로 치부한다. '성순'의 강한 반발은 그녀를 사랑하고
있던 '성재'의 친구 '민은식'의 지지를 받게 된다. 어머니와 오라버니의
소유물이 아니라 '성순' 자신의 '성순'이라는 계시를 받은 '성순'은 이제
부모의 소유물이 되기를 거부하고 자신의 주체적 삶을 찾아가려는 결심
을 내리게 된다.

자기를 위하여서는 부모나 가정도 희생하여야 한다. 자기를 위한다
함은 자기로서 대표하는 신시대를 위함이니, 장래에 무한히 길 신시대
와 무한히 번창할 자손은 부모보다도 중하다. 아니 모든 과거를 온통
모아 놓은 것보다도 중하다. 자녀를 부모의 소유로 아는 도덕은 결코

---

74)「無情」,『李光洙全集』1, 156~157쪽.

신시대에 깨칠 것이 못 된다. 민의 말과 같이 우리는 부모 중심, 과거
중심이던 구 시대의 대신에 자녀 중심, 장래 중심의 신시대를 세워야
한다.75)

구 시대와 결별하고 자아의 주체성을 찾아가는 새 시대 여성의 대표자
로서 모습이 확연하다. 그것은 또 앞서 여러 논설문들에서 춘원이 주장했
던 전통에 대한 부정과 새로운 가치관 생성 논리의 형상화이기도 하다. 『개
척자』는 전반적 흐름으로 보아 작가의 여러 창작 의도 가운데서 '因襲에
對한 個性의 反抗과 解放'76)을 그리는 데에 더 적당한 작품으로 보인다.
또한 춘원 자신의 체험의 형상화가 아니고 단지 '化學工夫를 하면 世界
어디를 가든지 汽車나 汽船이나 마음대로 타고 上等待接을 받는다'77)
일진회의 어느 두령의 말에 따라 설정된 인물이었기에 여러 모로 추상적
인 데서 머물고 있다. 그리하여 작자의 민족의식이 용해될 여지가 그만큼
축소되어 그 구체 상을 보이지 못했다.

『무정』에서 활약상을 띠는 주인공 '이형식'과 그 주변인물은 모두 동경
유학을 거친 엘리트로 부각되었다. 그들이 새로운 시대를 개척하는 구체
적 양상은 민족을 위한다는 것과 연관을 맺을 수 있는데, 그 실체는 민족
의식의 발현이었다.

『무정』에서 민족의식이 가장 강렬하게 나타나고 있는 부분은 결말부분
이다. 그것은 열차에서 공교로운 만남의 장면부터 시작된다. 형식, 선형,
영채와의 만남, 이 갈등의 삼각관계는 어떻게 해소될까? 먼저 동인의 말
을 빌려 보기로 한다.

75) 「開拓者」, 『李光洙全集』 1, 261쪽.
76) 「多難한 半生의 途程」, 『李光洙全集』 8, 453쪽.
77) 위의 글, 451쪽.

이 民族愛라는 것이 또한 이 作者의 항용 쓰는 武器이나 대개가 억
지로 意識的으로 挿入하여 作品의 內容과는 어울리지 안는 괴괴한 느
낌을 주는 것인데 이 場面에서뿐은 이런 問題가 아니면 도저히 서로
한 좌석에 모혀서 한마음으로 談笑를 못할 것으로서 春園의 全作品을
通하여 唯一의 '적절한 挿入'이다.[78]

춘원은 작품에서 개인의 사적 원인으로 인한 갈등까지 '민족'으로써 해
결했다. 개인의 이익뿐만 아니라 개인의 모든 것은 이 '민족' 앞에서 무조
건 복종해야 한다는 것이다. 그리하여 개인의 불우, 원한뿐만 아니라 개
인의 사랑까지 '민족 문제'와 만날 때 한 걸음 양보해야 했다. 이 '민족'
앞에서 모든 갈등은 자연적으로 다 해소된다.

영채씨, … 용서합시오! … 부디 공부 잘하셔서 큰일 하십시오. ……
선형은……영채의 손을 잡고 속으로 「형님, 잘못했읍니다」하였다.
영채도 선형의 손을 마주쥐며 더욱 눈물이 쏟아진다. 형식도 울었다.
병욱도 울었다. 마침내 모두 울었다.[79]

눈물을 거둔 그들에게는 가난하고 못난 조선민족을 바라보며 "어떻게
하면 저들을 구제하나?"[80]하고 우려했던 문제를 해결할 길이 열렸다. 그
것은 '교육으로, 실행으로' 그들을 가르치기 위한 유학의 길이었다. 춘원
의 민족운동에 투신하는 '비장'한 출발, 그리고 그에 이어졌던 일본유학
을 상기할 때 이 마지막 장면도 춘원의 전기적 부분과 밀접한 관련이 있
음을 알 수 있다. 이러한 의미에서 『무정』은 춘원이 자각적이고 주체적인
선택으로 민족 운동의 실천에 참여하는, 즉 제2차 사회 진출의 선언서였

---

78) 金治弘 編著, 앞의 책, 105쪽.
79) 「無情」, 『李光洙全集』 1, 208쪽.
80) 「無情」, 『李光洙全集』 1, 205쪽.

고, 새 문명에 관한 교육을 통하여 새로운 가치관에 입각한 국민과 나라를 확립하려는 이상의 호소문과도 같았다.

『무정』 이후 작가 체험으로서의 민족의식 발로는 『흙』에서 다시 나타났다. 『흙』은 개인적 문제와 민족적 문제의 관계 속에서 '민족적 이상을 향한 자기 희생을 통해 운명을 극복하는'[81] 주인공 '허숭'을 부각했다. 이 작품은 민족 현실에 대한 나름대로의 인식을 보여준다는 의미에서 민족의식이 표출되고 있는 것으로 간주할 수 있다. 이 밖에 「가실」, 「선도자」, 「거룩한 죽음」, 「순교자」, 「금십자가」 등 작품에서도 근대적 민족의식과 자아의식은 어느 정도 확인되고 있다. 이러한 작품은 '민족과 동포를 위해 헌신적 활동을 하다가 희생되거나 또는 고난을 겪는 선각자'[82]를 부각시킨 내용이 주된 내용이다. 따라서 거기에는 개인 체험의 형상화로서 민족의식보다 작가의 심경 토로나 '변명'의 성격도 상당부분 가미되었을 것으로 추정된다.

이상 검토한 작품에서 춘원은 근대적 자아의식과 민족의식의 정열로 넘치는 엘리트 인물을 부각시켜 자신의 메시지를 전달했다. 뿐만 아니라 그 정열에 넘치는 인물들의 언행에 의해서 자신의 감정을 표현하기에 미흡하기라도 한 듯이 가끔 작품에 개입하는 모습을 보이기도 했다. 그리하여 춘원의 작품은 '열정'의 문학일 뿐만 아니라 '주입'형식의 문학이 되었다. 작품 중에서 전달되는 메시지는 강한 연설조나 설교조에 의해 피 계몽자에게 주입되는 형태를 갖추고 있다는 것이다. 민족운동의 지도자 계층에서 오래 동안 활약상을 보였던 춘원의 체험과 연관지을 때에 이 점은 비로소 설득력 있는 해명이 가능하다.

---

81) 李注衡, 「<흙>의 時代認識과 美意識」, 『崔南善과 李光洙의 문학』, 새문社(1981), Ⅰ— 74쪽.
82) 사에구사 도시카쓰(심원섭 옮김), 「<재생>의 뜻은 무엇인가」, 『사에구사 교수의 한국문학 연구』, 베틀 · 북(2000), 155쪽.

한편, 루쉰의 근대적 자아의식과 민족의식을 형상화한 작품의 전개양 상은 춘원과 매우 대조적이다. 춘원의 작품에 보였던 엘리트 또는 지도자 형의 선각자와 같은 인물은 보이지 않고 오히려 계몽의 대상인물이 대거 출현함을 볼 수 있다. 지도자거나 영웅 인물과 같은 소위 '권위'에 대한 경계심을 늦추지 않았던 작가의 체험과 연관시켜 보면 그것은 그다지 이 상한 현상이 아님을 알 수 있다.

루쉰이 낡은 사회에 던진 첫 문학적 도전장은 「狂人日記」였다. 중국 근 대문학의 출발을 알렸던 이 작품에서 그는 선각자의 형상으로 '광인'을 부각하여 가족제도와 유교의 예교(禮敎)가 '사람을 잡아먹는(吃人)' 죄악을 고발하는 한편 인간의 참된 삶을 지향할 데에 관한 메시지를 전했다. 다 시 말하면 4천여 년 중국 역사의 흐름 속에 이루어진 '사람을 잡아먹는(吃 人)' 전통을 비판하고 근대적인 '자아의식'을 고취했다. 「狂人日記」는 문언 문으로 된 서문 외에 13개장으로 나누어져 있다.

서문과 같은 역할을 하는 첫 부분은 백화문이 아닌 문언문이다. 루쉰의 강인한 성격을 엿볼 수 있는 부분이라고 짐작된다. 루쉰은 작품집 『吶喊』 의 「자서」에서 자기의 창작을 친구의 부탁에 의한 것이라고 했다. 하지만 소년 때부터 형성된 강인한 주견성과 이때 이미 불혹을 넘겼다는 점을 감 안할 때 그가 쉽게 누구의 명령이나 권유에 따르지 않을 것이었다는 점은 무리한 추정이 아니다. 그의 친구 전현동과 '무쇠로 된 방'의 논의에서 루 쉰은 "희망은 미래에 속하는 것으로서 결코 나의 반드시 없을 것이라는 증명으로 그의 있을 것이라는 주장을 꺾을 수는 없다."[83]고 했다. 그러니 까 루쉰이 친구의 주장에 대해 완전히 동감했던 것은 아니었다.[84]

83) 「吶喊·自序」, 『魯迅全集』 1, 419쪽.
84) 「≪自選集≫自序」, 『魯迅全集』 4, 455쪽 참조.

혹시 자신이 적막했을 당시의 비애를 잊지 못한 것이기 때문이었을
지도 모른다. 그리하여 때로는 크게 몇 마디 외치지 않을 수도 없었는
데 그러함으로 적막 가운데 용맹하게 내닫고 있는 용사를 위안하고 그
로 하여금 앞으로 나가기를 주저하지 않도록 하려는 것이다.[85]

이러한 점으로 미루어 보면 이 작품은 선각자로서 스스로의 '寂寞의 悲
哀'에 대한 되새김이기도 하거니와 또한 친구가 겪고 있는 선각자의 '적
막'함에 대한 동정의 성격도 내재되어 있다. 따라서 루쉰의 창작은 애초
의 선택이었던 문예에 의한 국민의 사상개조 실천에로 복귀하는 작가의
주체적 선택이라 함이 더 마땅하다. 창작 자체가 바로 루쉰 '자아의식' 주
장의 실천이 되고 있는 것이다. 루쉰의 창작이나 잡문에서 나타나는 강한
개성적인 주체의식은 그가 자주 사용했던 '개인적 관점으로는(我以爲)',
'나의 생각으로는(我想)', '내가 보기에는(在我看來)' 등 용어에서도 일별할
수 있다는 지적은 일찍 1930년대의 연구에서 이미 선을 보였던 바이다.[86]
'광인'은 주위의 생활환경을 새롭게 감지하는데 달도 30여 년이 지나도
록 처음 보는 듯 했고 정신상태 역시 전에 없이 상쾌함을 감지하게 된다.

오늘 저녁의 달빛은 유난히 밝다.
내가 그를 못 본 지도 어언간 30여 년이 되었다. 오늘 보게 되니 정
신이 한결 더 맑아진다. 비로소 지난 30여 년은 모두 흐리멍덩하게 살
아 왔다는 것을 깨닫게 되었다. 하지만 꼭 아주 조심해야 되겠다. 그렇
지 않으면 저 조씨의 개가 왜 나를 두어 번 흘끔 쳐다보는 것일까?
내가 무서워하는 데는 일리가 있다.[87]

「狂人日記」의 제1장 전문이다. 이 부분은 '광인'이 '흐리멍덩한 삶', 즉

85) 「吶喊·自序」, 『魯迅全集』 1, 419쪽.
86) 唐弢, 「一个應該大寫的主體－魯迅」, 汪暉 앞의 책 16쪽 「原版序」 참조.
87) 「狂人日記」, 『魯迅全集』 1, 422쪽.

주체가 매몰되었던 삶을 탈피함으로써 느끼게 되었던 정신상의 해방감과 선각자로서 이미 세상의 "이단(異端)"으로 몰린 자신의 앞날에 대한 막연한 공포심을 보여주고 있다.[88] 즉, 용렬한 무리를 벗어나서 주체적 생활을 찾아가려는 '자아의식'에 눈을 뜬 선각자의 희열과 두려움이 함께 어려 있는 부분이다. 제2장에서는 '광인'이 '古久선생의 낡은 장부책'을 짓밟아 버리는 것과 같은 옛날부터 전해지던 것들에 대한 '반항의 모습', 그리고 자신에게 대한 주위 사람들의 이상한 언행과 눈길을 감지했음을 보여준다. 제1장의 두려움을 구체화한 것이다. 제3장에서 '광인'은 드디어 그 사람들의 속내와 그 근원을 발견하게 된다.

> 모든 일은 반드시 연구해 보아야 비로소 분명히 알 수 있다. 예로부터 사람을 잡아먹었다는 일을 나는 지금도 기억하고 있지만 그리 자세하게 알지는 못했다. 내가 역사책을 펼쳐보았더니 연대표기도 되어 있지 않았는데 페이지마다 비뚤비뚤하게 "의의도덕"이란 몇 글자가 씌어져 있었다. 좌우간 잠이 오지 않아 한 밤중까지 자세히 들여 보노라니 비로소 글자 틈에 끼어있는 글자를 보아낼 수 있었다. 그 책에는 온통 '사람을 잡아먹는다(吃人)'는 두 글자뿐이었다![89]

여기서 "사람을 잡아먹는다"는 것은 전 작품에서 보아 실제로 사람을 잡아먹었던 일을 가리키는 면도 없지 않지만, 그 핵심적 의미는 인간의 '주체의식과 자유정신의 말살'에 대한 상징으로 보는 것이 마땅하다. 또한 앞서 '광인'이 유린했던 장부는 '古久 선생'의 것이었는데, 문자 그대로 '낡고 오랜' 전통의 부정적 요소를 상징하는 것이었다. 작가의 감정이나 사상을 그대로 직설적으로 보여주지 않고 무엇에 기탁하여 나타내는 이러한 상징 수법은 루쉰이 함축적으로 메시지를 암시하는 데에 기여한

---

88) 汪暉, 앞의 책 226쪽 참조.
89) 「狂人日記」, 『魯迅全集』 1, 424~425쪽.

다. 이러한 상징 수법은 루쉰의 「藥」이나 「長明燈」에서도 진가를 발휘했
다. 이는 '상징주의와 사실주의의 조화'를 이루는 것이 사람들 마음의 번
민과 암담한 현실과의 일치를 보이는 데 아주 효과적이었음을[90] 인식했
던 루쉰의 주체적인 선택이었다.

'사람을 잡아먹는' 역사의 전모를 간파한 '광인'은 아직도 그러한 '전
통'에 얽매이어, 시비곡절을 묻지 않고 "오직 예로부터 그랬다면 곧 보배
이다."[91]는 만족감에 안주하는 사람들을 일깨우고자 한다. '무쇠로 된 방'
에 갇혔던 사람을 깨우치려는 문제에 관한 루쉰의 주장과 연관 지을 수
있는 대목이다. 비극적인 것은 '광인'의 계몽시도가 마치 '무물지진'을 대
하듯 그 대상의 실체를 찾기 어려운 상황에 직면할 뿐만 아니라 종국에는
자신조차 그 악행으로부터 초연하지 못한 사실을 발견하는 데에 있다. 그
거대한 '무물지진' 속에서 모든 사람은 '사람을 잡아먹고 또 잡아먹히는'
현실로부터 자유로울 수 없다는 것이다. 그리하여 '광인'은 희망을 '아이
들'에게 두고, 그들로 하여금 자신들이 겪었던 생활을 다시 반복하지 말
도록 해야 함을 강력하게 호소한다.

「狂人日記」에서 부각된 미치광이의 형상은 「長明燈」에서 다시 등장하
는데 이 두 작품은 여러 모로 닮아 있다. 주인공이 '광인'이라는 것, 여러
사람과 대결하는 구도를 이루고 있다는 것, 여러 사람들이 하는 것과 반
대로 행하려는 것과 '책력(黃曆)', 사당에 모신 신주와 등잔불 등에 작가가
상징적 의미를 부여한다는 것 등이 그러한 점이다. 그런데 이 작품에서는
'미치광이'에 대한 직접적인 묘사가 절제되고 주변 사람들에 의하여 그
모습을 간접적으로 보여주는 수법을 취하고 있다. 그 '미치광이'는 동네
(吉光屯) 사람들과 달리 조상 때부터 사당에 모신 보살에 절을 하지 않을
뿐만 아니라 아주 먼 옛날의 梁武帝(중국 南北朝시대, 南朝 梁나라 창건자-필

---

90) 「≪黯澹的烟靄里≫ 譯者附記」, 『魯迅全集』 10, 185쪽.
91) 「隨感錄·三十九」, 『魯迅全集』 1, 318쪽.

자 주)때부터 켜놓았던 사당의 등잔불을 끄려고 한다. 그 '등잔불'은 「광인일기」에 나오는 '고구 선생의 옛날 장부'와 유사한 의미를 지니고 있는 상징물이다. 그리하여 동네 권위적인 인물들이 대책을 논의하게 된다. 여러 사람이 동시에 달려들어 때려죽이자는 제안도 나오는데 역시 '사람을 잡아먹는' 수단에 지나지 않았다. 결국 모든 사람들이 다 추수하는 '관습'을 따르지 않을 뿐만 아니라 그것을 '타파'하려는 '선각자'는 사당의 '절대 열 수 없는' 빈칸에 감금된다. 선각한 자는 '이단'으로 몰리어 결국 '억압'과 '말살'의 최후를 면하지 못했다.

「狂人日記」와 「長明燈」은 '미치광이'의 형상을 부각한 작품이다. 작품은 정신상태가 비정상적인 인물을 등장시킴으로써 도착된 언어, 비틀어진 심리에 대한 묘사와 여러 상징물에 기탁하는 것으로 인간의 주체적인 삶을 억압하고, 말살하는 '전통'의 죄악을 고발했다. 이러한 비정상적인 인물들의 상징적이고 도착된 언어에 의하여 루쉰은 현실을 고발함과 아울러 근대적 '자아의식'의 각성을 호소했다. 변태적인 인물로 변태적인 국민성, 변태적인 사회현상을 폭로하고 고발한다는 데서 그것은 특별한 의미를 지닌다. 역으로 진행되는 루쉰의 창작의도에 의하여 민족의식은 아주 암시적으로 그치지만, 민족의 구성원들이 모두 정상적인 주체적인 삶을 찾아야만 비로소 바람직한 민족적 삶이 가능하다는 작가의 논리를 엿볼 수 있다.

두 작품 가운데 상징적인 언어로 구성된 직설적인 호소의 강도는 앞의 작품이 강하고 뒤의 작품에서는 보다 약화된 모습으로 나타난다. 즉, 후자가 전자보다 더 함축적이고 암시적이다. 「狂人日記」와 「長明燈」 창작에 8년의 시차가 있음을 감안해야 하는 데, 루쉰의 창작이 점차 원숙하여 갔다는 한 표징으로 삼을 수 있을 것이다. 첫 백화문 소설인 「狂人日記」에 대하여 작가 자신도 여러 모로 미흡한 감이 없지 않은 듯 하다고 토로한 바 있다.[92] 한편 루쉰이 직접 실제 미치광이와 접촉했다는 사실은[93] 이

두 작품이 루쉰 전기적 체험과 연관을 지을 수 있는 가능성을 의미한다. 즉, 체험의 토대가 있었음으로 말미암아 그 초상과 심리 묘사가 그토록 핍진한 효과에 도달할 수 있었을 터인데 체험의 '사실성'을 바탕으로 문학의 '진실성'을 추구하려는 작가의 문학관을 구체적으로 표현한 것이라고 할 수 있다.

루쉰의 창작에서 인물의 직설적인 언행으로, 자아의식이거나 민족의식을 표현한 것은 흔치 않다. 위의 두 작품은 모두 상징적인 수법으로 비정상적인 사유를 가진 '미치광이'의 형상을 부각시켜 작가의 그러한 의식을 암시했던 것이다. 보다 많은 작품들에서 루쉰은 열악한 국민성에 대한 비판을 보였는데 그것은 모두 부각되는 인물 형상을 통하여 자연스럽게 노출되는 그 저열한 부분을 폭로하고 고발하는 것으로써, 그러한 점을 극복해야만 이상적인 국민성을 실현할 수 있다는 역의 논리를 암시하는 것이었다.

(2) 민족성 개조의 문학적 실천

춘원과 루쉰이 형상화했던 자아의식과 민족의식은 우선 먼저 자아 민족에게 그것이 결여되어 있다는 판단을 전제한 것이었다. 그들의 논설과 문학관의 고찰에서 이미 자아 민족의 근대적 의식이 결여된 정신상태를 개조하려는 데에 문학의 목표, 나아가서는 인생의 목표를 두었음을 살펴보았다. 본 연구에서는 춘원의 장편소설 『무정』과 『흙』, 루쉰의 「狂人日記」, 「長明燈」, 「阿Q正傳」을 중심으로 그 양상을 비교해보기로 한다. 앞서 살펴 본바와 같이 춘원은 대개 주인공을 통하여 직설적으로 발로하고 있음에 반해 루쉰은 단지 암흑상을 폭로하고 고발하는 암시에 그쳤다. 자아민

---

92) 「我怎么做起小說來」, 『魯迅全集』 4, 512쪽과 「對於 ≪新潮≫ 一部分的意見」, 『魯迅全集』 7, 226쪽 참조.
93) 周作人, 「吶喊衍義·狂人是誰」, 『魯迅小說里的人物』, 河北敎育出版社(2002), 15쪽 참조.

족 개조의 문학적 실천에서도 이러한 특징은 마찬가지로 적용되고 있다.

춘원은 앞서 살펴본 바와 같이 『무정』을 통하여 새로운 국민을 만들고 새로운 나라를 건설하려는 슬로건을 내걸었는데 그것은 엘리트형 주인공들에 의한 근대적인 자아의식, 민족의식의 주입과 선전이었다. 그것이 슬로건에 그쳤다는 것은 아직 실천에 이어지지 않은 점을 말한다. 결말의 후일담 부분에서도 추상적인 모습은 마찬가지였다. 그 이유로 민족 개조의 문학적 실천이라는 의미는 『무정』 마지막 부분인 주인공들의 대화에서 찾아 볼 수밖에 없다.

> 저들에게 힘을 주어야 하겠다. 지식을 주어야 하겠다. 그리하여서 생활의 근거를 완전하게 하여 주어야 하겠다.
> '과학, 과학!' 하고, 형식은 여관에 돌아와 앉아서 혼자 부르짖었다. 세 처녀는 형식을 본다.
> '조선 사람에게 무엇보다 먼저 과학을 주어야 하겠어요. 지식을 주어야 하겠어요.' 하고 주먹을 불끈 쥐며 자리에서 일어나 방안으로 거닌다.(중략).
> '물론 문명이 없는 데 있겠지요 ─ 생활하여 갈 힘이 없는 데 있겠지요.'
> '그러면 어떻게 해야 저들을 …… 저들이 아니라 우리들이외다. …… 저들을 구제할까요?' 하고 형식은 병욱을 본다. 영채와 선형은, 형식과 병욱의 얼굴을 번갈아 본다.
> 병욱은 자신이 있는 듯이
> '힘을 주어야지요! 문명을 주어야지요.'
> '그리하려면?'
> '가르쳐야지요! 인도해야지요!'
> '어떻게?'
> '교육으로, 실행으로.'[94]

---

94) 「無情」, 『李光洙全集』 1, 205쪽.

교육과 실행을 수단으로써, 민족에게 새로운 생활을 할 수 있는 힘을 준다는 것이다. 교사였던 주인공의 격에 맞는 대화이었고, "민족 운동의 첫 실천으로 나선 것은 교사로였다."95)라고 했던 작가다운 설정이었다. 『무정』에서 선을 보였던 '교사의 모델'과 그 '가르치는 자의 언행'은 민족개조 사상의 기타 문학적 실천에서도 빈번히 나타났는데 그 원점은 이 『무정』에 있었다. 작가의 제2차 유학에 해당되는 이 시기에 춘원은 보다 성숙하고, 주체적인 모습으로 민족운동을 선택했음은 앞서 지적한 바이다. 열 두 살 되던 해에 이미 자아 민족이 못나고 약한 것을 통분해 했던 춘원이었고, 민족의 실력을 기르기 위해 "나도 지금 공부를 하러 떠난 길이었다."고 자기의 유학을 일컬었던 춘원이며, '민족의식을 고취하는 애국적 교육'96)에 임했던 춘원이다. 또 일찍 교육의 중요성을 파악하고 어떠한 민족이든지 교육이 없으면 그 민족은 세계에서 가장 천대받는 빈약한 민족이 될 뿐만 아니라 심지어 멸망할 것이라고 하면서 조선의 방방곡곡에 보통학교를 세울 것을 주장했던 춘원이었다.97) 『무정』에 투영된 작자의 여러 체험들과 연관시켜 볼 때에 이 작품은 춘원의 제2차 사회 진출의 선언적 성격이라는 점이 재확인된다.

그럼에도 불구하고 『무정』은 춘원이 아직 구체적 대안을 확립하지 못했던 시기의 작품이다. 다시 말하면 엘리트적 인물들로 조직된 단체의 힘에 의거하는 민족 개조운동이라는 길을 선택하기 전의 작품이라는 것이다. 이러한 의미에서 1932년 4월 12일부터 이듬해 7월 10일까지 『동아일보』에 연재되었던 『흙』은 보다 더 구체적인 면을 보여준다.

『흙』의 주인공은 현지 유지의 가정교사이고, 가르치던 제자와 결혼을 하여 신분상승을 이루어 사회 상류층 인물로 신분상승을 이룩한다는 점

95) 「나의 告白·民族運動의 첫 實踐」, 『李光洙全集』 7, 229쪽.
96) 위의 글, 229~231쪽 참조.
97) 「農村啓發」, 『李光洙全集』 10, 88쪽.

에서 『무정』의 주인공과 비슷한 출발을 하고 있다. 민족의식이나 민족개
조 사상을 형상화한 작품의 이러한 인물설정은 민족운동 실천에서 지도
자 계층, 엘리트 계층에 속했던 작가의 체험과 무관하지 않다. 또한 항상
단호하고 자부심과 자아 우월감에 젖어 있던 춘원의 성격도 여기에 동조
했을 것이다. 그리하여 『무정』의 설교적인 언어와 가르치려는 교사적인
언행은 여기서도 재연된다.

『흙』은 우선 춘원이 1916년 11월 26일부터 1917년 2월 18일까지 『매일
신보』에 연재했던 논설 「농촌계발」과 연관시켜야 할 작품이다. 흥미를 유
발하여 알아보기 쉽도록 하기 위해 소설형식을 취했다는 이 논설은 모두
12개 장으로 되어 있다. 주인공으로 설정된 인물이며 선지자인 '김일'은
동경 유학을 마치고 고향에 돌아와 고향 사람들의 정신상태와 고향 면모
를 일신하기 위한 실천에 나선다.

> 金一君은 多年 東京에 留學하여 法律을 研究하고 本國에 돌아와 某
> 地方裁判所에 判事로 令聞이 있더니, 憤然히 朝鮮文明의 根本이 農村啓
> 發에 있음을 깨닫고 斷然히 職을 辭하고 故鄕에 돌아왔소. 氏는 爲先
> 여러 洞中 父老를 訪問하고, 生活方法과 産業의 改良을 勸諭 ……98)

「농촌계발」에 등장하는 주인공 '김일'에 관한 내용이다. 얼핏 보아도
『흙』에 나오는 '허숭'의 모습을 떠올리게 한다. 서울의 대학을 졸업하고
동경에 가서 고등문관시험에 급제를 한 다음 재판소의 변호사 직업을 포
기하고 자신을 손꼽아 기다리고 있는 고향 살여울에 돌아가 '일생을 바치
어 살여울 백여 호 오백 명 동포를 도와 보자'고 했던 '허숭'의 모습과 꼭
빼어 닮아 있다. 그런데 그 닮은 모습은 여기에 그치지 않는다. 『흙』의
'허숭'이 고향 살여울에 가서 하려는 일 역시 「농촌계발」에서 '김일'의 실

---

98) 위의 글, 66쪽.

천과 별로 차이가 없었다.

'김일'은 고향에 돌아가서 먼저 젊은이들을 동원하여 동회를 설립하고 예회(例會)제도를 세웠다. 그리고 그것을 기반으로 정원과 실내 및 음식과 용수, 몸을 청결하게 하고, 여름철에는 모기와 파리를 근절하는 수단을 취하고, 나무를 심고, 학교를 세워 어린이들에게 신교육을 시행했으며, 또 쌀 한술 한술씩 티끌 모아 태산이라는 저금 활동 등을 벌렸다. 『흙』에서 '허숭'이 고향 농민을 위해 하려던 실천의 내용을 보기로 한다.

> 농민 속으로 가자. 돈이 없으면 없는 대로 몸만 가지고 가자. 가서 가장 가난한 농민이 먹는 것을 먹고, 가장 가난한 농민이 입는 것을 입고, 그리고 가장 가난한 농민이 사는 집에서 살면서, 가장 가난한 농민의 심부름을 하여 주자. 편지도 대신 써주고, 주재소, 면소에도 대신 다녀 주고, 그러면서 글도 가르치고, 소비조합도 만들어주고, 뒷간, 부엌 소제도 하여 주고, 이렇게 내 일생을 바치자.[99]

이러한 계획으로 '허숭'은 "나부터 개조하자."고 부르짖으며 한 밤중에 고향으로 출발한다. 그가 평소 다졌던 결심과 익혔던 구상은 고향 살여울에서 구체적인 양상으로 이어진다. 그것은 농민들과 지주와의 물리적 충돌을 해결하는 것으로부터 구체화되는데 그는 자신이 해야 할 일들을 이렇게 정리했다.

> 첫째로 할 일은 읍내에 가서 의사를 데려오는 것이었다. 둘째로 할 일은 양식 없는 이에게 양식 줄 도리를 하는 것이었다. 셋째로 할 일은 파리와 모기와 빈대를 없이하는 것이었다. 그리고 넷째로는 잡혀간 사람들—한갑이 아울러 여덟 사람을 나오게 하는 것이다.[100]

---

99) 「흙」, 『李光洙全集』 3, 30쪽.
100) 위의 글, 82쪽.

이상에서 살핀 내용으로 보아서 춘원이 1916년에 집필한 소설체 논설문 「농촌계발」의 부분적 내용과 그 주제와 사상이 거의 무삭제로 『흙』에 나타나고 있음이 확인된다. 다른 한편 『흙』에는 그 논설문을 초월한 부분도 포착된다.

춘원은 『흙』을 창작할 때에 이미 도산의 흥사단 이념에 깊은 공감을 가지고 그 이념의 국내 실천단체이었던 수양동우회의 실제 책임자가 되었다. 앞의 작품들이 국내 민족운동의 책임자로 출발하는 이론 지침이었던 『민족개조론』의 '무실역행'과 '실력론'사상의 형상화였다면, 「흙」에서는 '정치성을 배제'한 민족개조 사상도 함께 다루었다.

> 농민들이 야학을 세우고 조합을 만들고 하는 것은 순전히 문화적, 경제적 활동이지, 거기 아무 정치적 의도가 포함된 것은 아니라고 믿소. 또 촌 농민들에게 무슨 정치적 의도가 있을 바가 아니오. 문화적으로 경제적으로 더 잘 살아보겠다고 하는 농민의 노력을 죄로 여긴다면, 그야말로 농민으로 하여금 반항할 길밖에 없게 하는 것이오.101)

협동조합 총회에서 했던 연설을 총독 정치에 대한 반항심의 충동질로 의심하는 경찰서 서장의 득달에 대한 '허숭'의 대답이다. '정치성을 배제'한 민족운동이라는 것을 강조하는 이 부분은 그 문맥대로 이해하기에는 석연치 않은 점이 없지 않다. 오히려 작가가 검열을 의식한 '밀수입의 포장'이 아닌가 하는 느낌을 주고 있다.

춘원은 많은 글에서 실제 체험을 작품의 토대로 삼았음을 언급한 바 있다. 『흙』도 예외가 아니었다. 주인공 '허숭'이 야학을 조직하고, 농촌조합을 만드는 등등은 작가 춘원이 이미 오산학교 시절에 체험했던 일들이다. 춘원은 「나의 고백」에서 자신이 오산학교에서 교사로 있을 때 교주의

---

101) 위의 글, 261쪽.

고향에서 동네 야학을 맡았던 일, 용동(龍洞)이라는 동회 일에 참여했던 일 등을 기록했다. 그가 종사했던 그 동회의 일들이란 남녀 평등권을 주장하고 쌀 한 술씩 모으는 저금활동, 동네와 가정의 청소, 우물과 우물 길의 청결 등 생활 개선과 관계되는 일들이었다. 이는 1916년의 「농촌계발」의 사상적 원천도 역시 오산학교 시절의 체험이라는 판단을 가능케 한다. 그리고 『흙』을 집필할 때 춘원이 『동아일보』 편집국장으로 있었다는 전기적 사실도 여기에서 간과할 수 없다. 1931년부터 『동아일보』는 "글을 모르는 이에게 글을 가르쳐주고, 위생 지식 없는 이에게 위생 지식을 준다."는 제1회 하기 브나로드운동을 주최했다. 당시에 이 신문사의 편집국장으로 지내고 있던 춘원은 그로부터 자유로울 수 없었던 것이다. 이러한 의미에서 볼 때 『흙』의 창작은 춘원이 실제 책임자를 맡고 주도했던 동우회 '무실역행'과 '실력론' 이념의 문학적 실천의 일환이었다.102) 그러니까 『흙』은 오산학교에서 춘원이 실제적 체험으로부터 형성했던 민족문제에 관한 사상의 추형이 논설 「농촌계발」을 거쳐 형상화의 추형으로 전환되고, 다시 춘원의 민족개조 사상과 접목되어 『동아일보』의 브나로드운동의 붐을 타고 세상에 태어난 것이었다.103)

한편, 루쉰은 민족개조의 문학적 실천에서 춘원과 아주 대조적인 면을 보였다. 춘원과 마찬가지로 당당하게 자신의 주체적인 선택으로 민족개조를 시도하고 있었지만 그러한 부류의 작품에서 작가의 태도는 철저히 은폐되어 있다. 폭로와 고발은 루쉰 문학의 본령이었다. 그는 당시 "중국과 같은 이러한 사회에서 가장 쉽게 나올 수 있는 것은 프티부르주아의 반항 혹은 폭로를 보이는 작품이다."104)라고 했다. 중국 국민성의 열악성을 폭

---

102) 김윤식, 『이광수와 그의 시대』 2, 솔(1999), 184쪽 참조.
103) 이 관점은 吳養鎬 교수의 『農民文學論』, 螢雪出版社(1989), 39~40쪽의 내용에서 시사 받은 바 크다.
104) 「上海文藝之一瞥」, 『魯迅全集』 4, 300쪽.

로하고 역으로 그것을 감지하고 자각적으로 개조에 임하도록 하려는 것
이 그의 의도였다. 때문에 그는 문학적 실천에 임하여 민족 개조운동을
주장하면서 자신은 결코 민족개조를 리드하는 인물이 아니라고 했다. 따
라서 그의 작품에서 나타나고 있는 인물은 모두 개조대상 또는 계몽대상
으로서의 인물이지 춘원의 작품에서 등장했던 엘리트적 인물상은 거의
없다. 아래에 「阿Q正傳」을 중심으로 루쉰의 민족개조에 관한 문학실천의
특징을 밝혀보기로 한다.

　루쉰은 「阿Q正傳」을 창작한 의도는 4천여 년 간 묵묵히 옛 사람들이
만들어 놓은 인습과 관례에 억눌려 '침묵 속에서 살아가는 국민의 영혼'
을 그리는 것이라고 했다. 그것은 전제적인 통치의 억압 때문에 일그러진
국민성 즉, 정상적인 주체성을 잃은 상태를 가리키는 것인 바 국민성의
가장 열악한 부분이었다. 루쉰은 또 자기가 부각한 그러한 인물이 지금뿐
만 아니라 앞으로 20, 30년 후에도 계속 나타날까 두려워한다고 했다.[105]

　「阿Q正傳」은 루쉰 소설 중에서 가장 긴 작품일 뿐만 아니라 유일한 연
재물이라는 점에서 다른 작품과는 좀 다른 면모를 보였다. 이 작품은
1921년 12월 4일부터 1922년 2월 12일까지 당시 북경에서 출간된 『신보
부간(晨報副刊)』의 「재미있는 이야기(開心話)」란에 연재되었던 것이다. 편집
을 맡고 있던 제자의 원고 청탁에 매주 또는 격주로 연재되었는데 작가가
자신의 특유한 문체였던 '잡문'을 의도했던 것일지도 모른다. '서문'의 형
식으로 되어 있는 제1장만 원 「재미있는 이야기」란에 실리고, 제2장부터
「신문예」란으로 바뀌어 실렸다는 작가의 말을 참작해 본다면 제2장부터
비로소 형상화에 주력했을 것으로 짐작된다. 제1장에 문학 창작물로서는
생경하게 등장한 진독수(陳獨秀)와 『신청년』, 그리고 호적(胡適) 등 실제 인
물과 간행물 등은 그 추정에 개연성을 부여해주고 있다.

---

105) 「《俄文譯本 <아Q正傳>序》」, 『魯迅全集』 7, 82쪽과 「<아Q正傳>的成因」, 『魯迅全
　　集』 3, 379쪽 참조.

「阿Q正傳」은 서언 성격을 띤 제1장을 비롯하여 제9장까지 있는데 매 장마다 소제목을 달아놓아 각 장의 내용을 쉽게 파악할 수 있도록 되어 있다.

제1장에서는 성도 이름도 없는 주인공에게 '아Q'라는 칭호를 붙여주고, 본관(籍貫)조차 분명치 못한 그를 일단 현재 몸 붙이고 '미장(未庄)'에 입적 시켰다. 제2장과 제3장에서는 몇 가지 사례를 통하여 '아Q'의 가장 유력 한 무기인 '정신승리법'을 소개했다. 제4장에서는 '아Q'의 연애실패의 비 극을 다루었고, 제5장에서는 연애실패 때문에 곤궁에 빠지게 된 주인공의 궁상을 그렸다. 다음 제6장에서는 삶의 곤궁을 탈출하여 읍으로 들어간 주인공의 횡재와 그 원인을 밝힌다. 제7장에서는 주인공이 혁명에 나서 자신의 정당한 생활을 찾으려고 하지만 소외당하는 모습을 그렸다. 제8장 에서는 혁명에 참가한 기득권 층으로부터 완전히 배척 당한 주인공을 그 렸다. 제9장은 주인공 '아Q'가 도둑질로 횡재했던 일 때문에 억울하게 혁 명파라는 죄명을 쓰고 사형 당하는 과정이다.

「阿Q正傳」의 주인공인 '아Q'는 루쉰이 인물형상 창조에서 나름대로의 원칙에 충실했던 결과물이다. 루쉰은 자신이 작품에서 인물형상을 부각시 킬 때에 일반적으로 모델을 어느 한 사람으로 삼지 않고 대개 여러 사람 의 특징을 합성하는 방법을 택했다.[106] 이는 주인공 '아Q'에게 국민성의 여러 가지 열근성을 집중시키는 데에 아주 적절한 창작방법으로 운용되 었다. 저열한 국민성의 현 상태를 폭로하고 고발하는 루쉰 문학실천의 가 장 전형적 인물은 이렇게 창조되었다. 따라서 이러한 '아Q'상이야말로 중 국 민족성의 한 유형으로서 중국인 품성이 '합성된 사진'이라는 지적 은[107] 매우 적절한 판단이 된다. 루쉰이 비판하던 중국 국민의 열 가지

---

106) 「我怎么做起小說來」, 『魯迅全集』 4, 513쪽과 「≪出關≫的"關"」, 『魯迅全集』 6, 519쪽, 「答北斗雜誌社問」, 『魯迅全集』 4, 364쪽 참조.
107) 仲密(周作人), 「≪阿Q正傳≫」, 『匯編』 1, 28~29쪽 참조.

열근성이[108) 「阿Q正傳」의 주인공 '아Q'를 통해 거의 모두 고발되기 때문이다. 그리하여 심지어 연재되고 있던 「阿Q正傳」을 읽고 작자가 자신을 공격하기 위해 쓴 것이 아닌가 착각한 독자까지 있었다.[109)

그렇다면 루쉰이 '아Q'를 통해 보여주었던 중국 국민의 열악한 근성이란 어떠한 것들이었을까? 개괄하여 본다면 그것은 현실을 정시하지 못하고 자아 착각 속에 안주하려는 '자아기만(內訟)'과 '자아비하(自卑)'적인 노예근성이었다.

먼저 독자들의 눈에 띄는 것은 엄연한 현실을 외면하고 오직 '옛날에 있었던 것'에 미련을 두는 '아Q'이다. 그는 고정된 직업도 없이 날품팔이로 생계를 유지하고 있으며 거처조차 없어서 미장의 토지 묘에서 기거하는 알짜 '가난뱅이'이었다. 하지만 그는 늘 "우리 집도 옛날에는 너희들보다 훨씬 더 잘 살았다! 네 같은 것이 다 뭐야!"라는 위안 속에서 현실의 가난한 날들을 만족스럽게 보내고 있다. 그리고 다른 사람에게 매를 맞으면 "아들에게 맞은 셈 치자!"라고 스스로를 위안할 뿐만 아니라 스스로 제 뺨을 때리면서 보복을 한 것처럼 생각하고, 금새 승리한 자 마냥 득의양양해 한다. 이것이 '아Q'의 '정신승리법'이었다. 그리하여 그는 '스스로를 천덕꾸러기로 여기는' 면에서 '천하제일'이라고 자처하는데 앞의 것을 빼면 '천하제일'만 남으니 그것으로 흡족해서 자축까지 한다. 그 '정신승리법'의 뒤에는 현실을 바로 쳐다보지 못하는 '비겁' 및 그에 부수되는 노예 근성이 일조하고 있었다.

하지만 대개 패배할 때가 너무 많았던지라 '아Q'는 책략을 수정한다. 그는 상대를 가늠하여 어눌한 자는 욕하고, 힘이 자기보다 약하면 손찌검

---

108) 何鵬, 「魯迅筆下的中國國民性」, 『匯編』 3, 11~16면 : ① 唯我主義, ② 懦弱·保守·中庸과 廳天任命, ③ 奴隸性, ④ 殘忍性, ⑤ 好奇心, ⑥ 思想的 不潔, ⑦ 嚴肅的 缺乏, ⑧ 虛僞, ⑨ 無自信心, ⑩ 不能發揚理性.

109) 高一涵, 「≪閑話≫」, 『現代評論』 第四卷 第八十九期(1926), 『魯迅全集』 3, 378쪽 인용 부분 참조.

을 했다. 그가 가장 깔보는 사람은 여승(女僧)이었다. 여승을 희롱할 때에 그의 모습은 일변하는데 자신이 당했던 모든 수모를 그대로 그녀에게 화풀이한다. 이는 루쉰이 1933년에 쓴 글에서 저주하던 독재자와 노예의 차이는 백 보와 오십 보로서 일정한 여건이 구비될 때 상호 전환한다는 현상이다.110) 유사한 장면은 '아Q'가 횡재했을 때도 나타나는데 예전에 자신을 이겼던 '쑈오우D(小D)'를 마구 희롱하는 장면이 그것이다.

그러나 이러한 근성은 '아Q'에게만 적용되는 것이 아니라 보편적인 의미를 확보한다. 이 점은 평소에 '아Q'를 그토록 업신여기던 동네 사람들이 그가 횡재하였을 때는 다투어 그에게 아부하고, '아Q'가 도적무리에 가담했다는 진상이 밝혀지자 다시 억압자로 변하는 장면에서 확인된다. 이 밖에도 '아Q'를 통해 작가는 중국 국민의 우둔하고, 무지몽매하며, 조그마한 이익을 탐내고, 쓸데없는 구경꾼이 되기를 좋아하며, 생명의 존엄을 알지 못하는 것 등 열근성을 여지없이 폭로했다. 그리하여 '우리는 사회의 곳곳에서 끊임없이 '아Q상'의 인물들을 만나게'될 뿐만 아니라 '자신도 어느 정도 아Q상을 지니고 있지 않는가 하는 의혹을 가지지 않을 수 없게'111) 되었다는 평론도 있었다.

이러한 '아Q'상을 통해 국민들의 열근성을 폭로, 고발하는 과정에서 루쉰은 그들의 '불행을 슬퍼하고 진취심의 전무에 노여워'하지 않을 수 없었다. 현실을 정시하지 않고 자아 위안으로 나름대로의 '환상의 세상'을 만들어놓고 그 태평한 세상에 안주하고 있는 '아Q', 그의 살아가는 모습은 그대로 당시 중국 국민성의 패러디(parody)이었다. 우스꽝스러운 '아Q'를 그렸던 루쉰은 그들을 증오하기보다 그들이 그러한 상태를 스스로 개변하기를 바랐다. 희화화된 그 형상에는 뜨겁다 못해 차가운 것처럼 보이는 작가의 사랑과 그 열근성에 대한 곧 폭발할 것만 같은 노여움이 스며

---

110) 「諺語」, 『魯迅全集』 4, 542쪽 참조.
111) 雁氷(茅盾), 「讀 '吶喊'」, 『匯編』 1, 35쪽.

있다.112)

「阿Q正傳」 역시 루쉰의 기타 작품과 같이 작자 체험이 깊숙이 관여되어 있다. 앞서 성격의 창조에서 루쉰은 여러 인물들의 특징들을 한 인물에 집중시키는 방법을 즐겨 사용하고 있다는 점을 살펴보았다. '아Q' 역시 작가의 여러 체험을 통하여 얻은 인물형상이다. 뿐만 아니라 혁명에 대한 '아Q'의 왜곡된 인식은 루쉰이 고향에서 신해혁명(1911)에 호응했던 실천에서 얻은 교훈을 보여주기도 했다. 그러니까 「阿Q正傳」 역시 작가의 생활체험이 창작의 토대가 되었다는 것이다. 작품 속에 용해된 작가의 이러한 주관정신과 생명체험은 루쉰 소설의 '주관 서정성'의 한 특징이 되고 있다.113)

2) 농민과 농촌의 발견

사회로 진출하면서 본격적으로 민족의식을 자각했던 춘원과 루쉰은 여러 체험과 사고를 거쳐 각자 자아 민족개조를 주장하게 되었다. 그들의 민족 개조론은 앞에서 살펴 본 바이지만 그들이 실제로 민족개조 실천에 임할 때 그 대상의 주체는 농민이었고, 그 생존 환경은 농촌이었다. 이러한 판단은 전근대적인 단계를 벗어나 근대국가의 반열에 들어서지 못했던 당시 한국과 중국의 실정을 감안할 때 그 근거가 확보된다. 아직 산업화를 실현하지 못하고 전통적인 농경생활이 위주였던 두 나라에서 민족의 주체는 농민일 수밖에 없었고, 그들이 의거하여 생존하던 환경도 근대화한 도회지가 아니라 농촌이었던 것이다. 따라서 춘원과 루쉰은 모두 농민과 농촌을 문학의 중요한 소재로 삼았다.

---

112) 「什么是"諷刺"」, 『魯迅全集』 6, 329쪽과 「陀思妥也夫斯基」, 같은 책, 412쪽 참조.
113) 錢理群 외, 『中國現代文學三十年』, 北京大學出版社(1998), 41쪽과 45쪽 참조.

춘원과 루쉰은 모두 도회지가 아닌 농촌 출신이었다. 하지만 농사를 일삼는 가정출신이 아니었던 그들에게 농민은 그토록 눈에 익으면서도 또 낯선 존재일 수밖에 없었다. 민족개조의 문학적 실천단계에서 그들에게 농민과 그들이 생존하는 환경으로서 농촌은 '평범하고 무의미'한 존재가 아니라 새롭게 발견된 '의미 있는 것'이 되었다. 그리하여 그들의 작품에서 농민은 민족대표로 간주되었고, 농촌은 민족이 생존하는 대표적인 환경으로 설정되었다.

본 연구는 이러한 점에 입각하여 춘원과 루쉰의 문학 세계에서 농민의 형상과 농촌의 실상을 다룬 작품, 말하자면 농민소설 또는 농촌소설을 비교 고찰하기로 한다. 이 작업은 춘원의 소설체 논설 「농촌계발」과 장편소설 『무정』, 『흙』, 『삼봉이네 집』과 루쉰의 「阿Q正傳」, 「故鄕」, 「離婚」 등을 중심으로 진행될 것이다.

(1) 개조 대상으로서의 농민

춘원과 루쉰이 발견한 민족의 주요 구성원인 농민은 개조해야 할 대상이었다. 그들이 지적했던 자아민족의 여러 가지 개조해야 할 품성은 이미 앞에서 살펴보았다. 그렇다면 민족개조의 문학적 실천에서는 농민은 그들에게 어떠한 의미로 나타났을까?

먼저 춘원의 경우를 살펴보기로 한다.

「농촌계발」은 비록 논설문이라고 하지만 소설의 형식을 갖추고 있었다. '김일'이 고향에 돌아가서 고향 사람들의 생활을 향상시킨다는 이야기로 꾸며져 있는 이 논설은 미숙한 점들이 적지 않지만 분명한 주제가 있고 인물, 플롯 등 허구적인 요소들로 분명한 서사적 형태를 갖추고 있다.[114] 춘원 '여기(余技)'의 대표작으로 간주하기에 매우 적합한 작품이다.

---

114) 吳養鎬, 앞의 책, 39쪽.

춘원은 이 글에서 민족의 "大多數는 農民이니, 農民의 蒙昧·幼稚는 즉, 朝鮮人 全體의 蒙昧·幼稚를 意味함이요, 農民의 貧窮·賤陋는 즉, 朝鮮人 全體의 貧窮·賤陋를 의미"하는 것이라고 했다.115) 그리하여 문명의 근본이 되는 산업과 문화의 발달에 장애가 되는 그들의 정신과 지식의 '암매(暗昧)'함을 문제삼았다. 그리고 그 구체적 양상을 빈부 두 극단의 표본을 통하여 살펴보고 주인공 '김일'을 등장시켜 그 상태에 대한 개조사업을 전개하고 있다.

'김대감'은 그 동네의 가장 큰 부자이다. 그는 나무를 아끼려고 식구들이 쓰는 방수를 줄이고, 양반은 천치일지라도 상놈 성현보다 높게 취급하며, 친구들이나 가난한 자들에게 전혀 베풀지 않으며, 불결한 방과 정제에서 살고, 세수도 잘 하지 않으며, 누더기 옷을 입고 살도록 식솔들을 단속한다. 그 아들은 16, 17세부터 주색에 빠졌는데 부친이 돈을 주지 않자 일을 저질러 징역까지 살게 된다. 게다가 12세에 혼인을 한 손자는 담배도 피고 술도 먹었는데 이웃집 여자 애를 겁탈하려다가 얻어맞고, 조부는 그 이유로 그 여자 애 집의 소작하던 전답을 회수한다.

그러면 가난한 자는 어떠할까? 춘원은 '백길석'을 그 전형으로 그렸다. 다섯 형제가 건전했지만 아무런 저축이 없이 하루 하루를 근근히 득식할 뿐만 아니라 집이 없어 나이 든 부모까지 다른 집에 기숙하고 있다. 그러니 결혼한 자는 부인을 먹여 살리지 못하여 죽여 버리고, 다른 사람은 결혼할 엄두도 내지 못하고 있었다. 제 땅도 아닌 농사일을 떠나 금광 같은 곳을 다녀보아도 막무가내였다. 전혀 앞날이 보이지 않는 암담한 생활 속을 헤어나지 못하고 있는 농민이다.

춘원은 이 두 표본이 되는 인물에 존재하고 있는 결점이 농촌 대다수 성원들에게 적용될 것이라고 한다. 작품 주인공의 개조실천과 연관을 지

---

115) 「農村啓發」, 『李光洙全集』 10, 63쪽.

어본다면 춘원이 여기에서 파악한 농민의 결점은 교육이 없고, 저축이 없으며, 불결하고, 종교적 신앙과 사회봉사심이 없다는 등이다. 장편소설『무정』에서 '교육으로' 하던 부르짖음은 결코 허망한 외침소리에 머물지 않았다. 앞서 살펴 본바와 같이 『무정』에서 '이형식'은 자신이 조선에서 가장 진보한 사상을 가진 선각자로 자신하면서 늘 "언제나 저들을 나만큼이나마 가르치는가"하는 선각자의 적막과 비애에 젖어 지낸다. 그가 파악했던 민족의 주체는 역시 농민이라는 점은 작품의 결말 부분에서 밝혀지고 있다. 그들은 몇 푼 어치 아니 되는 농사하는 지식을 가지고 그저 땅을 파는 자들에 지나지 않는다.

> 그네는 과연 아무 힘이 없다. (중략) 하룻밤 비에 모든 것을 잃어버리고 발발 떠는 그네들이 어찌 보면 가련하기도 하지마는 또 어찌 보면 너무 약하고 어리석어 보인다. 그네의 얼굴을 보건대 무슨 지혜가 있을 것 같지 아니하다. 모두 다 미련해 보이고 무감각해 보인다.116)

「농촌계발」에서 농민의 형상은 도덕성이 결핍한 개조대상이었고, 『무정』에 이르러서 농민의 군상은 주로 '힘이 없는' 존재였다. 이러한 농민으로 대표되는 개조대상인 민족에 대해 춘원은 "어떻게 하면 저들을 구제하나?"하는 명제를 제출했고 그 해답은 바로 '교육과 실행'이었다. 이는 도산의 실력양성론을 본격적으로 수용하기 전에 춘원에게 이미 유사한 사상적 토대가 이루어져 있었다는 것을 의미한다.

다음 농촌을 배경으로 해서 농민의 개조를 다루었던 『흙』을 보기로 하자.

'허숭'은 조상으로부터 대대로 하던 땅 파기가 싫어 '자연 속에서 생장한 체질로서 부자연한 도시 생활에 들어오는' 농민과 농민들의 자손들을 저주한다. '밥과 옷과 채소와 모든 생명의 필수품'의 근원이었던 땅을 마

---

116) 「무정」, 『李光洙全集』 1, 204쪽.

구 처분하고 도시에 와서 원래 기대하던 소망도 이루지 못하고 무직자로, 도덕의 타락자로 전락하는 당시 농민의 '이농' 현상을 꼬집는다. 그런데 그는 놀랍게 '나도 그 중의 하나'임을 발견한다. 말하자면 저주받던 자들은 모두 진정한 농민이 아닌 소위 신지식에 경도하던 지식인도 있었다. 이는 뒤에 '허숭'이 "나부터 하자!", "농민 속으로 가자." 하는 실천의 한 복선이 되는 셈이다. 그리하여 그는 농민을 이해하고 그들에게 가서 봉사할 결심을 갖고 '여러 백년동안 잊어 버렸던' 농민, '옳지 못하게 학대하던 농민'에게 돌아가고자 한다. 주인공이 스스로를 교육의 대상인 '농민'의 일원으로 간주하고 있다는 점에서 이 작품은 이전의 다른 작품과 좀 다른 양상을 보이고 있다. 이러한 비판의 실체는 민중을 떠난 뿌리 없는 지식인들의 허무한 생활에 대한 질타였다.

작품은 앞으로 전개되면서 농민의 가장 문제점인 '불결'과 그로 인한 '다병(多病)'에 관해서도 다른 작품에서 보였던, '작가의 생생한 목소리가 지나치게 노출'[117]하는 설교적 경향이 상당히 절제된다. 그리하여 농민의 여러 낙후한 모습에 대해서도 경직된 표현 즉, 주인공의 혐오하는 듯한 지적으로 일관하지 않는다. 또한 '허숭'의 계획에 대한 실천에서도 농민의 불결하고 다병한 모습은 우회적으로 표현되고 있다.

> 숭은 빈대약, 모기장 감, 기타 소독 약품들을 사 가지고 자동차를 얻어 가지고 한 삼십분 후 이의사 병원으로 돌아왔다.[118]

주목되는 것은 병 많고, 일찍 늙고, 사망률 높은 것 등등은 모두 일생에 땀을 흘려서 모든 사람의 양식과 문화의 건설비용을 대면서 스스로는 그 혜택을 받지 못했기 때문이라는 대목이다. 농민들의 무지하고 몽매함

---

117) 구인환, 『이광수 소설 연구』(보정판), 삼영사(1996), 62쪽.
118) 「흙」, 『李光洙全集』 3, 89쪽.

을 탓하거나 그에 대한 우월감을 갖고 시혜적인 입장에 서 있는 것이 아니라 그들과 동일한 입장에서 그 객관적 원인을 밝히려는 모습이 드러난다.

> 농촌 사람의 성격 중에는 우리보다 나은 점도 있지마는 못한 점도 있지요. 바탕은 좋지마는 원체 오랫동안 웃 계급에 시달려 지냈거든. 게다가 근년에는 먹을 것조차 없으니 인심이 몹시 박해졌지요. 걸 누가 다 그렇게 만든지 아시오? (중략) 양반들, 서울 양반들, 시골 양반들, 조선은 모두 양반들이 망쳐놓았지요.[119]

'허숭'은 농민들이 지금 피폐한 삶의 원인을 주자학만 숭상하고 자신들의 지위와 재산을 마련하는 데에만 급급하면서 상공업과 농민들에 대한 교육을 전연 무시했던 양반들에게 돌리고 있다. 전통을 배격하던 작가 춘원의 주장을 상기할 수 있는 부분이다. 하지만 그러한 억압된 삶을 살아온 농민들은 결코 자신들이 어렵다는 이유로 자포자기하지 않고 끈질긴 노력으로 보다 나은 삶을 지향하는 모습을 보여준다.

> 살여울 사람들은 다 좋은 사람들이오. 그 사람들은 다 제 손으로 벌어서, 제 땀으로 벌어서 밥을 먹고 밤낮에 생각하는 일도 어떻게 하면 쌀을 많이 지을까, 어떻게 하면 거름을 많이 만들까, 어떻게 하면 가마를 많이 짜서 어린것들 설빔을 해 줄까, 집에 먹이는 소가 밤에 춥지나 아니한가, 아침에는 콩을 좀 많이 두어서 맛나게 죽을 쑤어 먹여야겠다. 이런 생각들만 하고 있다오.[120]

무직업을 이유로 타락하고 있던 도회지의 지식인과는 상당한 대조를 이루고 있다. 아직 여러 모로 결함이 있는 농민을 사이비 지식인보다 더

---

119) 위의 글, 109쪽.
120) 위의 글, 171쪽.

우위에 놓고 있음을 알 수 있다. 이는 작품 전반에 관통되어 있는 사상이다. '김갑진', '이건영', 그리고 후에 극적으로 자신의 과오를 뉘우치고 '허숭'의 사업에 동참하는 '유정근' 등의 악행 역시 지식인에 대한 농민의 우위를 더 강조하고 있는 한 표현으로 간주된다.

『흙』의 창작배경은 이미 앞서 살펴 본 바이다. 지식인에 대한 농민의 우위성의 강조는 지식인들이 '브나로드 운동'에 참가해야 할 필요성에 대한 역설로 이해할 수도 있으며 또한 춘원이 당시 이미 수양동우회의 책임자로서 민족 구성원의 주체인 농민의 '개조 가능성'에 대한 긍정으로 간주할 수도 있다. 한편 그러한 점은 지식인과 농민의 관계에 대한 설정에서 나타나고 있다는 의미에서 지식인과 민중의 연대에 대한 작가의 인식의 일단을 보여주는 것이었다.

요컨대, 위에서 검토한『흙』의 일부 구체양상으로부터 볼 때에 이 작품을 작가의 다른 작품과 동일시하여 한 지식인의 센티멘털리즘적 충동에 의한 공허한 외침으로 치부하는 것은[121) 다시 재고되어야 할 바이다. 작품에 대한 내재적 분석으로 작품의 의미를 밝히는 작업이 필요하다. 오히려『흙』은 빼앗긴 자로서 지식인의 자기인식, 농민으로 대표되는 민족 전체에 대한 지식인의 사명감 내지 동류의식 위에서 쓰여졌다는[122) 평가를 받아야 할 작품이다.

1930년 11월 29일부터 이듬해 4월 24일에 걸쳐『동아일보』에 실렸던「군상」 3부 작의 제3편에 해당되는『삼봉이네 집』에서 농민의 형상은 더 긍정적인 면모로 나타났다. 작가 자신이 파악하고 있던 '1930년대의 조선의 횡단면'을 그리고자 했던「군상」 3부 작『혁명가의 아내』,『사랑의 다각형』,『삼봉이네 집』 가운데서『삼봉이네 집』은 한 청년 농민 '김삼봉' 일가의 처참한 생활을 그린 것이 주요 내용이다.

---

121) 金治洙, 「農村小說瞥見」, 『現代韓國文學의 理論』, 民音社(1972), 113쪽 참조.
122) 李注衡, 앞의 글, Ⅰ—74쪽 참조.

주인공 '김삼봉'은 아직 다섯 식구의 운명을 책임지기에는 '너무도 어리고 경험과 지식이 없는' 청년 농민이다. 하지만 땅이 없는 그들은 고향을 등지지 않으면 안 될 형편에서 같은 신세의 농민들과 서간도로 떠나게 된다. 어리고 경험 없는 '삼봉'은 성실하고 정직한 품성의 소유자이다. '몇 달 전까지도 아버지에게 대롱대롱 매달려서 살던 습관' 때문에 자기 주장을 굳게 세우지 못하는 '삼봉'은 입장을 굳히지 못하여 서간도로 떠나기 직전에 고초와 시련을 겪게 된다. 누이의 정조를 노리는 '노참사'의 사기 때문에 한번, 그리고 서간도에 가서 강도 사건에 휘말려 또 한번, 도합 두 번씩이나 감옥신세를 진다. 이러한 가운데 성장하는 청년 농민 '삼봉'이 주목되는데 '첫 번째 감옥생활에서는 식민지 치하에서의 삶의 조건이 무엇임을 깨닫고, 두 번째 감옥 생활에서는 민족의식이 무엇임을 체득함으로써'[123] 막연한 원초상태의 자연 품성을 탈피한다. 개인의 원수를 갚기 위한 살인을 계기로 '김삼봉'은 개인적 행동으로 실향민들을 위해 복수하기를 일삼는다. 동포들에게 해를 끼치는 자는 모조리 죽인다는 것이다. 하지만 작품에서 이 청년 농민은 이에 그치지 않고 보다 성숙한 인물로 변모한다.

'개인을 넘어서' 라는 말이 자리에 누워 잠을 이루지 못하던 삼봉의 머리 속에 번개 같이 일어났다.
"오, 개인을 넘어서. 오, 크게 동지를 모아서 큰 단체를 이루어 가지고 전민족적으로 문제를 해결해야 된다는 말이다!"
하고 삼봉은 벌떡 일어나 앉았다.[124]

그가 이제부터 더 자각적이고, 조직적으로 민족을 위해 일하는 길에 들

---

123) 김윤식, 『이광수와 그의 시대』 2, 솔(1999), 177쪽.
124) 「삼봉이네 집」, 『李光洙全集』 2, 644쪽.

어설 것임을 시사해주고 있는 대목이다. 무지하고 미개하던 개조 대상으로서의 농민이 아니라 이제는 전 민족문제를 해결할 수 있는 주체적 역량으로 자라나는 농민의 형상이다. 그리고 '동지를 모아서 큰 단체를 이루어' 민족의 문제를 해결한다는 주장은 수양동우회의 책임자로 활약하던 작가 춘원의 사상의 발로이었음을 알 수 있다. 춘원에게 발견된 '농민'은 충분히 엘리트 계층의 동맹자가 될 수 있는 민족의 주체이었다.

이상의 검토에서 볼 때 농민은 민족 구성원의 주체역량으로 파악되고 있음을 알 수 있다. 이러한 농민을 형상화함에 있어서 춘원의 태도는 하나의 변화과정을 보여준다. 동정과 연민의 대상, 개조의 대상으로 파악되던 농민은 그 비극적 삶의 객관적 근원이 밝혀짐에 따라 점차 작가와 호흡을 같이 할 수 있는 인격을 획득하게 된다. 그리하여 농민은 민족개조의 주체적 역량으로, 그 운동을 주도하는 지도계급인 엘리트 계층의 동맹자로 새롭게 태어나고 있다.

농민 형상은 루쉰의 소설에서도 가장 많이 등장하는 한 인물유형이다.[125] 그의 작품에 등장하는 농민 주인공들은 모두 전 근대의 전제적인 사회제도의 희생물로 나타나고 있는 바 소재를 '병든 사회 속에서 살아가는 불행한 인물'에서 취하고 있는 루쉰의 창작 실천원칙의 한 실천이 된다. 아래에 그러한 불행한 농민 주인공의 형상을 살펴보기로 한다.

「阿Q正傳」의 '아Q'는 농민의 전형 형상으로 부각되었을 뿐만 아니라 민족의 한 전형으로 창조되었다는 점은 앞서 살펴보았다. 그것은 '아Q'의 형상이 무엇보다 먼저 국민의 저열한 성품에 대한 고발로, 개조해야 할 국민성에 대한 형상화이라는 점이었다. '아Q'의 형상을 통하여 고발된 국민 열근성의 보편적인 의의는 당시 독자가운데 불러일으켰던 반응으로부터 일별할 수 있었다.

---

125) 唐弢 主編, 『中國現代文學史』(1979), 人民文學出版社(2001), 111쪽 참조.

'아Q'에게 나타난 현실을 정시하지 못하고 '자아 기만'속에서 만족한 삶을 사는 '內訟'과 '自卑'적인 노예 근성은 앞장의 고찰에서 이미 살펴보았다. 하지만 이 농민의 형상에 투영되어 있는 국민의 열근성은 그것으로 그치지 않는다. 소작농도 아닌 날품 삯으로 살아가는 '아Q'는 사실상 루쉰이 말하는 '노예'도 되지 못했던 신세였다. 그러나 '아Q'는 그 상태에 안주하면서 심지어 특유한 '정신승리법'에 의거하여 자아 우월감까지 느끼고 살고 있는 우매한 농민이다. 그가 자신이 당한 수모를 다른 나약한 자에게 화풀이하고, 혁명이 승리한 후 동네 사람들을 추후 청산하려는 구상 또한 앞서 이미 살핀 바이다. 거기에서 '잡아먹히면서 또 잡아먹는' 국민의 열근성이 고발되고 있음을 확인할 수 있었다.

혁명을 단지 개인 복수의 수단으로 간주하는 농민 '아Q'의 인식은 당시 신해혁명의 한계점에 대한 작가의 비판으로도 된다. 당시 고향에서 그 혁명을 체험했던 루쉰은 이러한 혁명이 결국은 '약물만 바꾸고 약은 그대로 두는(換湯不換藥)'자리바꿈의 혁명에 지나지 않는 것으로, 민중의 현실적 삶에는 아무런 도움이 되지 않았던 한계점을 형상적으로 비판했다.

'아Q'는 자신의 생명에 대해서도 애착과 무관심하고 무감각한 태도를 보인다.

> 아Q는 동그라미를 그리려고 하였으나 붓을 든 손이 떨려 말을 듣지 않았다. 그러자 그 자가 종이를 바닥에 펴주었다. 아Q는 안깐 힘을 다써서 동그라미를 그렸다. 다른 사람의 비웃음을 살까 봐 동그랗게 그리려고 애를 썼으나 가증스러운 붓이 무겁게만 느껴져 말을 듣지 않았다. 떨리는 가운데 가까스로 동그라미가 봉합되려고 할 때 움칫하더니 해바라기 모양이 되고 말았다. (중략) 아Q는 동그랗게 그리지 못하여 부끄러움을 금치 못하였으나 그 자는 관계치 않는 모양으로 벌써 종이와 붓을 거두어 가버리고 다른 자들이 다시 그를 잡아 가두었다.[126]

'혁명파'에게 배척 당했던 농민 '아Q'는 영문도 모른 채 '혁명군'으로 지목되어 사형에 처하게 된다. 그리하여 투옥되어 사형 선고장에 서명하는 장면이다. 그 내용을 알아보려고도 하지 않을 정도로 마비된 상태이었다. 단지 서명 대신으로 그리는 동그라미 그리기에 여념이 없다. 루쉰은 냉정한 필치로 '아Q'의 노예근성뿐만 아니라 생명에 무책임한 국민의 전형상을 극대화하여 고발했다. 이러한 현실을 정시하고 간파한 루쉰은 '그들의 불행을 슬퍼하고 진취심의 전무에 노여움을 금치' 못할 수밖에 없었다.

루쉰의 다른 한 작품 「고향」에 나오는 인물 '윤토'를 보기로 하자.

윤토는 '나'의 어린 시절 절친한 친구였다. 그렇게 스스럼없이 지내던 윤토가 어른이 된 다음 '나'를 만났을 때에 첫 칭호는 '나으리'였다. 봉건 사회의 엄격한 등급 제도의 통제하에 이미 그것에 체질화된 '윤토'의 모습이었다.

참 어렵습니다. 여섯 째까지 일손을 도울 수가 있게 되었지만 언제나 먹을 것이 모자랍니다.…… 태평하지도 않고…… 곳곳에 돈을 내야 합니다. 규정도 없이…… 수확도 좋을 때가 없습니다. 거둔 것들을 갖다 팔고 몇 곳에 납금하고 나면 밑천도 안 남습니다. 그렇다고 썩어버리게 둘 수도 없지 않습니까.127)

인간의 주체성을 매몰하는 전 근대적인 어려운 삶 속에서 '윤토'는 그것을 당연하게 받아들이고 거기에 안주하고 있다. 그는 의자나 책상 따위 외에도 향로와 촛대를 달라고 한다. 이것은 제단에 쓰는 것이다. 가정의 제사용뿐만 아니라 태평과 안온을 바라는 하느님이나 그 무슨 신에게 제사를 지내기 위함이다. 새로운 삶의 지향을 주체적인 자아의 각성에서 찾

---

126) 「阿Q正傳」, 『魯迅全集』 1, 522~523면.
127) 「故鄕」, 『魯迅全集』 1, 483면.

는 것이 아니라 전통적인 '미신'에 기탁하고 있는 모습이다.

불평등사회에는 어디서나 정치적 압박과 경제적 착취 그리고 사상적 통치라는 세 가지 통치 수단이 존재한다.[128] '윤토'는 바로 루쉰이 부각하고 있는 전근대적인 불평등 사회에서 주체성을 잃고 노예와도 같은 생활에 안주하고 있는 무지하고 몽매한 농민의 한 형상으로 부각되었다.

이처럼 등급제도 하에 자아를 잃고 본능에 가까운 노예근성에 안주하고 있는 농민의 형상은 「離婚」에서도 부각되고 있다. 이 작품은 부친과 딸이 축첩을 위해 파혼하자는 사위네 집에 가서 이혼 위자료를 받는 일을 둘러싸고 전개된다. 부친은 인근 18촌에서 명망이 높은 사람이다. 딸은 전 남편의 행실과 그를 감싸는 시아버지와 목숨을 걸고 한바탕 싸울 준비를 한다. 그러나 지현(知縣)과 정분이 있는 일곱째 나으리가 전 남편을 두둔하는 바람에 부친도 아무 소리 못할 뿐 더러 당당하게 나섰던 딸조차 결국에는 이를 갈며 미워하던 시아버지에게 오히려 감사의 인사말까지 하게 된다.

동네에서 등급의 상위에 있던 사람일지라도 그 범위를 벗어나 지위가 더 높은 사람 앞에 가면 노예로 전락한다. 귀천과 대소, 상하가 있어 아래 사람은 윗사람을 섬기고 윗사람은 신을 섬기는 봉건 등급제도의[129] 죄악이 이혼 소송에서 울며 겨자 먹기로 수긍하는 부녀를 통하여 고발된다. 중국 역사를 그 국민들이 '노예로 되려고 하던 시대와 노예로 안주하는 시대'로 파악하고 이 세상에 '압박자와 피압박자' 두 부류의 사람밖에 없음을 간파했던 루쉰은 작품에서 그러한 현실을 고발하고 있었다.

루쉰은 전근대적 삶을 살아가고 있는 농민의 형상을 통하여 중국 국민의 저열한 노예 근성을 초래한 전 근대적인 정치, 경제, 사상적 요소의 죄악을 고발하고, 폭로했다. 또한 루쉰은 현대에서 발발했던 여러 혁명에도

---

128) 王富仁(김현정 옮김), 『중국의 노신연구』, 세종출판사(1997), 313~314면.
129) 「燈下漫筆」, 『魯迅全集』 1, 212면.

비판을 가하고 있다. 말하자면 전통적 요소뿐만 아니라 당시의 현실의 혁명도 아직 국민의 열근성을 근절할 요소가 결여되고 있음을 비판한 것으로 볼 수 있다. 비록 「阿Q正傳」에서 신해혁명에 한해 그 비판이 가해지고 있지만, 국민의 노예근성을 근절하고 바람직한 현실의 삶을 만드는 데에 아무런 의미가 없는 모든 요소들에 대한 경계심도 함께 읽을 수 있다.

(2) 민족 생존환경으로서의 농촌

춘원의 장편소설 『흙』은 민족성 개조를 위한 문학적 실천의 대표작이었다는 점은 앞서 지적한 바이다. 이 작품이 본 연구에 주목된 이유는 농촌을 배경으로, 농민의 계몽을 주요 내용으로 하고 있다는 점이다.

춘원 개인이 민족개조와 그 실천에서 가장 지적 받던 점은 시대의식의 결여였다. 말하자면 식민지 현실을 외면하고 단지 자아민족의 허점만 꼬집었다는 것이다. 하지만 『흙』이나 『삼봉이네 집』은 반드시 그러한 관점으로 대하지 말아야 할 이유가 확인된다.

『흙』에서 '허숭'의 농촌 계몽사업의 계획은 표면상으로 보기에 실로 식민지 현실을 외면한 것처럼 보인다. 하지만 작품의 행간에는 식민지 현실에 대한 인식과 저주가 간간이 보이고 있다. 그것을 작품 속에 우연히 나타난 것으로 보기에는 그러한 장면이 너무 빈번히 보인다는 점이 쉽게 납득되지 않는다. 이는 현실 속에서 갈등하는 춘원의 심리의 한 표현이 될 것이다. 즉, 여기에서 총독부 검열제도를 의식했던 작가의 모습, 그리고 민족과 개인 양자의 선택에서 보이는 갈등 때문에 방황했던 춘원의 모습을 일별 할 수 있다는 것이다.

'허숭'이 협동조합 총회에서 했던 연설 때문에 경찰서 서장에게 추궁을 받던 장면은 이미 살펴보았다. 경찰서 서장은 '허숭'이 당국에서 다 하고 있는 그러한 일에 집착하는 것은 필히 '총독 치하에 대한 불만'이 있었기 때문이라고 한다. 이에 '허숭'은 이러한 일까지 문죄한다면 '반항할 길밖'에 없다고 반박한다. 압박이 심하면 반항할 수밖에 없다는 것으로 이해 가능한 이 부분은 작가가 '밀수입의 포장'으로 반항을 유도하고 있다는 느낌을 준다. 이러한 장면은 이 뿐만이 아니다.

『흙』에서 자신들의 땅, 생존의 근거를 잃어버린 농민들의 자아반성의 장면은 심상치 않게 보인다. 그들은 모두 '오류 년 전만 해도 대개는 제 땅'을 소유하고 있었다. 그런데 "어찌하다가 우리가 땅을 잃고 집을 잃고 낙도 잃었을까"하는 원인을 캐려고 하지만 '그들의 머리에는 이 문제를 설명할 만한 지식'이 없다. 하지만 그들은 그것이 분명 '별로 전보다 더 잘못한 일도 없는' 자신들에게 있다고 믿지는 않았다.

> 넓게 뚫린 신작로, 그리로 달리는 자동차, 철도, 전선, 은행, 회사, 관청 등의 큰 집들, 수없는 양복 입고 월급 많이 타고 호강하는 사람들 이런 모든 것과 나와 어떠한 관계가 있나 하고 생각도 하여 본다. 그렇지마는 이 모든 것이 다 이 늙은 자기와 어떠한 관계가 있는 것인지 그는 해득하지 못한다.130)

신작로와 그 위를 달리는 자동차, 철도 등 근대화의 표징인 이 모습이 농경사회의 산물일 수 없음은 자명한 일이다. 따라서 그것이 당시 조선민족 자체의 소유나 주체적인 건설이 아니라는 점은 쉽게 판단된다. 하지만 그것은 또 분명 동네 사람들이 "부역을 나와라, 조약돌을 져 오너라."하는 농망기든 아니면 농한기든 관계없이 불러대는 부역으로 이루어 진 것이었다. 이러한 장면은 '허숭'의 유창한 일본말에 기승부리던 순사의 태도가 누그러진다는 장면과 연관을 지어 본다면 일단 당시는 일제 통치하의 현실이었다는 점을 알 수 있다. 더구나 뒤에 나오는 '척식회사'에 대한 언

---

130) 「흙」, 『李光洙全集』 3, 67쪽.

급은 더 심상치 않은 부분이다.

> 지금 논을 사려면 얼마든지 산다네. 모두 척식회사라든가, 금융조합
> 이라든가에 잡혔던 것이 경매가 되게 된다고 다만 몇 푼이라도 남겨
> 먹게만 준다면 팔아 버린다구들 그러는데 한 마지기를 셋 나는 것을
> 삼십원이니 사십원이니 부르고 있다네. 그렇게라도 팔아야 단돈 십원
> 이라도 내 것이 된단 말야. 머 금년까지나 팔면 이 동리에 제 땅 가진
> 사람 별로 없을 걸세. (중략) 다른 데서들은 다들 서간도로 간 사람도
> 많지마는 우리 살여울 동리야 어디 고래로 타도타관으로 떠난 사람이
> 야 있었나.131)

여기에 나오는 '척식회사'는 동양척식회사를 말한다. 이 회사는 1908년
에 설립되었는데 일제가 한국의 경제를 독점, 착취하는데 교두보의 역할
을 했다. 이 회사는 한일 이중국적으로 설립된 회사였지만 1910년 소위
'합방' 이후에는 일본국적 회사로 되어 그 성격이 바뀌었다. 1910년이래
1926년에 이르기까지 이 회사는 17회에 걸쳐 거의 1만 호의 일본 농민을
한국에 유치시켰는데 그에 따른 결과는 한국 농민들의 대거 이농, 이촌
현상이었다. 또한 1910년부터 1918년에 걸쳐 진행된 토지조사사업은 실
제상 수탈경제의 토대를 마련하는 식민지 정책에 지나지 않았다. 그리하
여 땅을 잃은 수많은 농민들의 대규모적인 간도 이주가 있게 된 것이
다.132) 이러한 동양척식회사의 수탈과 그로 인한 농민들의 참상은 빙허
현진건의 「고향」에서도 나타난다. 동양척식회사는 일단 한국 농촌에 대
한 수탈의 상징물이었다. 이렇게 볼 때 「흙」에서 동양척식회사의 출현은
앞의 장면들과 명료한 연관을 맺어 볼 수 있다. 신작로, 철도, 전선 등은
사실 한국에 대한 일제 수탈의 수단이었는데. 그러한 수탈로 인한 살여울

---

131) 위의 글, 76쪽.
132) 한국정신문화연구원, 『한국민족문화대백과사전』 제7권, 299쪽 참조.

농민들의 참담한 삶의 모습이 은연중에 드러나고 있다.

요컨대, 『흙』은 일제의 식민지 수탈 때문에 토지를 포함한 생활의 모든 기본적인 여건을 잃었던 농민 즉, 조선민족의 참담한 생존환경을 우회적으로 보여주었다. 그것은 주인공 '허숭'의 고향 살여울 농민들이 신작로, 철도, 동양척식회사 등에 의해 점점 열악해지는 생존환경 뿐만이 아니었다. 일제 식민지의 수탈과 통치에 더 이상 배겨내지 못하고 남부여대하여 고향을 등지고 간도로 떠나가는 배경까지 은연중에 드러나고 있다. 그러니까 식민지 치하를 참담하게 살아가는 농민의 생존환경뿐만 아니라 식민지의 핍박으로 떠나가는 실향민까지 놓치지 않고 있다는 것이다. 이로보아 당시 민족의 참담하고 열악했던 생존환경을 그리고 있었다는 점에서 『흙』의 가치는 재고되어야 한다. 이러한 장면의 연속적인 출현으로 볼때에 그것을 우연이라 단정하기는 너무 경솔한 판단이 될 수 있다. 이러한 연관된 장면은 작가 자신이 피력했던 '경무국이 허할만한 재료'로 당시 '정치 아래서 자유로 동포에게 통정할 수 없는 심회의 일부분으로 말하는 방편'133)이었다는 점과 연관시켜 일정한 의미를 부여할 필요가 있다. 한편 그것은 또한 당시 엄혹한 현실에서 민족과 개인의 선택에서 갈등하고 있는 춘원의 내심을 드러낸 표징이 되기도 하는 부분이다.

『흙』에서 농민 즉 당시 조선 민족 삶의 현장으로서의 식민지 현실을 우회적으로 보여주었다면 『삼봉이네 집』에서는 좀더 직접적인 양상을 드러냈다.

'김삼봉' 일가가 고향을 떠나야만 하게 된 원인은 집과 농토를 잃게 되어 그 곳에 '더 있으려도 있을 수가 없어서'이다. 앞서 『흙』의 살여울 농민들처럼 '김삼봉'의 가족 역시 '술을 먹는다든지 잡기를 한다든지'하는 일은 전혀 없었다. 그런데 왜 그 '깨보숭이가 쏟아지도록 재미' 있었던 데

---

133)「余의 作家的 態度」, 『李光洙全集』 10, 460~461쪽.

로부터 실향민의 신세로 전락되었을까?

> 동척(東拓)과 식은(殖銀)에 저당하였던 토지는 그만 경매되어 동척에
> 게로 넘어 가고, 그 토지는 동척 농장이라는 것이 되어서, 일본 이민
> 십여호가 지난 가을부터 박진사네 땅 전부를 맡아서 갈게 되었다. 이
> 때문에 본래 박진사네 작인이던 동민 수십 호는 무슨 방법으로든지 달
> 리 생계를 구하지 아니하면 아니 되게 되었다. 삼봉이네 집도 이 수십
> 호 중에 하나여니와…….134)

'박진사'가 소유하고 있던 땅이 일제 식민지 기관에 수탈 당한 현실에
대한 고발이다. 그것은 당시 조선 민족에 대한 일제 수탈의 축소판으로
보아야 함이 마땅하다. '박진사'의 경우는 자신의 농토를 가졌던 자의 운
명을, '김삼봉'의 처지는 소작농들의 파탄된 상황을 보여준다. 그러니까
이 부분은 식민지 치하에서 조선민족의 보편적인 삶에 대한 응축이 된다.
   요컨대, 춘원에게 발견된 농촌은 식민지 치하 민족의 처참한 삶의 현장
이었다. 춘원은 작품에서 그 모습을 작중 인물들이 처한 환경에 대한 설
명 등을 통하여 우회적으로 그 현실에 대한 고발을 감행했던 것으로 판단
된다.
   한편, 루쉰이 발견했던 당시 중국 농민의 생존환경으로서의 농촌 실상
은 「아Q正傳」과 「故鄕」 두 작품을 통해 살펴보기로 한다.
   「阿Q正傳」의 '아Q'는 성씨도, 이름도, 출생지도 확연치 않은 농민이다.
희화화된 이 인물은 그가 가장 오래 살고 있는 동네, 미장(未庄)에서는 가
장 하층에 있는 사람이다. 성이 조씨라고 했다가 조씨 나으리 에게 "네놈
이 어떻게 조씨란 말이냐! -조씨 될 자격도 없다!"라는 질책에다 빰까
지 맞은 뒤로는 성을 찾을 엄두도 내지 못한다. 성을 가지지 못하였기에

---

134) 「삼봉이네 집」,『李光洙全集』3, 564쪽.

그 고향을 밝힐 수도 없었다. '아Q'가 살고 있는 농촌, '미장'은 인간으로서의 기본 생존권마저 박탈당한 곳이다. 하지만 '아Q'의 처지가 그렇듯 참담하다고 해서 '사회'는 그를 그대로 가만히 두지 않았다. 한가한 패들의 심심풀이로, '조씨 나으리'와 '가짜 양놈'의 억압과 화풀이 대상이 된 데다가, 地保의 협잡까지 겹쳐졌다. '아Q'의 생활 환경이었던 농촌 '미장'의 실상은 '사람을 잡아먹는 현장'이나 다름없었다.

　　잘 한다！！！
　　사람 무리 속에서 느닷없이 승냥이가 울부짖는 듯한 소리가 터져 나왔다.(중략) 아Q는 다시 그 갈채를 보내는 사람들을 돌아보았다.
　　순간 그의 사상은 마치 회오리 바람인양 뇌리를 맴돌았다. 4년 전, 그는 산기슭에서 일정한 거리를 두고 바싹 쫓는 굶주린 승냥이 한 마리와 맞닥뜨린 적이 있었다. 그 승냥이는 그의 고기를 먹으려는 것이었다. 그때 그는 놀라서 거의 탈진할 정도였다. 다행이 손에 나무 찍는 칼이 들려 있어 비로소 마음을 든든히 다잡고 미장에까지 돌아올 수 있었다. 하지만 그 승냥이의 눈빛은 영원히 잊을 수 없었다. 흉악하기도 하고 비겁하기도 한 그 두 눈빛은 마치 반짝이는 묘지의 귀화(鬼火, 묘지의 燐火를 말함－필자 주)마냥 멀리부터 곧장 그의 살을 파고드는 것만 같았다. 그런데 이제 그는 종래로 보지 못했던 더 무서운 눈빛을 보게 되었다. 무딘 것 같지만 또 예리한 그 눈빛은 이미 그의 말을 씹었을 뿐만 아니라 또 가죽과 살 이외의 모든 것까지 씹으려고 자꾸 그의 뒤를 바싹 쫓고 있었다.
　　이러한 눈빛들은 마치 이미 한동아리가 되어 그의 영혼을 물어뜯는 것 같았다.
　　살려주세요…….135)

　루쉰이 사용했던 상징적 수법에 대해서는 「狂人日記」를 살필 때에 언

---

135) 「阿Q正傳」, 『魯迅全集』 1, 536쪽.

급한 바 있다. '광인'이 체감하던 조귀옹(趙貴翁)의 개와 그 주인의 이상한 눈빛, 길 가던 아낙네와 애들의 흡떠 보는 눈빛, 형님이 청해온 의사의 흉악한 눈빛들이 '아Q'에게는 사람을 잡아먹는 승냥이 눈빛과 같이 무섭게 보였다. 동족의 죽음에 대해서 아무런 관심도, 동정도 없는 '무단' 눈빛을 보냈지만, 그것이 구경거리가 될 때는 흥미로운 것을 조금이라도 놓칠세라 '예리'하게 변모했다.

이러한 장면은 「조리돌림(示衆)」에서 더 자세히 그려진다. 주인공도 설정하지 않은 이 작품에서 작가는 다투어 사형장의 '처형' 장면을 구경하려는 '군상'을 그렸다. 그것은 '아Q'가 처형당하는 과정의 한 단면을 확대한 것으로 볼 수도 있는데 '무심한 관객'으로 된 중국 국민의 실태에 대한 고발이 된다.

'아Q'는 죽음의 위기에서 비로소 그 실상을 파악한 듯 했다. 바로 그러한 눈빛을 한 사람들이 넘쳐나고 있는 생존환경 때문에 '아Q'의 생활이 그토록 처참하였다는 것으로 이해할 수 있다.

위의 작품들은 '아Q'의 처형에 대한 '미장' 사람들의 태도를 통하여 우회적으로 '아Q'가 살고 있던 다른 한 환경, 생존환경으로서의 군중의 열악한 정신적 상태를 보여주고 있는 것이다.

그렇다면 중국 국민의 생존환경으로서 농촌의 물리적 환경은 어떠하였을까? 「故鄕」을 중심으로 살펴보기로 한다.

「故鄕」은 1921년 5월 『신청년』 제9권 1호에 발표된 단편소설이다. 작품은 주인공 '나'가 고향에 돌아오는 것으로부터 시작하여 어머니를 모시고 고향을 떠날 때까지, 나흘간의 사연을 담고 있다. 타향살이 20년 만에 '나'는 2천여 리 밖에서 고향에 돌아온다. 하지만 고향은 이미 '나'의 어린 시절 기억 속의 아름다움이 남아 있지 않은 고향이었다. '나'는 그 현실을 애써 외면하면서 '나'의 우울한 심정 때문에 그렇게 보이는 것이라고 '자기 기만'으로 스스로를 위안한다.

바깥을 내다보니 누런 하늘아래 몇 개의 생기 없어 보이는 초라한
촌락이 널려 있었다. 나는 비애에 잠기지 않을 수 없었다.
아! 이곳이 바로 내가 20 여 년 동안 잊지 못했던 고향이란 말인가?
내 기억 속의 고향은 전혀 이러한 모습이 아니었다. 기억 속의 고향
은 이보다 훨씬 훌륭했다. 그러나 무엇이 그렇게 훌륭했던가 묻는다면
별로 꼽을 수 있는 것도 없었다.[136]

「故鄕」의 시대적 배경은 1911년 손문의 신해혁명(辛亥革命) 후 군벌이
할거하던 시대이다. '나'는 고향 사람들 보기에는 그래도 유지였다. 그럼
에도 불구하고 '나'의 삶은 윤택한 생활이 아니었다. 모친이 고향에 계심
에도 불구하고 20여 년만에 찾아볼 수 있는 그 사실 자체가 이미 '나'의
삶의 어려움을 말해 주고 있다. 또한 낡은 가구들을 처치하여 돈으로 바
꾸지 않으면 새로운 살림차비에 큰 빈틈이 생길 수 있는 '나'의 형편이었
다. 그나마 '유지층'으로 보이는 '나'의 개인적 삶의 서사공간에 대한 설
정은 뒤에 나오는 일반 서민 '두부서시'나 '윤토'의 생활여건의 열악한 정
도를 한층 더 뒷받침해 주고 있다. 그 삶의 공간은 '나'로부터 점차 전형
인물로 부각된 '두부서시', 특히는 '윤토'의 삶의 터전으로 이행 과정을
보이고 있다. 그리하여 전체 민중의 삶의 현장으로 확대되면서 작품은 그
시대의 민족의 삶의 터전에 대한 재현이라는 보편적 의의를 획득하게 된
다.[137]

루쉰은 농민 주인공 '윤토'와 그 주변 인물을 통하여 농민들의 우매한
정신상태뿐만 아니라 처참한 생존환경까지 그려내고 있다. 그것은 전 근
대적인 사회제도의 경제적, 정신적 이중 착취 하에 있는 민중의 고된 삶
의 재현이었고, 전제제도 아래 처해 있던 농촌의 실태였다.

---

136) 「故鄕」, 『魯迅全集』 1, 476~486쪽.
137) 졸고, 「빙허와 노신 <고향>의 대비 고찰」, 『民族學硏究』 第5輯(2001), 271~274쪽
    참조.

　이상 농민형상과 농촌 실상에 관한 춘원과 루쉰의 작품에 대한 검토에서 다음과 같은 점을 확인할 수 있다.

　춘원은 농민형상의 부각에서 하나의 변화과정을 보이고 있다. 즉, 피동적인 동정과 연민의 대상, 개조의 대상으로 파악되던 농민은 그 비극적 삶의 객관적 근원이 밝혀짐에 따라 점차 작가와 호흡을 같이 할 수 있는 인격을 획득하게 된다. 그리하여 농민은 민족개조의 주체적 역량으로, 그 운동을 주도하는 지도계급인 엘리트 계층의 동맹역량으로 새롭게 태어났다. 루쉰은 시종일관 개조대상으로서의 농민 형상을 부각하면서 그 열악한 근성을 고발하고 폭로함과 아울러 그러한 근성을 초래한 전 근대적인 정치, 경제, 사상적 요소의 죄악을 함께 비판했다. 한편 춘원에게 발견된 농촌은 식민지 치하에 있는 민족의 처참한 삶의 현장이었다. 그는 작중 인물들이 처했던 환경에 대한 설명 등을 통하여 우회적으로 참담한 식민지 현실을 고발하고자 했다. 그것은 식민지 치하를 참담하게 살아가는 농민의 생존환경 뿐만 아니라 일제의 핍박으로 고향을 떠나가는 실향민의 생존환경까지 포괄된다. 그것이 우회적이고, 연속적이지 못했던 점은 당시 식민지 검열제도의 가혹한 현실에 대한 폭로일 뿐만 아니라, 아울러 당시 엄혹한 현실에서 민족과 개인 이익의 선택을 두고 갈등했던 춘원의 내심을 엿볼 수 있게 하기도 한다. 루쉰은 농민 주인공과 그 주변 인물을 통하여 생존환경으로서 농민들의 우매한 정신 상태뿐만 아니라 처참한 물리적 환경까지 그려냈다. 그것은 전근대적인 사회제도의 경제적, 정신적 이중 착취 하에 있던 민중의 고된 삶에 대한 재현으로서, 전제제도 아래 신음하던 당시 중국 농촌의 실태였다.

3) 근대 지식인의 성격

(1) '선각자'와 '반항자'

춘원의 『무정』은 처음으로 근대 지식인을 다루었다는 의미에서 한국 근대문학사에서 또 하나의 효시가 될 것이다. 춘원은 이 작품에서 '조선 신진 지식계급 남녀'의 고민을 그려보려고 했다고 말한 바 있다. 물론 한 작품의 이해에서 작가의 언급에 의존하는 것은 '의도의 오류'에 빠질 우려가 없지 않지만 춘원의 이 언급은 작품의 내용으로 볼 때 수긍이 가게 된다. 『무정』에는 과연 긍정적 인물과 부정적 인물로서 여러 근대 지식인 즉, 새로운 근대적 교육과정을 마친 청년 남녀들이 등장한다. 그렇다면 그들은 어떠한 모습으로 당시 조선 사회에서 자신의 자리를 잡고, 어떠한 구체적 역할을 담당하고 있는가?

『무정』의 '이형식'은 동경 유학을 다녀온 중학교 교사이다. 그러니 지식인이라는 것은 더 확인할 필요가 없다. 그는 '항상 입버릇처럼 자기의 지식과 수양의 부족을 한탄'했지만 내심으로는 상당한 자부심을 갖고 있었다. 동료나 학생들은 그를 '지식과 사상이 높은 자'로 인정하지 않았지만 스스로는 '조선에 있어서 가장 진보한 사상을 가진 선각자로 자신'하며 공명을 일으킬 만한 동료가 없음에 '적막과 비애'를 느꼈다. 따라서 사회·경제적인 힘을 소유하지 못했으면서도 스스로 모든 것을 판단하는 능력을 부여받은 엘리트로 자처하는 지식인상이 되는데 이러한 지식인에게 가장 쉽게 나타날 수 있는 것은 도덕주의와 이상주의이다.[138]

'이형식'은 선지선각한 자로서 강한 신념과 독립된 인격을 드러냈다. 완벽한 도덕주의자를 지향하는 '이형식'의 모습은 약혼자 선형과의 사랑을 확인하는 장면에서 살펴본 바이다. 그는 현실적인 절실한 기회, 즉 선형과의 혼인을 놓치지 않으려고 하는 한편 형식적으로나마 자신은 새로

---

138) 장 폴 사르트르 지음(방곤 옮김), 『지식인을 위한 변명』, 보성출판사(2001), 12쪽 참조

운 윤리관에 맞게 남녀의 사랑을 토대로 한 혼인을 맺고 있다는 명분을 세우고 있다. 말하자면 일단 자아기만으로나마 도덕적인 파탄을 회피하려는 신념을 보여준다. 이러한 관념상을 띤 '도덕자'는 세상 사람들에게까지 자신의 사상을 가르치고자 한다. 그리하여 그는 아무 지식도, 덕행도 없는 자를 보기만 하면 미워하는 한편 어떻게 그들의 정신을 깨우쳐 줄까 하는 고민에 빠진다. 세상에서 홀로 각성한 자로 자부하는 그의 선각자 의식은 다음과 같은 부분에서 보다 확연한 모습을 드러냈다.

> 그가 만원 된 차를 타고 눈앞에 들썩들썩하는 사람을 볼 때에 나는 저들이 모르는 말을 알고, 모르는 사상을 많이 가졌다 하고 생각하고는 일종 자랑의 기쁨을 깨닫는 동시에 "언제나 저들을 나만큼이나마 가르치는가" 하는 선각자의 책임을 깨닫고 또 이천만이나 되는 사람 중에 내 말을 알아듣고 내 뜻을 이해하는 자가 몇 사람이 없구나 하는 선각자의 적막과 비애를 깨닫는다.139)

선각한 지식인 '이형식'은 당시 조선 2천만 민중의 지도자로 자처하고 있다. 춘원이 1차 일본 유학 후 귀국하여 오산학교에 갈 때를 방불케 하는 장면이다. 이러한 심리가 선각한 자로서의 내적 고민이었다면, 형식에게는 드디어 그 이상을 실현하는 '지도자'로 등장할 수 있는 기회가 주어진다. 삼랑진 수재현장이 바로 그 장면이다. 그 곳에서 '형식'의 지도자적 구상은 일약 행동으로 이어지게 된다. '교육으로, 실행으로' 민중을 가르쳐 힘을 줌으로써 그들로 하여금 '새로운 문명 위에 튼튼한 생활의 기초'를 닦도록 해야 한다는 것이다. 그러니까 이 '지도자'는 교육과 실행으로 민족을 각성시킴으로써 그들로 하여금 새로운 삶의 터전을 마련케 하려는 인물이었다. '이형식'의 구상이 민중의 지도자로 자처하는 한 근대 지

---

139) 「無情」, 『李光洙全集』 1, 181면.

식인의 이상이었다면, 삼랑진 수재 현장은 바로 그 이상을 실현하는 실천의 출발점이었다.

「무정」에서 지나쳐 버릴 수 없는 또 하나의 '선각자'는 '김병욱'이다. 지도자 '형식'이 미래의 이상을 실현하는 출발을 보였다면 '병욱'의 선각자 상은 작품 내에서 '영채'의 자각으로 완결된 면모를 보이고 있다. 또한 '형식'이 남성으로서 민중의 앞장에 나서는 '선각자'로 부각되었다면, '병욱'은 여성 지식인으로서의 '선각자'적 인물로 부각되었다. 『무정』에서는 동경 유학생 형식과 병욱을 통하여 민중을 지도하는 남녀 지식인 '선각자' 상을 부각했다.

춘원은 또 장편소설 「개척자」와 농민 계몽을 주제로 하는 「흙」에서도 지식인으로서의 '선각자'상을 부각하고 있다.

「개척자」의 주인공 '김성재'는 개인과 가정을 돌보지 않고 새로운 과학 기술을 도입하려는 '실행'형의 선각자적 인물형상이다. 이 지도자형의 인물은 여동생 '성순'의 혼인문제에서 구 가족제도의 대표인물로 나서게 됨으로써 이율배반의 모순에 빠지게 된다. 따라서 그 선각자적 형상은 일단 훼손되고 지식인의 소재는 아쉽게 낭비된다. 그렇지만 장자의 신분으로, 실속적인 개인의 이익 때문에 여동생의 희생을 강요하는 '성재'의 모습은 현실적인 리얼리티가 확보되는 다른 한 근대적 의미를 얻는 것이라는 점에서 재고될 필요가 있다.

이에 상반된 효과를 얻는 것은 구 가족제도를 구체적인 언행으로 반대해 나서는 지식인 '민은식'이다. 그는 사랑 없는 혼인에 대한 반동으로 '성순'에 대한 자신의 사랑을 숨기지 않는다. 또한 '성순'이가 어머니와 오빠의 강요에 의해 사랑 없는 혼인의 승낙 여부로 고민할 때 그녀의 지지자가 되어, 그녀로 하여금 주체적인 선택을 할 수 있도록 적극적으로 지도하는 모습을 보였다.

　　금일 사회는 남자와 여자의 공통한 소유물이다. 남자와 여자가 각각
그 천품의 특장을 따라서 최선의 노력을 다하여 우리가 이상 하는 바
사회를 실현하여야 된다. 여자에게 남자 동양의 교육을 해방하고, 직업
을 해방하고……물론 인격의 자유와 권위를 인정하는 것이 세계의 대
세다. (중략) 그러니까 조선 여자도 주먹을 불끈 쥐고 일대 분발을 할
필요가 있고 의무가 있다.140)

　여하튼 『개척자』는 일단 '合倂으로부터 大戰前까지의 조선'141)을 그리
려고 했다는 작가의 본 창작의도와 괴리를 보였다. 그 이유는 당시에 작
가가 익숙하지 못한 인물을 다루었다는 것, 그리고 감정이 비었다는 김동
인의 지적과 멀지 않을 것이다. 그럼에도 불구하고 지식인으로서의 지도
자 상은 다른 한 인물에서 의연히 그 모습을 드러내고 있었다. 그 인물은
바로 '성순'을 계몽, 지도했던 지식인 '민은식'이었다.

　춘원의 계몽주의 작품의 대표작 「흙」은 민족개조의 문학적 실천에서도
대표작이었다는 점은 앞서 살펴 본 바이다. 그 분석에서 민족개조를 주도
하는 지식분자 '허숭'의 '선각자'상 또한 어느 정도 확인되었다.

　'허숭'이 농촌으로 들어간 목적은 현재 불쌍한 처지에 있는 조선 민족
의 뿌리이고 줄기였던 농민을 가르치고 인도하여 보다 생기 있고 행복한
생활을 이룩하도록 하려는 데 있었다. 이 목적을 실현하기 위하여 '허숭'
은 고등문관시험 및 정선과의 혼인을 통하여 상류계층에로 진출한다. 자
신의 혼인문제에서도 "과연 내 이 혼인이 조선 사람 전체를 위하여 내 몸
을 바치기에 가장 적당한 혼인일까"하고 고민하는 주인공은 『무정』의 '이
형식'과 별로 다르지 않는 '선각자'형의 인물임을 알 수 있다. 일단 도덕
적인 명성의 확보에 주목했던 것도 그 점을 대변해준다. 그것은 당시 정
상으로 치닫고 있었던 작가의 나르시시즘의 노출이라는 추정도 가능하지

---

140) 「開拓者」, 『李光洙全集』 1, 399~400면.
141) 「余의 作家的 態度」, 『李光洙全集』 10, 461쪽.

만 한편 명성을 중요시했던 작가 사상의 표현일 수도 있다. 춘원은 일찍 도산으로부터 '명성을 돌아 볼 것이 아니나 명성이 떨어지면 민중이 따르지 아니하므로 일을 할 수 없으니' 반드시 명성을 아낄 것[142]에 대한 충고를 받은 바 있었다. 따라서 주인공을 지도자로 부각시킴에 있어서 먼저 그 명성을 확보하는 일환으로, 사회상류계층에 진입시키는 집요함을 보였다. 이는 작가가 유년 시절의 체험에서 터득했던 '큰 사람이 되어야' 비로소 인생의 어려움을 극복할 수 있다는 나름대로의 인생관과도 무관하지 않을 것이다. 하지만 두 작품의 주인공 가운데 '허숭'은 실제적인 행동과 목표를 갖고, 민중에 좀 더 가까이 다가서는 '선각자'상이라는 점에서 '이형식'보다 구체적인 면모를 보여준다. 이는 창작 당시 작가 춘원이 이미 나름대로의 민족 개조의 구체적 실천에 임하고 있었던 사실과 관련된다. 이상을 현실로 옮기는 구체적 실천과정에서 집필한 작품이어서 『무정』 집필 때의 관념상을 탈피할 수 있었던 것이다.

선각자로서 근대 지식인의 출현은 춘원의 창작에서 위에 소개한 작품에만 한정된 것이 아니다. 「선도자」는 춘원이 도산 안창호를 모델로 한 것이라고 밝힌 것처럼 도산의 일대기나 다름없다. 물론 그 내용이 전부 사실적인 기록은 아닐지라도 춘원이 발견했던 이상형의 민족지도자였던 도산을 모델로 한 주인공 '이항목'의 지도자적 모습은 아주 확연하다. 작품은 '이항목'이라는 주인공을 통하여 '雄辯家요, 熱烈한 愛國者요 私事를 돌아보지 않고 公을 위해 全的으로 獻身하며, 一時的인 急進論을 反對하고 實力의 養成을 主唱하는'[143] 근대 민족운동의 선각자 상을 그렸다.

이 밖에 다른 한 타입의 선각자 상으로 『사랑』에서 나오는 제국대학의 의학 박사 '안빈'을 들 수 있다. 주인공 '안빈'은 작품에서 자신의 명성과 인격으로 지도자적인 인물로서의 존경을 한 몸에 지니고 있다. '석순옥'

---

142) 「나의 告白」, 『李光洙全集』 7, 265쪽.
143) 주요한, 「先導者」, 『李光洙全集』 3, 633쪽.

은 단지 그의 글만 보고서도 감화를 받고 찾아온 여성 팬이다. 그리하여 '석순옥'은 '안빈'의 신변에서 그를 모시고 있는 것만으로 인생의 행복을 느낀다. 이러한 상황설정은 '안빈'의 지도자적 영향을 대변해주고 있다. 그리고 제국대학에서 의학 박사학위를 취득한 '안빈'은 완벽한 근대교육의 세례를 받은 학자이다. 역시 '선각자'형의 근대 지식인이 된다. 선각자로 부각된 주인공이 '스스로 자처' 하는 형태를 벗어나서 주변 사람들의 자발적인 존경에 의해 그 형상이 확립된다는 점에 주목할 때, '안빈'은 춘원 작품에서 나타나는 또 한 유형의 선각자 상이 된다.

「무명」에서 나타나는 지도자형의 지식인 형상은 좀 다른 양상을 보인다. 주인공 '나'는 스스로 자신이 감방에 갇혀 있는 다른 죄인과 다르다는 것을 은연중에 나타내고 있다. 자세한 언급은 없지만 주인공이 자신을 다른 죄인보다는 높은 위치에 설정해놓고 있음이 확인된다. 그리고 그 죄인들 역시 주인공을 존대하고 분쟁이 있을 때면 그를 중재자로 모신다. 그러니까 '스스로 자처'하는 것과 '주변 인물들의 존경에서 이루어지는', 지도자 상을 부각했던 두 가지 수법이 이 작품에서는 한데 어우러져 있다는 것이다. 그러나 더 큰 비중을 차지하는 것은 후자인 것으로 보인다. 그 점은 한 죄인이 죽기 직전에 주인공인 '나'를 찾아 내세에 대한 문의를 하는 부분을 보면 명확해진다.

'염불을 뫼시려면 나무아미타불이라고만 하면 되는기요?'
하고 물었다. 나는 벌떡 일어나 앉으며 합장하고 약간 고개를 숙이고 나무아미타불하고 한번 불러 뫼였다.
윤은 내가 하는 모양으로 합장을 하다가, 정이 앞에 오는 것을 보고 얼른 두 팔을 내려 버리고 말았다. 그리고 다시 정이 먼 곳으로 간 때를 타서
'진상! 지옥으로 안 가고 극락 세계로 가능기요?'
하고 그는 가는 눈을 있는 대로 크게 떠서 나를 바라보았다. 나는 생전

에 이렇게 중대한, 이렇게 책임 무거운 질문을 받아 본 일이 없었
다.144)

주인공인 '나'는 감방 내 다른 죄인들에게 선지선각한 인물로 간주되고
있었다. 감방 내의 중심인물로 되고 있을 뿐만 아니라 정신적인 '지도자'
의 역할까지 맡게 된다. 새로운 지도자적 인물유형의 출현은 작가 창작기
법의 정진을 대변한다. 「무명」이 춘원 작품의 백미편으로 평가되고 있거
니와 지도자 인물에 대한 형상화의 기법 역시 그에 일조 했다. 말하자면
지도자 상이 직설적인 표현으로 확립된 것이 아니라 매우 함축적으로 암
시되고 있다는 점은 춘원 창작 기법 또는 창작 원칙이 더 원숙한 단계에
진입했다는 것을 의미한다.

한편, 루쉰은 '작가의 임무는 해로운 사물에 대하여 즉각 반응하거나
또는 항쟁(抗爭)하는 것'145)이라는 작가의식과 "중국에서 개혁을 하려면
제일 먼저 폐물들을 소탕하여 새 생명이 탄생할 수 있는 기운을 만들어야
한다."146)라는 시대의식으로 창작에 임했다. 물론 이러한 한, 두 구절의
인용이 그의 작가의식과 시대의식 전반을 대변하는 것까지 미치지는 못
하지만 그의 창작태도를 일별 하는 데는 일정한 도움이 될 것이다. 그는
백화문으로 된 처녀작 「狂人日記」에서 "가족제도와 예교(禮敎)의 폐해를
폭로하고자"147)했다고 기록했다. 이 작품에서 설정된 주인공은 주변 사람
들에게 '광인'으로 지목되는 선각자였다.

"종래로 이러했다면 옳은가?"하는 질문은 「狂人日記」의 핵심어이다.
'광인'-그것은 선각자의 대명사였다-의 입을 통하여 루쉰은 낡은 사회
제도에 도전장을 내었다. '광인'이 발견했던 것은 현재는 '사람을 잡아먹

144) 「無明」, 『李光洙全集』 8, 39쪽.
145) 「序言」, 『魯迅全集』 6, 3쪽.
146) 「出了象牙之塔」, 『魯迅全集』 10, 244쪽.
147) 「≪中國新文學大系≫ 小說二集序」, 『魯迅全集』 6, 239쪽.

는' 역사의 연속이라는 사실이었다. 그리고 자신도 그러한 현실로부터 초연하지 못하다는 것이다.

> 사람을 잡아먹는 자는 내 형님이다! 나는 사람을 잡아먹는 자의 형제이다. 나도 사람에게 잡아먹히고 있지만 그래도 나는 사람을 잡아먹는 자의 형제이다![148]

이 놀라운 발견에 '광인'의 각성이 들어 있다. 이 각성은 그로 하여금 그 기존 현실에 강한 반발을 낳게 한다. 이러한 모습은 '광인'이 선각한 자임을 의미한다. 작품의 서두에 '이미 병이 낳아 어느 곳에 후보로 갔다'는 내용과 연관지어 본다면 '광인' 역시 지식인 신분이었음을 알 수 있다. 중국의 청 나라 말기 손중산(孫中山)과 장태염(章太炎) 등 선각한 지식인들이 일부 사람들로부터 '미치광이'로 불렸다는 사실[149]은 루쉰이 '광인'을 지식인으로 상정하였다는 점을 한층 뒷받침해준다. 게다가 루쉰이 '미치광이'로 불렸던 장태염에 대해 '先哲의 정신, 後生의 모범'[150]이라고 극찬하였다는 것까지 함께 연관지어 볼 때 「狂人日記」의 '광인'은 긍정적 인물형상으로서 당시의 선지 선각한 근대지식인, 다시 말하자면 작가가 말하던 제1대 지식인 형상을 부각시킨 것이라고 할 수 있다. 그들은 모두 당시 낡은 사회제도에 대한 반항아로서의 모습을 보여 주었던 것이다.

'광인'의 적수는 어느 한 사람이 아니었다. 그 속에는 조영감도 있고, 나를 흘깃흘깃 보는 조씨의 '개'도 있으며, 길을 가며 애를 때리던 '여인', 험상궂은 몰골로 웃어대는 길옆의 '한가한 자들', 진맥하러 온 '의원', '소작인' 그리고 광인의 '형님' 등등 아주 많다. 그들은 모두 주인공을 '미치광이'로 대했다. 그들은 이미 '사람을 잡아먹는 무리'를 이루고 있었다. 그들

---

148) 「狂人日記」, 『魯迅全集』 1, 422~432쪽.
149) 王瑤, 『中國現代文學史論集』, 北京大學校出版社(1998), 17쪽 참조.
150) 「關於太炎先生二三事」, 『魯迅全集』 6, 547쪽.

은 '종래로 이랬으니……' 하는 것을 삶의 최고 원칙으로 간주하고 있었다.

내력이 분명치 않지만, 역사의 허울이나 또는 수량상의 우세로써 인간의 주체성을 말살하는 전통적인 요소들을 비판한 루쉰의 논설은 앞서 살펴보았다. 그는 '역사 전통'과 '국수'라는 허울 밑에 '헤아릴 수 없을 정도로 많은 크고 작은 사람고기로 치르는 잔치'를 차려놓고 '거기에서 사람을 잡아먹고, 또 잡아먹히고 있는'151) 사회의 병폐를 예리하게 간파했던 것이다.

「狂人日記」에서 그 자들은 얼굴 모양도 분명하게 보이지 않고, 만나는 사람에게 머리를 끄덕이거나 거짓 웃음을 지으며 알은 체 하고 있었다. '광인'은 바로 그러한 자들의 음험한 속내, 즉 예로부터 내려오는 관례에 따라 '사람을 잡아먹으려는' 심보를 파악했던 것이다. 그리하여 그는 "종래로 이러했다면 곧 보배이다."152)는 그릇된 통념을 깨뜨리고 거기에 안주하고 있는 사람들을 깨우치려고 한다. 선각자 '광인'이 도리를 따지면 그 자들은 홀연 사라져 버린다. 이는 마치 싸움에 나선 전사가 적을 찾을 수 없는 것과 흡사했다.

> 그가 無物之陣에 들어서니 만나는 자마다 똑 같이 그에게 머리를 끄덕였다. 그는 이 머리를 끄덕이는 것이 바로 적의 무기, 그것도 사람을 죽이고도 피조차 보이지 않는 무기임을 알았다. (중략)
> 그는 투창을 들었다.
> 모든 것이 쇠진한 듯이 무너졌다─하지만 허울밖에 남지 않고 안에는 아무 것도 없었다.153)
> 중국은 가는 곳마다 벽이다, 그것도 무형의 벽이다. 마치 '링반데룽 (鬼打牆)'과도 같아 자꾸 부딪치게 된다.154)

---

151) 「燈下漫筆」, 『魯迅全集』 1, 217쪽.
152) 「隨感錄三十九」, 『魯迅全集』 1, 318쪽.
153) 「這樣的戰士」, 『魯迅全集』 2, 214쪽.
154) 「"碰壁"之后」, 『魯迅全集』 3, 72쪽.

이러한 불분명한 실체를 가진 적수 앞에서 선각한 '광인'은 아무런 일도 이루지 못한다. 그 '무물지진'과의 겨룸을 거친 '광인'은 단지 "아이들을 구원하라!"는 외침 속에 겨우 자아의 각성에 머물고 만다. 병이 완쾌된 그는 관리 후보로 갔다. 그는 끝내 '무물지진'속에서 "늙고 죽어갔다". 그러니 최후의 승자는 '무물지진'이었다.

「狂人日記」는 '전통'과 '국수' 등 허울을 쓰고 인간의 주체를 말살하는 낡은 사회제도의 죄악을 고발했다. 루쉰의 처녀작이라는 의미에서 이 작품은 낡은 인습에 빠져 있는 국민성을 깨우치는 계몽사업에 일생을 바친 루쉰의 출사표이기도 했다. 작품의 주인공 '광인'은 '민중을 구원하려다가 오히려 그들에게 박해를 당하는'[155] 형상이다. 그 반항이 자신을 위한 것이 아니라 전체 민중을 위한 것이었지만, 그 적수가 되는 요소들은 아이러니컬하게도 바로 그 민중 속에 있었다. 여기에는 또 루쉰의 "낡은 사회에 대한 투쟁은 반드시 견정(堅定)해야 하고 꾸준히 멈추지 말아야 한다"[156]는 전략적 사고도 함께 찾아 볼 수 있다.

'반항자'로서의 '광인' 형상은 「長明燈」에도 등장했다. 신분이 분명치 않은 이 '광인'은 역시 「狂人日記」 속의 '광인'과 같은 맥락에서 보아야 할 것이다. 비록 지식인이라는 분명한 설명은 없지만 이 주인공을 「狂人日記」중 '광인'의 일상생활의 한 단면의 해부로 볼 수 있기 때문이다. 그 중요한 근거는 '무물지진'에 대한 '반항아' 개인의 대결이라는 작품의 구도이다. 단 반항아의 언행에 대한 직접적인 묘사 대신에 그에 대한 주변사람들의 태도에 초점을 맞추고 있다는 점에서 본다면 그 표현수법에서 차이를 보였을 따름이다. 「長明燈」에서 '반항아'의 개성을 말살하는 '무물지진'을 보기로 한다.

---

155) 「兩地書 四」, 『魯迅全集』 11, 20쪽.
156) 「對於左翼作家聯盟的意見」, 『魯迅全集』 4, 235쪽.

"정말, 죽일 놈이야." 부자는 머리를 들고 "작년에 이웃 동네에서도
하나 때려 죽였지, 바로 이러한 자식을. 여럿이 시치미를 떼고, 똑 같은
시각에 일제히 때린 것이어서 누가 가장 먼저 손을 댔는지를 모른다고
하니 후에 아무 일도 없었어."157)

이 대목은 「狂人日記」에 등장했던 '무물지진'을 이루던 사람들이 '광인'
을 대처하는 구체 상으로 보아도 무방할 것 같다. 그 작품에서 소작인이
형님에게 전했던, 여러 사람이 모여 한 사람을 때려 죽였다는 일에 대한
구체적 소개로 볼 수도 있는 부분이기 때문이다.

요컨대, 춘원의 작품에 부각되고 있는 근대지식인은 선각자의 신분으
로 등장한다. 그들은 근대의식 즉, 근대적 자아의식과 민족의식을 형상화
한 작품에서 민중을 지도하는 모습을 갖추고 민족을 인도하는 양상을 보
인다. 신분상승을 실현하고 도덕적 인격을 갖추어 명성을 확보하고, 민중
의 지도자로 자부하고 나서는 것은 그 일반적인 공식이 된다. 하지만 예
외가 없었던 것은 아닌데, 가령『사랑』, 「무명」의 경우가 그렇다. 주인공
이 은연중 지도자로 자부하는 면이 전연 없었다는 것은 아니지만 대부분
은 주변 사람들이 그를 대하는 태도에서 지도자 상이 확인된다는 것이 그
점이다. 한편 루쉰은 주로 '광인'이라는 비정상적인 인물을 통하여 '반항
아'의 모습으로 지식인의 형상을 부각했다. 그 반항은 낡은 사회제도와 인
습에 대한 것으로서, '사람을 잡아먹는' 그 관행을 단지 '예로부터 전해지
는 것'이라는 이유로 고수하려는 수구 세력에 대한 고발이고 비판이었다.

(2) 타락과 좌절 상
춘원은『무정』에서 '조선 사람을 구제하기 위하여' 비장한 자세로 유학
의 길로 올랐던 지식인 남녀의 출발을 알렸다. 그는 또 작품의 결말에서

157)「長明燈」,『魯迅全集』2, 63쪽.

배려 넘치는 후일담을 엮었다. 하지만 그것은 단지 대개 그들이 학업을 완성한 것에 그친다. 그들이 실제로 '조선민족을 구제하기 위하여' 국내에 돌아와 활약하는 구체 상은 보이지 않는다는 점에서 이 궁금증은 춘원의 다른 작품에서 찾아볼 수밖에 없다. 따라서 본 연구는 『개척자』와 『흙』을 중심으로 근대 교육을 마친 인물에 초점을 맞춘 분석을 하고자 한다. 루쉰의 작품에서도 이 원칙은 마찬가지로 적용된다. 당시 아직도 막강한 세력을 보유하고 있던 구 세력에 반발했던 '반항자'가 그 현실과의 대결에서 과연 끝까지 자신의 주장을 굽히지 않을 수 있을까 하는 것은 의심해 볼 여지가 많다. 엄혹한 현실을 대할 때 타협이나 좌절의 가능성도 그만큼 더해지기 때문이다.

춘원의 작품에서 지식인의 타락상은 『무정』에서 이미 그 단초를 보였다. 선각자로, 민족의 지도자로 자처하고 있는 엘리트 지식인 '이형식' 외에 타락자로서의 지식인상이 같은 무대에 등장했다. 술을 먹고 화류계에 다니기를 일삼는 동경 고등사범 지리역사과의 전과 졸업생 '배명식'은 바로 타락의 전형이었다. 학생들에게 교주의 '정탐견', '요리점'이라고 불리는 이 지식인은 결국 영채를 겁탈하는 현장에서 죄인으로 포박되어 타락의 한 정점을 보여준다. 지도자형의 지식인과 대조를 이루는 타락한 지식인상은 이미 『무정』에서 이렇게 선을 보였다.

춘원의 지식인 소설의 계보를 잇는 점에서 볼 때 『개척자』는 다소 미흡한 감이 없지 않다. 『무정』에서 충만한 열정으로 '조선 사람을 구제' 하기 위해 공부의 길에 나섰던 새 지식인들의 형상이 『개척자』에서 구체화된 모습을 제대로 보여주지 못하기 때문이다. 말하자면 주인공에게서 긍정적인 면보다 그 상반된 모습이 더 두드러지게 보이기 때문이다.

동경고등공업학교를 졸업한 화학자인 주인공 '성재'는 당대 현실에서는 상당한 지식분자임이 확실하다. 졸업하여 귀국한 다음 그는 7년간을 거의 실험실에서 보내다 시피하며 정체불명의 실험에 몰두한다. 그러나 그 자신이 "칠 년 동안이나 이 실험실에 들어박혀서 하여 놓은 것이 무엇이냐!" 할 정도로 아무런 성과가 없다. 『개척자』는 전개되어 가면서 '성순'의 혼인을 둘러싸고 벌어지는 가정 내의 신구사상의 싸움으로 전환된다. 그런데 낡은 사상의 대변자로 나서게 되는 자가 바로 근대 교육을 마친 동경 유학생 '성재'라는 점이 주목된다. 작품의 초기에 그토록 민족 또는 인류의 생활의 질을 높이려고 추상적이나마, 자신의 사업에 몰두하던 '성재'가 일단 현실의 어려움, 말하자면 경제적 어려움에 쉽사리 굴복했던 것이다. '실행'으로 지도자의 반열로 들어서던 모습은 민족애처럼 홀연 자취를 감추게 된다. '성재'는 근대지식인으로서의 엘리트 인물로부터 낡은 사상의 대변인으로 전락되었다는 의미에서 '타락자'이다. 말하자면 민족, 심지어 인류의 구제를 위한 현실적인 실천으로부터 현실의 여러 제약에 항복하여 얄팍한 이기주의자로 타락된 모습을 보이고 있다는 것이다.

춘원의 작품에서 엘리트 지식인의 이러한 타락된 모습은 『흙』, 『재생』에서도 그 양상을 보였다.

『흙』에는 민족 생존의 현실에 굳건한 토대를 두고 실천에 임했던 지도자적 인물 '허숭' 외에 또 그와 상반된 의식구조를 지닌 동경유학생들도 함께 등장했다. '김갑진', '이건영' 그리고 허숭의 개조사업을 훼방하던 '유정근' 등이 그러한 인물이다. '김갑진'은 자신이 하는 일을 제외하고 조선인들이 하는 모든 것은 얕잡아 보고 값없이 여기는 동경 유학생이다. 민족에 대한 이러한 감정의 소지자로서 그가 민족에 대해 허숭과 같은 태도를 지닐 수 없음은 너무나 당연했다. 실제로 그와 미국유학생 출신인 '이건영'은 모두 '여자의 꽁무니'만 따라다니면서 개인의 향락에만 도취해 있는 지식인이었다. 개인주의와 이기주의에 빠져있는 그들은 결국 '계집 놀이'와 '술집 놀이'에 탐닉하고 있다는 점에서 『무정』에 나오던 '배명식'의 유형을 크게 벗어나지 못하고 있다. 극단적 이기주의자의 모습으로 나타나 가정의 이익을 위해 '허숭'의 개조사업을 훼방하던 동경유학생

'유정근' 역시 그러한 인물유형에 속한다.

　지식인 인물이 현실에서 어떤 계기로 인해서 원래 종사하던 민족을 위하는 데로부터 일신의 개인주의로 타락하는 양상은『재생』에서도 발견된다. 말하자면 훼절의 지식인상이 되는 셈이다.『재생』의 남녀 주인공인 '신봉구'와 '김영순'은 모두 3·1운동에 참여했던 이유 때문에 감옥살이까지 했던 지식인이다. 그런데 '봉구'는 자신의 사랑에 대한 '영순'의 배신 때문에 민족의 사업에 대한 사명을 포기하고 '순영'에 대한 복수적 행위를 일생의 목표로 삼는다. 영순 역시 '독립운동이 지나가고 사람들의 마음이 모두 식어서 나라나 백성을 위하여 인생을 바친다는 생각이 적어지고' 있는 현실에서 이제 '저마다 저 한 몸 편안히 살아갈 도리만 하게 되는 바람'을 타고 부자의 첩이 된다. 물론 작품에서 '순영'은 그 타락에 안주하지 않고 갈등을 겪기도 하지만 결국은 그 타락상태에서 벗어나지 못하고 파멸의 종말을 맞이하게 되었다. '봉구' 역시 최종적으로 '한 몸을 위한 모든 기쁨과 슬픔을 다 잊어버리고 죽다 남은 이 몸을 불쌍한 백성들을 위하여 바치기로' 하는 선택을 하게 되지만 그것으로 전반적인 타락상을 지워버리기는 어렵다.『재생』에서 이 두 지식인은 비록 타락된 모습으로 나타났지만 이 작품은 '작가가 인간조건을 근본적 차원에서 포착'[158]했다는 점에서, 즉 3·1운동 이후 한국 지식인의 생존조건을 형상화했다는 점이 주목된다.

　한편「狂人日記」와「長明燈」에서 루쉰은 낡은 사회제도 및 인습과 싸워 결렬하려는 지식인 형상을 창조했다. 이러한 지식인의 현실적 삶에 대한 고찰을 통해 그들의 투쟁 궤적을 살피기로 한다.

　먼저「在酒樓上」을 보기로 한다. 작중의 '나'는 오랜만에 고향에 와서 옛 술집에 들려 상념에 잠겨 있다. 그러다가 우연하게 옛날 학교 동창 '뤼

---

158) 장 폴 사르트르 지음(방곤 옮김), 앞의 책, 116쪽.

韋甫'를 만난다.

> 찬찬히 그의 모습을 살펴보았더니 머리나 수염이 텁수룩한 것은 예
> 전과 다름없었지만 창백하고 길쭉하고 네모진 얼굴은 많이 여위어 있
> 었다. 정신상태도 아주 무거운 듯, 혹은 의기소침했다. 짙고 검은 눈썹
> 아래의 눈도 정기를 잃은 대로였다.[159]

하지만 그의 눈은 학창시절에는 늘 '사람을 쏘는 빛'을 발했었다. 그때
그들은 '성황 묘에 가서 神像의 수염을 뽑아버릴 때도 있었고 연일 중국
을 개혁할 방법을 논의했으며 심지어 그 때문에 싸움할 때'도 있었다. 앞
에서 '반항자'에 대한 고찰에서 살폈던 '광인'적인 지식인 모습이 확인된
다. '여위보'는 자신의 이러한 변화를 모두 '무감각(痲木)'하게 변했기 때
문이라고 한다. 그의 이야기에서 이는 어머니의 낡은 사상, 주변 사람들
의 그에 대한 몰이해 때문이었음이 밝혀진다. 그러한 것들과의 대치에 지
친 그는 이젠 "예상했던 일이 어디 하나 이루어지는 게 있었나? ……내일
이 어떻게 될지도 모르겠다."고 한다. 당초 혈기왕성할 때 전통적인 전근
대적인 제도와 인습에 반항하던 모습은 사라지고 철저한 좌절의 심상이
그대로 드러난다. 그러나 더 불행한 것은 그러한 좌절에 머물지 않고 그
적대적이었던 요소들과 타협하기에 이르고 있다는 것이다. '나'가 전혀
생각지 못할 '그러한 책', 즉 애초에 반대했던 인습의 이론적 저서 격인『맹
자』,『女兒經』등을 가르치고 그것을 생계유지의 수단으로 삼고 있다. 그
것은 학창시절 성황묘를 파괴하고 중국을 옛날의 모든 속박으로부터 변
혁하려는 열정으로 끓던 모습과는 완전히 반대되는 것이었다. 생활의 어
려움에 대한 포착, 이 역시 '인간조건의 근본적인 차원' 에 대한 파악이
된다.

---

159)「在酒樓上」,『魯迅全集』2, 26쪽.

현실 속에서 좌절당하고 결국 자신이 맞서 싸우던 것과 타협하게 되는 모습이 여기에서는 단지 대화 등에서 간접적으로 드러나고 있을 뿐이다. 하지만 「孤獨者」에 이르면 그 모습은 더 직접적으로 다가온다.

「孤獨者」의 주인공은 유학을 거친 중학교 교원이고, 당시 보기 드문 '양장서(洋裝書)'까지 갖고 있으니 역시 근대 지식인임에 틀림없다. 초등학교도 없었던 고향을 떠나 유학을 가서 '신당(新黨)'이 되었던 '魏連殳'는 '늘 가정을 파괴'해야 함을 주장하면서도 월급을 타면 꼭 고향의 조모에게 부쳐 준다든가 하는 여러 가지 이유 때문에 사람들에게 "마치 외국인처럼 여겨져 우리와는 뭔가 다르다."는 말을 듣고 있는 사람이다. 수량적으로 절대 우세인 사람들의 이해를 받지 못하고 그들에게 '이단'처럼 간주되는 등 양상은 앞서 나온 '광인'이나 '여위보'의 처지와 다름없었다. 말하자면 그들은 선각자이었기에 주위 사람들에게는 자신들과는 다른 '이상'한 자로 간주되었다.

주인공의 조모가 별세하자 사람들은 이 기회에 자신들과는 뭔가 다른 주인공의 콧대를 꺾어보고자 한다. 그리하여 장례에서 "모든 것을 옛 것에 따르자"는 원칙을 정했다. 신구 두 파의 대결하는 장면의 준비였다. 하지만 예상했던 충돌은 벌어지지 않았다. 뜻 밖에 '위연수'가 그 모든 조건들을 아무런 반발 없이 그대로 순순히 수용했기 때문이다.

> 이전에 나는 스스로 실패자라고 여겼소 그런데 이제 와 보니 그러한 것이 아니라 지금의 내가 비로소 진짜 실패자였소 (중략)
> 나는 지금 내가 전에 증오하고, 반대하던 모든 것을 몸소 실행하는 반면 이전에 崇仰하고 주장하던 모든 것에 저항하고 있소. 나는 이미 진정 실패했소—하지만 나는 승리한 것이오.160)

---

160) 「孤獨者」, 『魯迅全集』 2, 100~101쪽.

선각자의 사명을 중도에 포기하고 적수와 손잡는 주인공은 그야말로 진정한 실패자였다. 그는 선각자의 '고독'과 '고통'으로부터 탈출하여 아무런 근심걱정 없이 '모든 일에서 옛 것'을 추종하기만 하면 되었다. 선각자의 고민과 어려움도 이제는 그와 멀어진 것이다. '무물지진'에 패배한 선각한 지식인의 쓸쓸함과 자조적인 표현에는 중국 근대지식인의 아픔이 어려 있었다.

루쉰은 '정신병이 있다는 것이 무서운 것이 아니라 부귀와 이익 앞에서 그 정신병이 즉시 낫는'161) 지식인의 출현을 일찍부터 우려했었다. 「狂人日記」의 '광인'이 어느 지방에 관리후보로 갔다는 것은 이미 그에 대한 암시가 되었다. 뿐만 아니라 이 작품들에는 '무물지진'이라는 거대한 그물에 포획되어 그 일원으로 전락되어 가는 지식인 선구자들에 대한 루쉰의 비분과 안타까움도 함께 들어 있었다. 그 '무물지진'은 "신생 세력으로 하여금 타협하도록 하는 좋은 방법을 보유하고 있으면서 자신은 절대로 타협하지 않는다."162) 때문에 이러한 투쟁에서 반드시 堅決하고, 지구적으로 중단하지 말아야 하며, 또한 실력도 중요시해야 한다는 메시지가 다시 확인된다.

---

161) 章太炎, 「演說詞」, 『民報』1906年 第6號, 王瑤 앞의 책 17쪽에서 재인용.
162) 「對於左翼作家聯盟的意見」, 『魯迅全集』4, 235쪽.

제 4 장

춘원과 루쉰 비교연구의 의의

19세기말 20세기초 한국과 중국의 관계는 세기 전환의 격변을 거치면서 전통적인 조공체제(the tributary system)로부터 근대적 조약관계(the treaty system)로 전환되었다. 이러한 정치적 상황이 문학영역에 반영된 양상은 두 나라 문학이 점차 각자의 독립적인 체계를 형성하기 시작했다는 사실(史實)이었다. 즉, 오래 동안 공유해온 유사한 전통을 토대로 외래 근대적 문예사조와 경향들에 대한 나름대로의 비판적 접목에 의해 새로운 근대적 의미의 국민문학이 태동하게 되었다는 것이다. 이러한 인식을 토대로 본 연구는 한·중 근대문학 초기의 대표적인 작가 춘원과 루쉰에 대한 비교문학적 연구를 진행했다. 그 목적은 춘원과 루쉰에 대한 비교문학적 연구를 통하여 한·중 두 나라 근대문학 비교연구 영역에 바람직한 참조체제의 기틀을 마련하려는 데에 있다.

본 연구는 먼저 춘원과 루쉰 사이의 직접 또는 간접적인 영향관계의 성립여부를 고찰했다. 그 결과로 그들 사이에 상호 텍스성이 발견되지 못하고 있다는 사실과 동시에 전기적 사실, 문학적 배경, 문학적 실천 등에는 여러 유사성을 보유하고 있다는 사실을 확인했다. 이러한 검토를 통해 본 연구는 일반문학의 연구방법을 적용하기 위한 근거를 확보했다. 또한 한국의 루쉰 수용사에 대한 검토와 춘원과의 비교문학적 시각의 기존업 적들을 고찰하는 가운데서 유사성에 입각한 연구의 가능성을 재확인했다. 한편 프랑스학파의 영향성을 전제하는 비교연구 방법도 본 연구에서 보 조적 역할을 담당하게 된다. 이러한 원칙에 의하여 본 연구는 춘원과 루 쉰의 근대의식과 민족개조 사상을 주제로 한 계몽의 문학, 농촌 또는 농 민 소재의 문학, 지식인 소재의 문학 등 유형의 작품을 직접적인 비교연 구 대상으로 하고, 기타의 작품은 보조적 자료로써 활용했다.

본 연구는 다음으로 춘원과 루쉰 문학의 전기적 배경과 문학사상의 형 성과정에 대한 고찰을 비교연구를 위한 예비적 고찰로 삼았다. 그 결과 아래와 같은 몇 가지 점을 확인하게 되었다.

첫째, 춘원과 루쉰은 모두 인생의 첫 전환점이었던 가정의 몰락으로부 터 보편적 의미의 '개인'을 발견하게 되었다.

춘원과 루쉰 인생의 첫 전환점은 모두 가정 파탄에서 비롯되었다. 장자 였던 그들은 이를 계기로 보다 이르게 가장의 위치에 서게 되었다. 춘원 은 장자의 '책임감', 부계에 대한 절대적인 우월감을 자각하면서 '개인'을 발견했다. 보편적 의미로서의 주체적 '개인' 의식은 근대적 '자아의식'을 고취하는 그의 초기 문학의 중요한 근원적 요소였다. 이와 동시에 춘원은 자신의 책임을 과대 평가하는 습성도 함께 키운 것으로 나타나는데 이는 그의 나르시시즘의 원초적 근원이기도 하다. 루쉰은 가정을 대표하는 지 위에서 그때까지 접하지 못했던 세상의 어두운 면을 감지했다. 사회의 어 두운 면을 고발하는 데에 치중했던 그의 문학적 실천은 이 체험과 무관하 지 않다. 한편 이 시기에 춘원과 루쉰은 모두 각자 나라의 전통적 문학유 산을 접촉했다. 이 면에서는 유년기에 조실부모했던 춘원보다 거의 정통 적이고 체계적인 교양교육을 마칠 수 있었던 루쉰이 더 전면적인 공부를 할 수 있었다.

춘원은 첫 사회진출에서 겪었던 동학의 "비장"한 체험 때문에 오래도록 긍지와 '자아황홀'감을 가졌다. 그는 여러 글에서 이 부분을 강조했는데 그것은 민족을 위하여 앞장에 섰다는 나름대로의 '자의식'에 대한 확인이었다. 더구나 그가 가담할 때 동학은 이미 반일의 성격이 약화되었다는 점은 민족의 선두에 서 있었다는 자신감에 넘쳤던 그에게 있어서는 더욱 그것을 강조해야 할 필요성을 느끼게 했을 것으로 보였다. 춘원의 주체적인 선택으로서의 민족운동 참여는 『2·8독립선언』의 기초로부터 시작된다. 이때로부터 그는 민족운동의 앞장에 서게 되었다. 이 체험은 그의 작품에 엘리트형의 인물과 지도자상의 인물이 대거 출현하는 근원이 되었다. 루쉰의 사회진출에는 춘원과 같은 '비장'한 성격을 찾아볼 수 없다. 개인의 생존문제를 위하여 출발했던 그의 사회진출은 담담한 일상인의 생활진로였다. 시종일관 민족의 생존과 발전문제에 집착하여, 그것을 저해하는 요소들과 타협 없는 투쟁으로 점철된 루쉰의 문학적 실천은 이러한 체험과 깊은 연관이 있다. 춘원과 루쉰이 처했던 시대적 상황도 그들의 이러한 성격의 형성과 문학적 실천에 결코 간과할 수 없는 영향원이 되고 있다.

둘째, 춘원과 루쉰은 모두 전통에 대한 논의와 일본 유학을 통하여 자신들의 문학사상의 근간을 형성했다.

전통의 부정은 춘원과 루쉰 사상의 중요한 부분이었다. 그들은 모두 취사선택의 태도로 전통을 부정하는 한편 새로운 가치관의 생성을 위한 토대를 마련했다. 자아민족의 주체적이고 정상적인 삶을 억압했던 전통적 요소를 부정하고 그 핵심을 유교라고 파악한 점은 그들의 공통점이 된다. 그들은 전통의 낡은 요소들을 청산하는 한편 새 시대에 맞는 새로운 윤리를 창출할 것을 호소했다. 하지만 이러한 부정과 생성의 과정에서 나타난 자아 위치의 설정은 그들에 대한 상이한 평가를 낳고 있다. 춘원은 피해자로 자신을 설정하여 전통을 부정하는 청년들의 지도자로 나서고 있는데 반해, 루쉰은 자신을 전통 속의 일원으로 파악하여 부정의 대상으로 위치시켰다. 루쉰의 전통 부정은 춘원에 못지 않게 과격했다. 하지만 민족의 상황이 식민지 현실과 같은 절박한 처지가 아니었고, 또한 자신을 그 부정해야 할 대상의 일원으로 파악하고 있었기 때문에 보다 철저하고 객관적인 면모를 보일 수 있었다.

일본 유학은 춘원과 루쉰에게 있어서 근대 문예의 체험단계였다. 그 초기에 춘원은 '고아의식'의 절정에서 부재 하는 부친의 대치물로 톨스토이를 전격 수용했다. 한편 루쉰은 외래적 자양분에 대한 수용에서 '가져오기 주의(拿來主義)'의 태도로 뚜렷한 주견성을 보였다. 그들은 또 모두 당시 일본 문단의 자연주의를 접했다. 하지만 민족을 위하는 창작에서 사소설의 일부 요소를 나름대로의 판단에 의해 차용하면서도 거기에 빠져들지는 않았다. 단, 춘원의 작품은 작가의 개입으로 인해 시종 개인적 요소가 짙었던데 반해, 루쉰은 창작에서 오직 그 '진실'을 확보하는 기법에 주안점을 두었다는 점이 대조적이다.

본 연구는 예비적 고찰을 토대로 춘원과 루쉰의 문학사상에 대한 분석과 비교를 그들의 문학세계에 대한 비교연구의 출발점으로 삼았다.

춘원과 루쉰은 근대 문예사조로서 리얼리즘의 창작정신과 창작기법이라는 양면을 분명히 파악하고 있었다. 그들은 현실을 파악하고 문학적으로 반영하며 한 걸음 더 나아가 자아 민족의 정신과 생활의 쇄신을 지향했다. 그들에게서 가장 주목되는 것은 '디테일의 진실'에 의거하여 민족의 '현실'을 반영 또는 고발하는 것이었다. 그 중 춘원에게 이상적이고 관념적인 색채가 짙은 아이디얼리즘(Idealism)적 현상이 나타나고 있다는 점은 루쉰의 철저하고 냉철한 리얼리즘과 선명한 대조를 이루고 있는 부분이었다. 춘원은 작품에서 이상적인 민족성 뿐만 아니라 이상적인 민족의 생존환경을 제시한데 반해 루쉰은 시종 현실에 굳건한 토대를 두고 있었던 것이다. 한편 춘원과 루쉰은 모두 근대 문학에 대한 바람직한 이해를 가지고 이전의 '재도론'이 아닌 새로운 공리적 기능, 즉 민족의 현실 문제를 타개하는 데서 문학의 효용성에 주목했다. 그 효용성에 입각하여 그들은 모두 '인생을 위한 문학'을 실천했는데 그것은 자아 민족의 삶을 위한 문학이었다.

춘원과 루쉰의 '민족성 개조'론은 전통 부정의 연장선에 있는 논의였다. 그들은 전근대적 정신상태에 처한 자아민족으로 하여금 근대적 주체가 되도록 하려는 데 그 목적을 두었다. 하지만 그 출발의 배경, 다시 말하자면 개인적 성격과 당대 현실상황에 결부시킬 때 그것은 판이한 이해를 갖게 한다. 일제 식민지 통치하의 현실에서 정치성을 배제하고 민족성 개조에 치중했던 춘원의 주장은 그 현실에 대한 타협과 순응이란 지적을 면키 어려웠다. 게다가 석연치 못했던 임정으로부터의 귀국, 그리고 그에 따른 안일한 개인의 환경의 조성 때문에 춘원은 본격적인 '친일' 전에 이미 치명적인 오점을 남겼다. '민족'이 춘원에게 '자아구제'의 방편이 된 셈이었다. 루쉰은 논설과 창작에서 국민의 열근성에 대한 비판으로 시종일관했다. 춘원이 처했던 시대상황보다 좀더 여유가 있었던 면이 없지 않지만, 그의 민족비판이 개인적 실리와 아무런 연관을 맺지 않았다는 점이 주목된다. 주마등 마냥 바뀌는 현실의 정치적 상황에서 루쉰은 끝까지 신조를 지키며 절개를 굽히지 않았다. 심지어 생명의 위협에도 불굴 했던 루쉰이었기에 춘원의 언행은 그에 비해 손색이 갈 수밖에 없었다.

문학사상에 대한 분석과 비교를 토대로 한 그들의 작품에 대한 비교연구에서 본 연구는 다음과 같은 결론을 도출하게 되었다.

첫째, 춘원과 루쉰의 초기 문학은 모두 근대의식을 고취하는 데 치중했다. 그들은 전근대적인 민족 현실을 염두에 두고, 근대적 자아의식의 확립과 민족성의 개조를 통하여 그 현실을 개변하려고 했다. 자아의식의 형상화에서 개인의 실제적 체험을 바탕으로 일정한 허구적인 요소들을 접목했다는 점은 그들의 공통점이었다. 춘원은 엘리트형의 선각자를 부각시켜 그들의 정열을 직설적인 설교 투의 언행에 의해 작품 중의 피 계몽자들에게 주입하는 형태를 취했고, 루쉰은 '광인'형상을 부각하여 상징적인 수법으로 작가의 메시지를 함축적으로 암시하는 형식을 취했다. 민족성 개조의 문학적 실천으로서의 창작에서 춘원은 지도자형의 인물들을 많이 등장시켰고, 루쉰은 일상 생활 속의 평범한 인물의 전형을 많이 부각했다. 지도자형에 익숙했고 스스로를 그 계층에 위치시켰던 춘원과, 자신은 영웅인물이나 지도자적 인물이 아니라고 역설했던 루쉰의 성격 차이가 창작에서 확인되는 부분이다.

둘째, 민족성 개조의 문학적 실천단계에 들어선 춘원과 루쉰에게 있어서 농민과 그 생존 환경으로서의 농촌은 이제 '평범하고 무의미'한 존재가 아니라 새롭게 발견된 '의미 있는 것'이 되었다. 그리하여 작품에서 농민은 민족의 대표로 간주되었고, 농촌은 민족이 생존하는 대표적인 환경으로 설정되었다. 춘원은 『흙』과 『삼봉이네 집』 등 작품에서 농민을 민족 구성원의 주체로서 파악했는데 그 태도는 하나의 변화과정을 보였다. 시혜적 지위에서 농민을 동정, 연민과 개조의 대상으로 파악하는 데로부터 그 비극적 삶의 객관적 근원을 밝히면서 점차 그들과 같이 호흡하는 입장을 취하기에 이르렀다. 그리하여 농민을 민족개조의 주체적 역량으로, 그 운동을 주도하는 지도계급인 엘리트 인물들의 동맹역량으로 부각시키고자 했다. 루쉰의 작품에 등장하는 '아Q'와 '윤토' 등 농민 주인공은 모두 전근대의 전제적인 사회제도의 희생물로 나타났던 바, 이는 소재를 '병든 (病態) 사회 속에서 살고 있는 불행한 인물'에서 취했던 작가의 창작 실천 원칙의 한 발현이다. 한편 춘원에게 발견된 농촌은 식민지 치하 민족의 처참한 삶의 현장이었다. 작품에서 그는 우회적으로 그 현실에 대한 고발을 감행했던 점이 확인된다. 루쉰이 발견했던 농촌은 전근대적인 사회제도의 경제적, 정신적 이중 착취하의 민중적 고된 삶의 현장에 대한 재현으로서, 그것은 전제제도 하의 당시 중국의 현실이었다.

셋째, 춘원과 루쉰은 근대초기 격변의 시대를 살아간 한국과 중국의 선각한 근대 지식인이다. 춘원의 지식인을 소재로 한 작품에는 엘리트형의 지식인 형상이 많이 부각되었다. 그들은 자아의식 또는 민족의식의 고취와 민족성 개조의 문학적 실천에서 모두 선각한 인물로 설정되었는데 작가투영의 흔적이 깊다. 심지어 그 주인공의 언행이 작가를 직접 대변하는 부분도 적지 않게 보였다. 이러한 선각자로서의 지식인 외에 춘원은 또 타락한 지식인상을 그렸다. 그것은 단지 개인적 향락에 빠져 민족의 생존현실을 멀리하고 민족의 아픔을 나누지 못하는 지식인에 대한 비판이었다. 루쉰은 전근대적 사회제도 및 그로부터 파생되는 부정적인 전통요소에 반발하는 '반항자'적 지식인 형상을 부각시켰다. 뿐만 아니라 루쉰은 또 '반항자'로서의 출발을 알렸던 지식인의 좌절상, 심지어 타협하는 모습도 그렸다. 작가 자신의 타협 없던 생애를 고려할 때 이는 자신과 같은 지식인에 대한 경고의 메시지가 될 것이며, 막강한 '무물지진(無物之陣)'과의 대전(對戰)에 대한 책략적 사고가 깃들었던 것으로 파악된다.

춘원과 루쉰은 각각 한·중 근대문학의 출발을 알렸던 작가이다. 때문에 그들에 대한 비교연구는 두 나라의 근대문학 전반에 대한 비교연구에 매우 중요한 의미를 갖게 된다. 따라서 본 연구는 한·중 근대문학에 대한 비교연구의 참조적 체계를 확립하는 데 그 의의를 두고자 한다.

제 2 부

루쉰과 한국 근대문학

■　제1장 _ 춘원과 루쉰 소설의 계몽적 성격
■
▨　제2장 _ 춘원과 루쉰의 지식인 소설 소론
　　제3장 _ 빙허와 루쉰 〈고향〉의 대비 고찰

춘원과 루쉰 소설의 계몽적 성격

1. 한중 근대소설 비교연구의 전형

춘원(春園)과 루쉰(魯迅)은 한국과 중국의 근대문학 초창기의 대표 작가이다. 그들은 두 나라의 격동기에 각자의 삶을 살아가면서 한·중 문학사에 주목할 만한 업적을 남겨 놓았다. 이와 같은 이유로 그들 각자에 대한 연구는 일찍부터 학자들의 관심을 모아 왔었는데 흥미로운 것은 한국에서 루쉰과 그의 문학 세계에 대한 소개가 비교적 일찍 시작되었다는 점이다.[1] 또한 역사적 원인으로 인한 자료수집의 부진, 교류의 부자유 등 객관적 조건의 많은 제약이 있었음에도 불구하고 한국에서의 루쉰에 대한 연구는 상당한 성과를 거두었다.[2]

---

1) '근대문학'의 용어 문제, 춘원과 루쉰의 개별 연구사의 기점, 한국에서의 루쉰의 수용에 관한 것은 졸고『춘원과 루쉰의 계몽적 성격에 관한 대비적 고찰』(인하대 석사학위논문, 2000년 2월)의 "서론" 부분 참조.

2) 국회도서관에 소장한 루쉰에 관한 석, 박사학위논문은 37건에 달한다. 시기별로 본다면 1960년대와 70년대가 각각 1편, 80년대에 8편, 90년대는 28편으로 급속히 늘어가는 추세를 보여준다. 그 외에도 루쉰의 삶, 사상, 문학에 대한 다량의 저서와 역서 그리고 루쉰 문학작품집들이 약 30건이 소장되어 있는데 거의 다 80년대 이후의 출판물들이다. 또한 근래에 들어서 유관 학자 들의 루쉰 유적지에 대한 답사 등 현실여건의 변화에 따른 새로운 움직임들이 보여지고 있는 바 그 연구에도 새로운 돌파가 있

춘원과 루쉰의 기존 연구에 의하면 놀랍게도 그들에게 많은 유사성이
존재하고 있다는 사실을 발견하게 된다. 소년시기 가정 몰락의 불우한 체
험, 청년기의 일본 유학체험, 문학을 통하여 자아민족의 계몽을 시도하는
것 등이 그것이다. 하지만 이러한 유사성을 지니고 있음에도 불구하고 춘
원과 루쉰은 아무런 직접적인 영향이나 교류 관계가 이루어진 사실적 근
거가 발견되지 않고 있다.3) 따라서 춘원과 루쉰에 대한 개별적인 연구가
그렇듯 활발하게 진행되어 왔음에도 불구하고 그들에 대한 비교연구는
아주 영성(零星)한 양상을 보여주고 있다.

춘원과 루쉰이 한국과 중국 근대문학의 대표적 작가라는 점을 고려하
여 볼 때 그들에 대한 비교문학적 시각에서의 연구는 두 나라의 근대문학
형성과정에 관한 비교문학적 고찰 및 한국 근대문학의 특질을 밝히는 데
에도 타산지석으로서의 의의가 있음은 간과할 수 없다. 이와 같은 이유로
그들에 대한 비교문학적 시각에서의 연구는 일찍 한국에서 중국보다 앞
서 진행된 바 있다.4) 또한 최근에 들어서 활발히 전개되고 있는 동아시아
문학의 논의 속에 국문학계에서도 루쉰에 대한 참신한 이해와 연구 시각
을 제시하고 있다.5)

을 것으로 기대 된다.

3) 춘원과 루쉰 사이에 직접적인 영향이나 교류관계가 이루어진 근거는 아직 발견되지
   않고 있다. 김소운(金素雲)의『三誤堂雜筆』(郭鶴松・朴啓周,『春園李光洙』, 三中堂, 1962.
   456면 참조)에서 춘원이 루쉰의『阿Q正傳』을 읽었다는 사실은 확인되지만 춘원이 그
   것을 어떤 경로를 통하여 보았으며, 그로부터 어떤 영향이 있었는지는 나타나지 않
   고 있으므로 직접적인 관계의 유무를 판단하는 근거로는 부족하게 보인다.
4) 車相轍,「韓・中 新文學運動의 比較研究」,『中國學報』第5輯, 1974)
   金允植,「近代文學에 있어서의 韓・日・中 三國의 關係檢討와 그 問題點」,『韓國文學의
   論理』, (一志社, 1974), 172~176쪽.
   胡啓建,「韓中兩國의 近代初期文學 比較研究」, (서울大學校 碩士論文, 1980)
   劉麗雅,「魯迅과 春園의 比較 研究」, (서울대 석사 논문, 1984. 2)
5) 이에 대하여서는 최원식 교수를 그 대표논자로 꼽을 수 있다. 가령 그의「한국문학에
   서 식민지 근대와 민족문제」(좌담,『민족문학사』1998. 제13호)에서의 발언과「문학
   의 귀환」(『문학동네』, 1999년 가을호)에서 보인 루쉰에 대한 새로운 연구 시각과 한
   국문학과의 대비적 비전에 대한 견해가 이를 뒷받침한다.

춘원과 루쉰에 대한 선행 비교문학적 연구들은 문제 제기나 비교연구의 가능성 여부에 대한 시사적인데 그치는 것들이 대부분이었다. 다시 말하자면 춘원과 루쉰의 비교연구에서 그들의 특정한 문학적 경향에 맞춘 연구는 아직 진행되지 않고 있다. 아무런 영향이나 교류관계가 발견되지 않았으나 유사한 시대와 삶을 살아간 춘원과 루쉰의 비교문학적 연구에서 그들 문학의 유사성에 대한 해명으로부터 시작하는 것이 그 한 순서가 아닌가 한다. 따라서 본고에서는 그들 문학의 가장 뚜렷한 특징인 계몽적 성격에 초점을 맞추어 그 대비적 고찰을 진행하고자 한다. 춘원과 루쉰이 한·중 근대문학 초창기의 대표적인 작가라는 점에서 이 연구가 두 나라 근대문학의 비교적 연구에 나름대로의 초석적인 의의를 가졌으면 하는 바램이다.

여러 문학 사이에 존재하는 영향관계, 유사성, 차이점 등에 관심을 둔 학문으로서의 비교문학은 그 실천에서 일반적으로 두 가지 연구방법을 적용하게 된다.

그 하나는 서로 다른 나라사이의 문학적 교류사를 중점으로 살피는 프랑스학파의 실증주의적 연구방법이고 다른 하나는 문학이나 그 현상의 상호 유기적인 영향이나 교류 관계를 떠나서 그 유사 현상을 택하여 해석하는 미국학파의 일반문학의 대비 연구적 방법이다. 후자는 국민문학을 중심으로 이루어진 프랑스학파의 원천·수용·명성·영향 등과 같은 사실 관계에 한정하는 실증주의에 대한 반발로서 초 국민적 보편문학사의 이상아래 작가나 작품의 직접적인 관계가 없는 문학현상을 연구대상으로 그들에게 공존하고 있는 유사성을 대비하고자 한다.

한·중 고전문학의 비교연구에서는 문학적 영향의 사실관계를 전제로 하는 프랑스학파의 실증주의 비교연구 방법이 요긴하게 운용되었다. 그러나 19세기 후반기에 이르러 한국으로 유입되는 문화의 주된 외래 원천이 중국으로부터 서구 내지 일본으로 급선회하였을 뿐만 아니라, 중국 자체도 이때를 전후하여 본격적으로 서구 문화 및 일본 문화의 접촉에 적극성을 보이고 있었다. 그 결과 19세기 말엽부터 근래 100년간의 한국문학과 중국문학의 상관 관계는 비교적 영성한 상황에 놓일 수밖에 없었다.6) 따라서 한·중 두 나라의 근대 문학의 비교문학적 연구에서는 프랑스 학파의 실증적 연구방법보다는 미국학파의 일반문학의 대비연구 방법의 운용이 더 타당할 것으로 보인다.

이에 춘원과 루쉰의 소설에 공존하고 있는 유사성−계몽적 성격에 주목한 본 고는 미국학파의 일반 문학적 연구방법에 그 이론적 근거를 둔다.

소설은 춘원과 루쉰 문학의 주요 장르이다. 춘원의 소설 가운데 장편이 많은 비중을 차지하고 있는 데 반해 루쉰은 단편소설이 위주로 되고 있다. 또한 계몽 성격을 강하게 지니는, 유교에 대한 비판의 주제를 다룸에 있어서 춘원의 경우는 자유연애나 여권신장으로 구체화하고 있지만 루쉰의 경우에는 그러한 주제의 작품을 찾아볼 수 없다. 이는 그들의 소설의 도식적인 비교연구를 적용하는데 객관적인 난점으로 나타나고 있다. 이러한 점을 감안하여 본고에서는 그들의 소설 작품에 나타나고 있는 계몽 성격의 양상을 고찰함으로써 그 동질성과 이질성을 밝혀보고자 한다. 그 대비적 고찰의 텍스트로 춘원의 「소년의 비애」, 「무정」, 「개척자」, 「흙」과 루쉰의 「광인일기(狂人日記)」, 「아Q정전(阿Q正傳)」, 「고향(故鄕)」, 「이혼(離婚)」에 한정한다.7)

---

6) 全光鏞, 「百年來 韓中文學 交流考」, 『比較文學』 第5輯(韓國比較文學會, 1980), 5쪽.
7) 이 텍스트들의 선정 기준은 졸고 『춘원과 루쉰의 계몽적 성격에 대한 고찰』(인하대 석사학위논문, 2000년 2월)을 참조.

2. 춘원과 루쉰 소설의 계몽성 비교연구

1) 인생을 위한 예술–공리주의 문학관

춘원과 루쉰은 모두 자아민족을 계몽하기 위한 수단으로서 문학의 길을 택하였다. 따라서 그들의 문학관은 강한 목적성이 부여되어 있는 공리주의적 문학관을 이루고 있는데 모두 '인생을 위한 예술'을 강조하고 있음에 그 동질성을 찾아 볼 수 있다.

춘원은 문예는 한 나라의 꽃이라고 할 수 있는데 그것은 신문화의 선구가 되는 의미에서의 꽃이며 문화의 정수가 되는 의미로서 꽃이라고 했다. 그것은 문예가 '오랜 타민을 깨뜨리고 새로운 문화를 건설할 만한 활기 있는 정신력을 민족에 주입 혹은 강렬한 자극으로 민족의 정신 중에서 계발하는 가장 큰 힘'이기 때문이며 또한 문예 본 자신이 바로 '신사상, 신이상의 선전자'가 될 수 있기 때문이다.8)

이러한 문예는 춘원이 파악하고 있는 당시 백지상태(tbula rasa)에 있는 조선 민족의 심적 상태의 계발에 중요한 역할을 할 수 있었기에 춘원은 '인생을 위한 예술(arts for life's sake)'을 강조하는데9) '文學도(다른 모든 部門의 藝術도) 亦是 人生을 依하여, 爲하여, 通하여 존재하는 것'10)이어야 한다고 주장했다.

춘원과 이러한 공리적인 문학관의 출발점은 어디에 있는 것일까?

> 이를테면 政治 아래서 自由로 同胞에게 通情할 수 없는 心懷의 一部分을 말하는 方便으로 小說의 붓을 든 것이다.(중략) 내가 小說을 쓰는

---

8) 『李光洙全集』 16, 「文士와 修養」, 三中堂(1962, 이하 생략) 17~19쪽.
9) 『李光洙全集』 16, 앞의 글, 19쪽.
10) 『李光洙全集』 16, 「文學에 對한 所見」, 179쪽.

데 첫째 가는 目標가 「이것이 朝鮮人에게 읽혀지어 利益을 주려」하는
것임은 勿論이다.11)

춘원은 자신이 소설을 쓰는 동기는 종국적으로 조선과 조선민족에 대
한 의무적인 봉사로서, 조선과 조선민족의 지위의 향상과 행복의 증진에
조금이라도 기여를 하자는 것이었다고 했다.12) 춘원의 공리주의 문학관
은 조선과 조선민족을 위한 계몽과 선전의 문학관으로 귀결된다.

춘원의 문학관은 소설을 이용하여 사회의 풍속을 개량하거나 어떤 사
상을 전달하고자 하는 박은식의 풍속 교화론과 신채호의 소설개혁론과
신소설에까지 이어지는 전통적인 문학관의 계승이라고 볼 수 있다.13)

루쉰은 일찍 일본 유학시절 때의 번역서 『월계여행』의 '변언'에서 소설
의 형식을 이용하면 이론적이고 현학적인 것이더라도 쉽게 이해될 수가
있어 독자들에게 무의식중 저자의 의도를 전달해 줄 수 있다고 하면서 미
신을 타파하고 사상을 개량하여 문명을 돕는 데 이러한 방법이 효과적임
을 지적하였다. 따라서 그는 자신이 소설을 쓰게 된 출발점을 문학의 힘
을 빌어서 사회를 개량하려는 계몽에 두고 있으며 그것이 반드시 '인생을
위한 예술'이어야 한다고 했다.14) 루쉰의 공리주의적 문학관의 출발점은
그가 의학에서 문학으로 전향하는 동기에서 잘 드러나고 있다.

무릇 우매한 국민은 신체가 아무리 건장하고 생기가 넘친다고 하더
라도 그저 아무런 의미도 없이 조리돌림을 당하는 재료나 관객으로밖
에 될 수 없기에 병으로 얼마가 죽는다는 것은 그리 불행한 일이 아니
다. 그러므로 우리가 우선적으로 해야할 일은 그들의 정신을 개변하는

---

11) 『李光洙全集』 16, 「余의 作家的 態度」, 191쪽.
12) 『李光洙全集』 16, 앞의 글, 195쪽.
13) 구인환, 「이광수의 계몽적 성향과 낙원지향」, 『한국현대소설사』(문학과문학교육연구
　　소, 1999), 60쪽.
14) 『魯迅全集』 4, 「我怎么做起小說來」, 人民文學出版社(1980), 512쪽.

것이며 이에 제일 효과적인 수단은 당연히 문예라고 나는 생각하였다.
그래서 문예 운동을 제창하게 되었다.[15]

　　루쉰의 소설의 사회교화적 기능에 주목한 계몽적 문학관도 청말(清末)
의 견책소설 작가와 양계초의 소설로 정치를 개혁하려던 문학관의 비판
적 계승으로 보인다.
　　춘원과 루쉰은 모두 강한 목적성을 가지고 있는 공리주의적인 문학관
의 소유자이다. 그들의 이러한 문학관은 또한 모두 문학의 사회개혁과 계
몽적 기능에 주목한 것으로서 결국은 자아민족의 계몽을 위한 계몽의 문
학관이라고 볼 수 있다.

2) 소설 작품에 나타난 계몽적 성격

(1) 계몽의 주체 형상과 대상 인물의 창조

　　소설의 제 요소 가운데 중요한 요소의 하나로 '인물'을 꼽을 수 있다.
이러한 의미에서 기타의 요소들은 궁극적으로 인물 창조라는 목적을 위
하여 존재하는 것으로밖에 되지 않는다고 할 수 있다. 따라서 인물의 창
조는 "가장 훌륭한 소설가의 가장 주목할 만한 성취물이 된다."[16] 춘원과
루쉰 문학의 주요 장르는 소설이다. 따라서 춘원과 루쉰의 계몽사상이 소
설 중의 인물을 통하여 어떻게 전개되고 있는가를 살피는 것은 그들의 소
설의 계몽적 성격을 밝히는 데 중요한 의미를 가지게 된다.
　　춘원과 루쉰의 소설가운데 나타나고 있는 인물은 상이한 두 유형을 보
여주고 있다. 춘원의 경우 엘리트인물인 계몽자가 많이 보이고 있는 데

---

15) 『魯迅全集』 1, 「'납함'자서」, 417쪽.
16) 매조리 볼튼 저(김영민 역), 『小說의 分析』(東泉社, 1984), 89쪽.

반해 루쉰의 작품에는 계몽 받아야 할 대상인물이 많이 나타나고 있다는 점이 그것이다. 따라서 춘원의 작품에서는 선지 선각한 엘리트 인물들이 강한 설교조의 발설로 작가의 의도를 직설적으로 표현하고 있다. 그러나 루쉰은 자신의 역의 논리에 따라 작중의 인물들을 통하여 유교의 죄악을 고발하고 국민의 노예근성을 비판하는 것으로 이상적 국민성에 도달코자 하고 있는데, 다시 말하면 함축적으로 작가의 의도를 보여주고 있다고 할 수 있다.

① 계몽의 주체인물의 형상화

설교라는 것은 타일러 가르친다는 의미로서 그 주체인물은 반드시 일반인에게 방향을 제시해주거나 가르쳐줄 그 무엇을 갖춘 지도자이거나 선각자이어야 할 것이다. 춘원의 문학에서 우리는 흔히 선지 선각한 계몽자로서의 엘리트계층의 인물들과 만날 수 있다. 그들은 모두 강한 설교조로 계몽 사상을 펼치고 있는데 춘원의 문학에 설교문학이란 이름이 따르게 된 것도 바로 이 때문이다.

아래에서 춘원의 「소년의 비애」, 「무정」, 「개척자」, 「흙」 등 작품을 텍스트로 작품의 엘리트 인물에 의한 계몽사상의 전개 양상을 살펴보기로 한다.

「소년의 비애」에서는 자각한 소년 '문호'를 통하여 전통적인 구습, 부모 명에 의한 혼인에 반항하는 자유연애사상을 고취하고 있다.

'문호'는 종매 '난수'가 시인의 자질이 있음을 발견하고 공부하게 하려고 한다. 이러한 개인의 자질을 살려 발전하도록 해야 한다는 생각은 '문호'가 자아의식에 눈뜬 소년임을 말해준다. 그러나 계부는 계집이라고 공부시키지 않고 혼인을 정한다. 이에 '문호'는 '난수'더러 혼인을 거부하도록 권한다. 이 권고를 '문호'의 첫 반항으로 보아야 할 것이다.

'난수'의 미혼자가 천치란 것을 안 '문호'는 계부께 여쭈어 파혼하자고 한다. 그러나 양반의 체면을 지키느라 계부는 거절한다. 이때 '문호'는 이렇게 말한다.

> 그러나 양반의 체면은 잠시 일이지요. 난수의 일은 일생에 관한 것이 아니오리까. 일시의 체면을 위하여 한 사람이 일생을 희생한다는 것이 말이 됩니까.[17]

단호한 소년의 이 말은 양반제도와 구식혼인제도에 대한 강렬한 반발로 볼 수 있다. 결혼 날이 되었다. 도저히 현 상태를 돌려세울 수 없을 이때 '문호'의 반발은 반항에로 발전한다. '난수'와 같이 서울로 도망가자는 것이다. 그러나 나약한 '난수'로 인하여 이 반항은 좌절되고 만다. '문호'는 동지를 얻지 못하고 비애에 잠긴다. 선각자 '문호'는 계몽자들이 흔히 맞게 되는 비애와 고독에 빠진다. '문호'는 춘원이 창조한 선지선각한 계몽자로서의 전형이라고 할 수 있다.

「무정」은 춘원의 최초의 장편소설이자 한국 근대문학사의 최초의 장편소설이기도 하다. 이 작품의 창작동기는 새로운 연애문제, 새로운 결혼문제 등을 통해서 여명기의 조선 신진 지식계급 남녀의 이상과 고민을 그려 보려고 한 것이었다.[18] 여기서 '새로운 연애문제와 결혼문제'라는 것은 구 결혼제도에 대한 비판적 사상, 즉 작품의 주제사상을 가리키는 것이고, '조선 신진 지식계급 남녀'는 선지선각한 엘리트 계층으로서 계몽자의 형상을 말하는 것이라고 보아 마땅하다.

이 작품의 선지선각자 남녀의 전형 형상을 보기로 하자.

'이형식'은 동경유학을 한 청년 지식인이다. 그는 '항상 입버릇처럼 자기의 지식과 수양의 부족을 한탄'하지만 선지선각한 자로서 강한 신념과

---

17) 『李光洙全集』 14, 「少年의 悲哀」, 17쪽.
18) 『李光洙全集』 14, 「多難한 半生의 途程」, 399쪽.
　　『李光洙全集』 16, 「'無情' 等 全作品을 語하다」, 301쪽.

독립된 인격을 갖고 있음도 볼 수 있다. 그는 아무 지식도, 덕행도 없는 자들을 보기만 하면 미워하기도 하나 어떻게 하여서 그들의 정신을 좀 깨우칠까 하는 고민도 한다. 세상 사람들이 다 몽롱한 가운데 자신만이 깨어져 있는 양하는 형식의 엘리트 의식의 표출은 다음 인용에서 보다 확연히 드러난다.

> 그가 만원 된 차를 타고 눈앞에 들썩들썩하는 사람을 볼 때에 나는 저들이 모르는 말을 알고, 모르는 사상을 많이 가졌다 하고 생각하고는 일종 자랑의 기쁨을 깨닫는 동시에 "언제나 저들을 나만큼이나마 가르치는가" 하는 선각자의 책임을 깨닫고 또 이천만이나 되는 사람 중에 내 말을 알아듣고 내 뜻을 이해하는 자가 몇 사람이 없구나 하는 선각자의 적막과 비애를 깨닫는다.[19]

이 선각자는 자신이 늘 고민해왔던 바를 드디어 실현하게 된다. 그것은 삼랑진 수재현장에서 수재민들의 비참한 처지의 자극으로 여태껏 구상의 단계에만 머물러 있던 형식의 계몽 계획이 발로의 기회를 찾게 된 것이다.

> 옳습니다. 교육으로, 실행으로 저들을 가르쳐야지요, 인도해야지요.
> (중략)
> 우리가 공부하러 가는 뜻이 여기 있습니다. ……가서 힘을 얻어 오라고, 지식을 얻어 오라고, 문명을 얻어 오라고……그리해서 새로운 문명 위에 튼튼한 생활의 기초를 세워 달라고…… 이러한 뜻이 아닙니까.[20]

춘원이 주인공 '이형식'을 선지선각한 계몽자로 부각시켜 전달하고자 한 것은 교육과 실행으로 민족의 삶의 터전을 마련하려는 계몽 사상이었다.

---

19) 『李光洙全集』 1, 「無情」, 181쪽.
20) 『李光洙全集』 1, 앞의 글, 311쪽~312쪽.

「무정」에서 또 하나의 지나쳐 버릴 수 없는 선각자의 형상은 '김병욱'이다. '형식'의 계몽의 목적이 미래에 이루어질 것들인데 반해 '병욱'의 계몽 활동은 '영채'의 자각으로 작품 내에서 그 효과를 보이고 있다.

아버지의 한 마디에 자신을 망각하고 오직 자기가 섬겨야 되겠다고 생각하는 사람을 위하여 살아 온 '박영채'였다. 그의 신세를 알게 된 '병욱'은 단도직입적으로 '영채'를 속아 살아왔다고 한다. 그리고 '영채'를 속인 것은 삼종지도의 낡은 윤리도덕관이었고 부모의 명에 의한 구식 혼인제도이었음도 가르쳐 준다. 이어 '병욱'은 여권사상의 설교에까지 이른다.

> 여자도 사람이지요.…… 지금까지 여자는 남자의 한 부속품, 한 소유물에 지나지 못하였어요.……우리도 사람이 되어야 합니다. 여자도 되려니와 우선 사람이 되어야 합니다.21)

'병욱'의 연설에 가까운 일장 설교에 '영채'는 죽기를 단념하고 자아의 각성과 함께 '병욱'을 따라 유학의 길로 나서게 된다. 엘리트 인물 '병욱'을 통하여 전하여지는 메시지는 구 가족제도에 대한 비판과 여권신장의 사상이었다.

춘원은 또한 「개척자」와 농민계몽을 주제로 하는 「흙」에서도 선지선각한 엘리트 식 인물형상을 부각시켰다.

「개척자」에서 '김성재'를 부각함은 가정과 가산을 돌보지 않고 새로운 과학기술을 도입하려는 '실행'의 엘리트 인물을 보여주기 위한 것이었다. 그러나 '성재'라는 인물이 선지선각한 엘리트계층의 인물임에도 불구하고 여동생 '성순'의 혼인문제에서 구 가족제도의 대표인물로 나서는 이율배반에 빠지게 됨에 따라 그가 전달하려는 메시지는 무력하게 보인다. 이에 상반된 효과를 얻은 것은 다른 한 선각자 '민은식'에 의한 구 가족제

---

21) 『李光洙全集』 1, 앞의 글, 232쪽.

도에 대한 비판이다.

> 성순씨는 성순씨의 성순이지요? 어머니의 성순입니까, 오라버니의
> 성순입니까?(중략)
> 금일 사회는 남자와 여자의 공통한 소유물이다. 남자와 여자가 각각
> 그 천품의 특장을 따라서 최선의 노력을 다하여 우리가 이상 하는 바
> 사회를 실현하여야 된다.…… 그러니까 조선 여자도 주먹을 불끈 쥐고
> 일대 분발을 할 필요가 있고 의무가 있다.[22]

자아를 찾고 개성의 해방, '성순'에게 있어서의 여권의 해방을 위하여
서는 부모의 권력과 사회인습의 권력에 대하여 반항을 하여야 한다는 사
상이다. 선각자 '민'의 이러한 자아의식의 고취와 여권신장의 사상에 감
화된 '성순'은 '자아'를 찾게 되고 모친과 오빠, 그리고 수 천년 전해오던
인습에 대하여 반기를 들게 된다. 그것은 타의로 정해진 혼인에 항거하여
나서는 것으로 구체화되며 종국에는 자살함으로써 오빠와 어머니의 양해
와 참회 속에 비극적인 성공을 거두게 된다.

춘원의 다른 한 계몽 작품인 「흙」에서 보여주고 있는 것은 춘원의
1916년의 소설 체 논문 「농촌개발」에서 발로한 사상이 그 대부분이다. 우
리 민족성원의 대다수가 농민이므로 춘원은 농촌개발을 민족운동의 세
기초사업의 하나로 보고 있다. 그가 농촌개발에서 목적한 바는 농민, 노
동자에 대한 계몽과 생산력의 향상이었다. 여기에서 '계몽이라 함은 지식
과 훈련을 주는 것이요, 생산력향상이라 함은 생산기술과 판매소비의 합
리화를 의미한 것' 이다.[23] 거기에는 그들의 문맹을 깨우치고 필수적인
과학지식을 갖추게 하며 정치에는 전혀 관계없는 단결 훈련을 주는 등 내
용으로 구체화된다. 이러한 농촌개발의 사상에서 우리는 춘원의 민족 개

---

22) 『李光洙全集』 1, 「開拓者」, 399~400쪽.
23) 『李光洙全集』 17, 「朝鮮民族運動의 三基礎事業」, 316쪽.

조론의 8항의 개조내용과 유사한 점들을 발견할 수 있다. 이로 보아 춘원의 농촌개발은 민족개조운동의 구체적인 일환이라고 볼 수 있다. 춘원은 이러한 농촌개발 사상을 러시아에서 일어난 「브나로드」운동이 파급되는 30년대의 흐름에 맞추어 「흙」에서 작품화하고 있었다.

춘원이 「흙」에서 다루는 주제는 전 두 작품과는 달리 그것이 민족개조의 사상의 문학적 전개라는 점에 주목해야 한다. 따라서 춘원이 여기에서 창조한 '허숭'이라는 계몽자도 민족개조를 목적한 주체의 형상이라고 보아야 할 것이다.

'허숭'이 농촌으로 들어간 목적은 조선 민족의 뿌리이고 줄기인, 현재는 불쌍한 처지에 있는 농민을 가르치고 인도하여 보다 힘있고 안락한 생활을 하게 하고자 함이었다. 이 목적을 실현하기 위하여 '허숭'은 동경유학 및 '정선'과의 혼인을 통하여 사회의 상류계층에로 진출한다. 이는 「무정」에서 형식이 선형과의 혼인을 통하여 상류계층에 진출하는 것을 상기시킨다. '이형식'은 '선형'과의 혼인여부를 결정할 때 '영채'의 그림자 때문에 양심의 가책을 느끼다가 친구 '우선'의 조언에 안심이 되어 혼인에 응낙했다. '허숭' 역시 정선과의 혼인을 결정하여야 할 당시 '유순'때문에 양심의 불안과 가책을 느끼게 된다. 그러나 그는 이내 농촌사업을 하는데는 '정선'과 결혼함이 더 유리하다는 '분홍 안개 속'에 그것을 감추어 버린다. "나부터 개조하자"는 춘원의 민족개조 사업의 방법을 연상시킨다. 춘원이 창조한 계몽자들은 먼저 자아 개조의 일환으로 유학을 하고 신분상승을 실현한다. '허숭'은 농촌에서 농민 교육운동에 종사할 다짐을 하고 동경에 가서 고등문관시험을 통과한다. 그는 자신의 혼인문제에서도 "과연 내 이 혼인이 조선 사람 전체를 위하여 내 몸을 바치기에 가장 적당한 혼인일까"하는 선각자의 책임감으로부터 출발한다.

'허숭'은 농촌을 개변하고자 여러모로 노력한다. 그는 민중 속으로 들어가서 자신의 선구자적 행동으로 농민들을 감화시키려고 한다. 그는 자신이 제정한 농촌개발 계획을 실현하기 위하여 야학을 통하여 글을 가르치고, 조합을 만들어서 생산·판매·소비를 합리화시키고, 위생 사상을 보급시키고 생활개선을 도모하는 등 구체적인 일들을 하는데 그것은 모두 비정치적인 것들이었다.

  '허숭'의 행위가 춘원의 비정치적인 민족개조론 사상의 실천임을 쉽게 알아볼 수 있다. 춘원이 「흙」에서 '허숭'을 통하여 전달하려던 메시지는 바로 비정치적인 민족개조의 사상이었다고 할 수 있다.

  ② 계몽대상 인물의 창조
  루쉰의 소설은 유교의 윤리도덕을 비판하는 작품과 국민성 개조를 위한 두 부류의 작품으로 구분하여 고찰하기로 한다.
  춘원이 「소년의 비애」에서 자아각성 하여 봉건적 유교의 윤리도덕에 반항을 보이는 '문호'란 인물을 부각하듯이 루쉰은 첫 백화문 소설 「광인일기」에서 '광인'이 자아의 각성으로 유교에 반항하고 그 죄악을 고발하는 양상을 보여준다.
  루쉰이 이 작품에서 의도한 바는 가족제도와 예교의 폐단을 폭로하는 것이었다.[24] 루쉰 의도는 소설 중에 자아 각성하여 반 유교의 깃발을 들고나서는 '광인'에 의하여 실현되고 있다.
  서두에서 '광인'은 주위의 생활환경을 새삼스럽게 감지한다. 달도 30년간 처음 보는 것이었고 정신상태도 전예 없이 맑아진다. 광인은 자신의 이전 30년은 모두 흐리멍덩하게 살아온 것임을 발견한다. 이것은 '광인'의 초기의 각성과 반항으로서 재래의 봉건적 전통관념에서 벗어나게 되었음을 보여주는 것이라고 할 수 있다. '광인'의 진일보 각성은 '인의도덕'의 허울 밑에 사람을 잡아먹는 봉건 윤리도덕의 발견에서 나타난다.

---

24) 『魯迅全集』 6, 「＜中國新文學大系＞小說二集序」, 239쪽.

　　역사책을 펼쳐보니 연대표기도 되어 있지 않는데 페이지마다 비뚤
비뚤하게 '인의도덕'이라고 씌어져 있었다. 좌우간 잠도 오지 않아 자
세히 밤중까지 보노라니 비로소 글자 틈에 씌어져 있는 글이 보였다.
그것은 온통 '걸인(吃人)'이란 두 글자이었다.[25]

　여기에서 '사람을 잡아먹는다(吃人)'는 것은 상징적 의미로 쓰이고 있는
바 인간의 독립적인 인격과 정신을 매장한다는 뜻이다. 루쉰은 봉건적 윤
리도덕 체계 내에서 통치자들의 표면적인 위풍당당한 언행의 뒷면에 숨
겨진 그들 내심의 비열성과 속물 근성을 발견한 것이다.[26] '광인'은 "4천
년이래 수시로 사람을 잡아먹는 곳에 살면서 오늘에야 자신도 거기에 몇
년간 합류되어 왔음을 알게 되었다." '광인'은 루쉰이 부각하려고 한 선각
한 반봉건 투사이었다. 그러나 주위의 사람들에게 이렇게 자각한 자는 이
지를 상실한 미친 자로밖에 보이지 않았다. 그것은 그가 모든 사람들이
굳게 믿어마지 않는 전통적인 인습과 가치관을 비난해 나서고 있기 때문
이다. 자아를 찾은 '광인'은 자신의 병―그것은 봉건전통을 상징하고 있
는 고구 영감의 옛 장부를 짓밟거나 전래적인 모든 것에 반항하는 것이다
―을 치료하고자 하는 형님을 교육한다. 또 그는 자기 주위의 모든 자아
를 잃어버리고 사는 자들을 계몽하고자 한다. 그들은 지현(知縣)이 족쇄를
채울 때도, 신사로부터 뺨을 맞을 때도, 처가 역인(役人)들에게 강점당할
때도, 부모가 채권자의 핍박에 숨질 때도 추호의 반항심을 표할 줄 모르
던 자들이었다. 그들은 모두가 자기가 다른 자에게 '먹히면서' 또 다른 자
들을 '잡아먹고 있었다'.

　　너희들은 즉시 회개하여라, 진심으로 회개하라 ! 너희들은 멀지 않
아 사람을 잡아먹는 자를 용서치 않는 날이 오리라는 것을 알아야 한

25) 『魯迅全集』 1, 「狂人日記」, 425쪽.
26) 王富仁(김현정 옮김), 『중국의 루쉰연구』(세종출판사, 1997), 355쪽.

다.……27)

"전부터 이러했다고 다 옳은 것인가?"28) '광인'은 지금까지의 인간의
개성을 억압하여 자아를 잃어버리게 하는 봉건적 윤리도덕이 이 사회에
걸 맞는 새로운 것으로 교체되어야 함을 호소하고 있다. '광인'은 만고불
변의 사회적 윤리도덕이었던 유교 윤리도덕이 더 이상 존재할 수 없는 날
이 돌아오고야 말리라는 확신을 가진 선지선각자이었다. 루쉰은 '광인'의
특유한 심리활동과 언어표현을 빌어 봉건 예교의 '인의도덕'의 허울 좋은
분장 하에 '사람을 잡아먹는' 현실을 고발하였다.

루쉰의 계몽 작품에서 이와 같이 작중인물의 직접적인 발설로 작가의
메시지를 전하고자 하는 것은 드물다. 루쉰 자신도 초기의 이 작품에 대
하여서 만족하지 못함을 보여주고 있다.29)

국민성 개조는 루쉰의 일생을 들여 시도하던 사업이었다. 일찍 루쉰은
일본 유학시절 국민성에 대한 연구를 시작하였다. 이상적인 국민성의 확
립을 위하여 루쉰은 악에 대한 극복이 바로 선에 대한 긍정이라는 논리
하에 국민 열근성의 추악함을 폭로하고 그것을 극복하고 개조하는 것으
로 이상적인 국민성을 확립하는 목적에 도달하고자 한다. 루쉰은 중국의
사회와 인간성품의 모든 병근을 국민의 열근성에서 찾고 있다. 실로 그는
"자랑하고 찬미할 거리가 없기에 화장실을 청소하는 이 방법을 생각해냈
다."30) 이러한 사상에 입각한 루쉰의 계몽소설에서 우리가 만나는 인물들
은 거의 다 국민 열근성을 한 몸에 지닌 부정적인 인물들이다. 따라서 춘

---

27) 『魯迅全集』 1, 「狂人日記」, 431쪽.
28) 『魯迅全集』 1, 「狂人日記」, 428쪽 : 從來如此, 便對么?
29) 張夢陽, 「魯迅與中外文化比較硏究史槪述」, 『匯編』 5, 4쪽. : 루쉰은 '「광인일기」는 너
　　무 성급하게 이루어져 유치한 것입니다. 예술적 각도에서 보면 존재의 가치가 없는
　　작품입니다.'고 말한 바 있다.
30) 張定璜, 「魯迅先生」, 『匯編』 1, 87쪽.

원의 작품 속에서 흔히 만나는 엘리트 계층의 선각자 형상과는 달리 루쉰의 작품에서는 다량의 무지몽매한 계몽의 대상들을 보게 된다. 이러한 인물들은 그 대부분이 루쉰이 가장 익숙한 농민들로 나타난다. 루쉰은 그러한 인물들을 통하여 국민의 자각을 촉구하고 이상적인 국민성을 제시하였다. 그중 가장 대표적인 인물이 '아Q'이다. 루쉰이 지적하고 있는 중국 국민성의 결함은 모두 열 가지로 정리되고 있는데[31] '아Q'가 루쉰의 작품에서 중국 국민 열근성의 전형적 인물로 될 수 있는 것은 바로 그 열가지중 대부분이 그에게서 집중적으로 나타나고 있기 때문이다.

'아Q'는 집도 땅도 없는 삯일 군이었다. 뿐만 아니라 그는 이름과 성조차도 없다. 성이 조씨라고 하다가 '조씨 나으리'에게 '네놈이 어떻게 조씨가 될 수 있냐─턱도 없는 일이지'하며 매까지 맞은 뒤 다시 자기의 성을 찾을 엄두조차 내지 못하게 되었다. 과연 그는 독립적인 삶을 살아갈 모든 것을 잃어버렸다. 그의 소유란 몸에 걸친 누더기 옷과 일 잘한다는 '명성'뿐이었다. 실제로 그는 미장(未庄─작품내 아Q가 살던 동네이름, 인용자.)에서 최하층에 속한다. '조씨 나으리'나 '가짜 양(洋)놈'과는 비길 바도 못되고 비슷한 처지의 '왕 털보'나 'D'보다도 못한 처지에 있었다.

언제나 패배의 운명을 넘기지 못하는 '아Q'에게는 하나의 보배가 있었다. 그것은 정신승리법이라는 것이다. 하여 자기보다 잘 사는 사람에게는 늘 "우리 집도 전에는─너네 보다 훨씬 잘 살았어! 네깐 놈이 다 뭐야!"하는 것으로 자기를 위안한다. 또 그는 싸움질하면 언제나 맞을 때가 더 많았는데 그럴 때마다 "나는 또 아들놈에게 맞았네, 지금 세상은 정말 말이 아니라니까……"하는 생각에 젖어 금세 기고만장하여진다. 매를 더 맞을 것 같으면 "나 벌레새끼야, 그러면 됐지"하고 애걸한다. 금방

<hr>

31) 何鵬,「魯迅筆下的中國國民性」,『匯編』3, 11~16쪽 : 1)唯我主義 ; 2)懦弱, 保守, 中庸과 廳天任命 ; 3)奴隷性 ; 4)殘忍性 ; 5)好奇心 ; 6)思想的 不潔 ; 7)嚴肅的 缺乏 ; 8)虛僞 ; 9)無自信心 ; 10)不能發揚理性.

'딱, 딱' 소리가 나도록 '가짜 양놈'의 개화장을 맞고도 이내 잊어버리고 유쾌해진다. 심지어는 자기 스스로 제 뺨을 치고는 다른 사람을 때린 양 승리자의 기쁨 속에 도취하기도 한다. 자신이 그러한 억압과 멸시를 당하면서도 '아Q'는 젊은 여자 중을 희롱하기도 하고 청혼하는 것으로 오 어멈을 괴롭히기도 한다.

실로 "우리는 사회의 곳곳에서 끊임없이 '아Q상'의 인물들을 만나게 된다. 반성하여 보노라면 우리 자신도 얼마간의 '아Q상'을 띠고 있지 않는가 하는 의혹을 가지지 않을 수 없다."[32] 과연 '아Q'는 중국 국민의 열근성을 한 몸에 지닌 전형이다. '아Q'에게서 나타나고 있는 정신승리법이라는 자기 기만술은 루쉰이 일찍 국민성 개조의 사상을 천명하며 질타하던 대상이다. 이것이 민족의 각성과 부흥에 가장 큰 장애로 되고 있음을 루쉰은 잘 알고 있었기 때문이다. 루쉰이 바라는 국민은 감히 자신과 현실을 정시하는 '진정한 용사'이었다.

루쉰이 비판하고 있는 국민 최대의 열근성은 노예근성이었다. 거기에서 기인되는 나약하고 보수적이며 비겁한 성격, '강자에게 반항하지 않고 약자에게 발산하는' 근성이 '아Q'에게서 집중적으로 표현되고 있다.

> 그는 반나절이 지난 다음 또 끌려나갔다. 관공서에 나가니 상석에 머리를 빡빡 밀어버린 영감이 앉아있었다. …… 그는 무릎 관절이 나른해짐을 느끼며 꿇어앉았다.
> "꿇지 말고 일어나!" '두루마기'들이 호통을 친다.
> …… 그는 저도 모르게 또 꿇어앉았다.
> "천성 노예자식이군! ……" 두루마기들은 조소하듯 뇌까리며 다시 일어서라고는 하지 않았다.

---

32) 雁氷(茅盾), 「讀'吶喊'」, 『匯編』 1, 35쪽.
我們不斷的在社會的各方面遇見"阿Q相"的人物, 我們有時自己反省, 常常疑惑自己身中也免不了帶着一些"阿Q相"的分子.

(중략)

아Q는 동그라미를 그리려고 하였으나 붓을 든 손이 떨려 말을 듣지 않았다. …… 아Q는 안간 힘을 다 써서 동그라미를 그렸다.…… 떨리는 가운데 가까스로 동그라미가 봉합되려고 할 때 움칫하더니 해바라기 씨 모양이 되고 말았다.

아Q는 동그랗게 못 그려 부끄러움을 금치 못하였으나 그 자는 관계치 않는 모양으로 벌써 종이와 붓을 거두어 가버리고 다른 자들이 다시 그를 끌고 갔다.[33)]

혁명에 참여하지도 못하고 죄명은 혼자 쓰게 되는 '아Q'이었다. 앞에 놓인 종이장은 분명 그를 사형에 처하는 공문이었건만 그는 그것을 알아보려고도 하지 않을 정도로 마비된 상태이었다. 단지 서명 대신으로 그리라는 동그라미 그리기에 전념한다. 루쉰은 냉정한 필치로 '아Q'의 노예근성뿐만 아니라 생명에 무책임하며 생활에 무감각한 국민상을 그리고 있다. 이러한 모습을 그리는 루쉰의 심정은 과연 '그 들의 불행을 슬퍼하고 진취심의 전무에 노여움을 금치'[34)] 못하였을 것이다.

루쉰의 다른 한 작품 「고향」에 나오는 인물 '윤토'는 어떠하였는가?

윤토는 "나"의 어릴 적에 절친한 친구이었다. 그렇게 스스럼없이 지내던 '윤토'가 어른이 된 다음 "나"를 만났을 때의 첫 칭호는 '나으리'이었다. 봉건사회의 엄격한 등급제도의 사슬이 '윤토'를 비굴하게 만들었던 것이다.

참 어렵습니다. …… 언제나 먹을 것이 모자랍니다.…곳곳에 돈을 내야 합니다. ……수확도 좋을 때가 없습니다. 거둔 것들을 갖다 팔고 몇 곳에 납금하고 나면 밑천도 안 남습니다.[35)]

---

33) 『魯迅全集』 1, 「阿Q正傳」, 522~523쪽.
34) 『魯迅全集』 1, 「摩羅詩力說」, 80쪽.
35) 『魯迅全集』 1, 「故鄕」, 483쪽.

봉건적 윤리도덕에 의한 정신상의 억압뿐 아니라 경제적 착취까지 받는 '윤토'는 그 어려운 생활 가운데서도 잊지 못하는 것이 있다. 그는 의자나 책상 따위 외에도 향로와 촛대를 달라고 한다. 이것은 제단에 쓰는 것이다. 가정의 제사용뿐만 아니라 태평과 안온을 바라는 하느님이나 그무슨 신에게 제사를 지내기 위함이다.

불평등사회에는 어디서나 정치적 압박과 경제적 착취 그리고 사상적 통치라는 세 가지 통치 수단이 존재한다.[36] '윤토'는 바로 루쉰이 부각하고 있는 봉건사회의 경제적 통치와 사상적 통치하에 자아를 잃고 노예근성이 뿌리 박힌 무지하고 몽매한 농민의 형상이다.

이처럼 등급제도 하에 자아를 잃고 본능에 가까운 노예근성을 지닌 중국의 농민 형상은 「이혼」에서도 나타나고 있다.

이 작품은 아버지와 딸이 오입쟁이 사위 집에 가서 이혼 배상비를 받는 일을 둘러싸고 전개된다. 아버지는 인근 18촌에서 명망이 높은 사람이다. 딸은 전 남편의 행실과 그를 감싸는 시아버지와 목숨을 걸고 한바탕 해낼 준비를 한다. 그러나 지현과도 정분이 있는 일곱째 나으리가 전 남편을 두둔하는 바람에 아버지도 아무 소리 못할 뿐 더러 기세등등 하던 딸조차 결국에는 이를 갈며 미워하던 시아버지에게 오히려 감사의 인사 말까지 하게 된다.

동네에서 등급의 상위에 있던 이가 지현과 동급에 있는 사람 앞에서는 노예로 전락한다. 귀천과 대소, 상하가 있어 아래 사람은 윗사람을 섬기고 윗사람은 신을 섬기는 봉건 등급제도의[37] 죄악이 이혼 소송에서 울며 겨자 먹기로 수긍하는 부녀를 통하여 고발된다. 루쉰에 의하여 또 하나의 노예근성의 대표적 인물이 부각되었다.

---

36) 王富仁(김현정 옮김), 『중국의 루쉰연구』(세종출판사, 1997), 313~314쪽.
37) 『魯迅全集』 1, 「燈下漫筆」, 212쪽.

(2) 표현의 직설성과 함축성

① 춘원의 경우

춘원의 소설에 나타나고 있는 엘리트형의 선지선각자들을 앞에서 살펴보았다. 이러한 선각한 계몽자들의 공통적인 특점은 모두 강한 설교조의 말투를 쓰고 있다는 것이다.

가령 「무정」에서 그 한 예를 들어보자.

> 부모의 말에 순종하는 것이 자식의 도리겠지요. 지아비의 말에 순종하는 것이 아내의 도리겠지요. 그러나 부모의 말보다도 자식의 일생이, 지아비의 말보다도 아내의 일생이 더 중하지 아니할까요? 다른 사람의 뜻을 위하여 제 일생을 결정하는 것은 저를 죽임이외다. 그야말로 인도라는 말은 참 남자의 포학을 표함이외다. 여자의 인격을 무시하는 말이외다.
>
> (중략)
>
> 여자도 사람이지요. ………… 지금까지 여자는 남자의 한 부속품, 한 소유물에 지나지 못하였어요. 영채씨는 부친의 소유물이다가 이씨의 소유물이 되려 하였어요. ………… 우리도 사람이 되어야 합니다. 여자도 되려니와 우선 사람이 되어야 합니다. 영채씨께서 할 일이 많지요. ………… 그러니까 부친께 대한 의무 외에, 이씨께 대한 의무 외에도 조상께 동포에게, 자손에게 대한 의무가 있어요. ……38)

장황한 연설이었다. 이 구절은 '병욱'이가 기차에서 '영채'의 사연을 듣고 그를 깨우치는 과정에서 나타나고 있는 대화의 인용이다. 열거, 반문 등 청중을 즉흥적으로 흥분시킬 수 있는 수법들이 여기에서 다 동원되고 있다. 얼핏 이 구절만으로 보아 이것이 소설중의 인물들의 대화라면 도저히 납득이 가지 않을 것이다. 마치도 강연장에서 일장연설을 듣는 듯한

---

38) 『李光洙全集』 1, 「無情」, 231~232쪽.

기분이다. 작품에서 이 장황한 연설의 합리성에 대한 논의를 떠나 우리는
춘원의 진정한 의도는 '영채'뿐만 아니라 전체 독자들에게 그 무엇을 전
달하고자 한 것임을 쉽게 감지할 수 있다. 춘원이 노린 바는 '영채'만을
깨우치자는 것이 아니었다.

　이러한 연설 식이나 설교조의 대화는 「무정」의 여러 곳에서 나타나고
있다. 이 작품뿐만 아니다. 앞에서 살펴보았던 「개척자」, 「흙」에서도 마
찬가지로 이러한 대목들이 보인다.

> 　여자에게 남자 동양의 교육을 해방하고, 직업을 해방하고…. 물론
> 인격의 자유와 권위를 인정하는 것이 세계의 대세다. ……(중략)[39]
> 　……이제부터는 조선의 아내가 되고 어머니가 되기로 목적을 삼아
> ……그것도 순례를 더 큰 사람을 만들려는 하느님의 뜻으로 알고, 새
> 로운 큰길을 찾을 수밖에 없지 아니한가.[40]

　춘원의 소설에 엘리트 인물이 많이 나타나고 있다는 점은 앞에서 살펴
보았다. 이러한 엘리트 인물에 의한 연설조나 설교조의 대화가 많이 나타
나고 있는 점은 그의 공리주의적 계몽 문학관이나 작가적 태도로 보아 자
연스러운 것이며 당연한 결과로 보인다. 그는 문학의 제 장르를 설교의
한 수단으로 사용하였으며 문학을 설교의 가장 좋은 도장으로 생각하였
다.[41] 따라서 그의 소설 역시 설교의 문학임은 당연한 귀결이라고 볼 수
있다. 또한 춘원이 문사로 자처하기를 싫어하고 문학 작품을 자신의 사상
을 표현하는 논문 외의 다른 한 수단으로 삼았다. 말하자면 문학은 춘원
에게 선전의 도구로 간주되고 이용되었다. 따라서 거기에 춘원의 논문 중
에 보이던 사상이나 주장이 아무런 예술적 가공을 거치지 않고 직접 표현

---

39) 『李光洙全集』 1, 「개척자」, 399쪽.
40) 『李光洙全集』 6, 「흙」, 67쪽.
41) 조연현, 『한국현대문학사』(성문각, 1989), 165쪽.

되는 경우가 많이 나타날 수밖에 없었다. 춘원은 또 전지적 시점에서 인물의 외면과 내면을 전부 관장하고 행동에 관한 설명, 심리적 변화의 의미까지도 해석하고 있기 때문에[42] 독자들에게 일말의 사색의 여지나 여운을 남겨주지 못한다. 이러한 제 요소들이 춘원의 소설을 들끓는 열정의 문학으로 되게 하였다.

② 루쉰의 경우

루쉰의 소설은 표현 방법에서 춘원과는 상이한 모습을 보여주고 있다. 그는 자신이 영웅인물이 아니라는 냉철한 자각으로 지도자로 자처하기를 마다하거니와 작품에서 영웅 인물이나 엘리트 인물을 창조하지 않았다. 그는 가장 익숙한 농민의 우매하고 무식한 형상을 사실주의 수법으로 그리고 있다. 루쉰은 또한 작품에서 그리고 있는 무지하고 몽매한 인물들이나 그러한 현상에 대하여 작가의 주관적인 평판이나 판단을 부가하지 않았다. 그가 하고 있는 것은 오직 자신의 독특한 시각으로 발견한 모든 것들을 작품 속에 용해시킴으로써 판단과 선택은 독자들에게 맡기고 있다.

앞에서 살펴 본 인물 '아Q'의 경우 루쉰은 먼저 그가 성도, 이름도, 집도 없는 사람이라는 것의 제시로 '아Q'가 봉건사회의 경제적 통치의 희생물임을 암시해주고 있다. 또 '가짜 양놈'이 혁명을 못하게 하는 장면은 봉건 통치자들의 정치적 압박을 말해주는 것이라고 할 수 있다. 그리고 '아Q'의 자기 기만의 일거일동을 사실적인 수법으로 그리면서 그의 정신 승리법을 보여준다. 중국 국민의 봉건 등급제도가 '자기가 능욕을 당함과 아울러 다른 사람을 능욕할 수가 있고 자기가 잡아먹히면서 다른 사람을 자아먹을 수도 있는'[43] 현실을 만드는 죄악에 대한 고발도 루쉰의 냉정한 필치로 이루어진다. 이는 '아Q'의 자신이 방금 모욕을 당하고는 지나

---

42) 구인환, 『李光洙小說硏究』(삼영사, 1983), 29쪽.
43) 『魯迅全集』 1, 「燈下漫筆」, 215쪽.

가는 여자 중에게 수모를 주는 것, 입심이 없는 자는 욕하고, 힘이 없는
자에게는 손찌검질 하는 행위들에서 여실히 나타나고 있다.

여기에서 간과할 수 없는 것은 루쉰의 풍자예술이다. 루쉰의 「아Q정전」
과 「이혼」에서 그 흔적을 찾아 볼 수 있다.

루쉰의 작품들은 반어의 다량 인용으로 냉정한 풍자의 유형을 이루고
있다. 이는 중국의 견책소설유의 사회의 부패나 인간성의 타락에 대한 격
동에 찬 매도와는 달리 아주 냉정한 태도로 그것을 자세히 그리고 있다.
이러한 아무런 질책이나 욕지거리도 없이 '아Q'의 노예근성을 그리는 데
는 다량의 반어적 수법을 사용하지 않을 수 없었다. 하여 "아Q는 참 일을
잘해!"하는 말이 나오게 되었고 '아Q'가 모든 면에서 남에게 뒤지면서도
읍내에 몇 번 다녀 배운 용어나 요리법의 특이함을 가지고 자신이 동네
사람들보다 더 똑똑하고 견식이 넓은 양하는 모습 등이 아이러니컬하게
그려지고 있다.

루쉰의 다른 한 작품 「이혼」에 나타나고 있는 풍자적 수법을 일별 하
여 보자.

"이것이 바로 '항문마개'라는 것이네. 옛날 죽은 사람의 밑구멍을 막
던 걸세." 일곱째 나으리는 썩은 돌 같은 긴 물건을 꺼내들고 자기의
코 양 켠에 두어 번 비비더니 "가석하게도 '신갱'의 것이야. 살수도 있
는 것이지만 아무리 못해도 한(漢)나라 것쯤은 될 걸세.……'[44]

일곱째 나으리의 신분은 앞에서 언급한 바 있다. 이러한 인물을 통해
당시 집정자들의 수구적이고 부패한 속물성에 대하여 여지없는 풍자를
가하고 있다.

이 외에도 「고향」에서 '윤토'의 인물묘사로부터 봉건사회의 가혹한 경

---

44) 『魯迅全集』 2, 「離婚」, 148쪽.

제 착취를 보여주는 것, 그리고 「이혼」에서 동네 사람들의 대화로부터 일곱째 나으리가 지현과 명함을 바꾸는 사이라는 것을 나타냄으로써 농민들이 상대한 봉건세력의 막강함과 전통세력이 봉건통치자들과 결탁하여 농민들을 억압하고 있음을 표현하는 것 등은 모두 루쉰의 계몽작품의 표현수법상 보이고 있는 함축성의 일면이라고 할 수 있다. 이러한 표현의 함축성과 냉철한 사실주의 수법에 의해 루쉰의 소설은 냉정의 문학으로 보여지고 있다.

3. 춘원과 루쉰 소설의 계몽적 특징

문학가로서 춘원과 루쉰의 계몽적 사상은 그들의 문학 작품에도 반영되기 마련이다. 이러한 전제아래 그들의 소설에 나타나고 있는 계몽 성격을 밝히는 것이 본 고의 취지이었다. 본 고에서는 그들의 소설 장르 중에서 부각되는 인물을 통하여 그 계몽적 성격을 살펴보았다. 그 이유로 춘원과 루쉰의 그러한 계열의 소설들은 계몽 소설로 되고 있다. 이러한 계몽 소설에 등장하는 인물을 통하여 전개되는 저자의 계몽 사상의 전개 양상은 아래와 같은 차이점을 보여주고 있다는 것이다.

춘원의 계몽 소설에서는 주로 엘리트 인물이 부각되고 있다. 그들은 모두 선지선각한 계몽자의 모습을 보여주고 있으면서 작품내의 대화가운데서 무시로 강한 설교나 연설을 한다. 이러한 현상은 춘원의 엘리트 의식과 엘리트에 의하여 민중을 깨우치려는 계몽사상의 반영이라고 볼 수 있다. 이러한 의미에서 그 인물들은 춘원 자신의 투영으로도 보인다. 그의 계몽 사상이 작품 내 인물들의 대화에서 아무런 예술적 가공 없이 그대로 나타나고 있는 경우도 있기 때문이다. 춘원 자신의 열렬한 민족애와 작중

인물들에게 부여한 끓어 넘치는 민족애적 성격에 의하여 춘원의 계몽 소설은 열정의 문학이 되고 있다.

　루쉰의 경우에는 자신이 영웅인물이 아니라는 냉철한 자각과 국민의 자아각성으로 국민성을 개조하려는 사상이 소설에도 그대로 반영되고 있음을 볼 수 있다. 춘원의 계몽 소설에서는 엘리트식의 계몽자가 많이 출현하는 데 반하여 루쉰의 계몽 소설에는 무지한 계몽의 대상들이 주인공으로 나타난다. 루쉰은 냉철한 사실주의 수법으로 자아를 상실하고 노예 습성에 깊이 빠져 자각하지 못하고 있는 국민상을 그리고 있다. 그의 풍자나 아이러니 수법에 의하여 조소와 경멸 속에 그 인물들의 속물성이 비판되고 있어 루쉰의 계몽 소설은 냉정의 문학으로 보이고 있다.

-『仁荷語文硏究』 第5號(2000)

제 2 장

춘원과 루쉰의 지식인 소설 소론

1. 한중 근대 지식인으로서의 작가

현대소설이 출발하면서 지니게 되었던 중요한 특징의 하나는 취재의 '현실성'이었다. 그 전 시대의 소설과 달리 현대소설은 취급하는 사건 배경의 현재성, 인물 설정의 실재성으로 독자들의 공감을 불러일으켜 그 확고한 자리를 잡아갔던 것이다. 한국과 중국에서 현대 소설의 이러한 특징은 또한 소설에 대한 전통적인 편견을 깨뜨리고 그 발달을 촉진하는 데도 크게 기여한 것으로 보인다. 신소설로부터 춘원으로 이어지는 한국 현대 소설로의 이행과정과 양계초의 정치소설로부터 루쉰에 이르는 중국 현대 소설의 변천과정을 살펴볼 때 이 점은 더욱 명확해진다.[1] 이러한 의미에서 한·중 두 나라 현대문학의 출발을 알린 춘원과 루쉰은 단연 두 나라 문학사에서 분수령적 존재로 되고 있다. "文學藝術은 某 材料를 전혀 人生에 取하라"[2]고 한 춘원과 "나는 대개 병든 사회의 불행한 사람들 가운데

---

[1] 한국 신소설이 "취재의 현실성"으로 전대의 소설과 선명한 구별을 이루고 있다는 것은 이미 정설로 되어 있다. 중국의 경우 양계초의 『新中國未來記』 및 뒤이어 흥행했던 譴責小說 『官場現形記』, 『二十年目睹之怪現象』 등은 모두 전설이나 옛날의 영웅인물이 아닌 당시 현실에 있음직한 인물들을 당시의 시대적 배경 하에 부각시켰다.

서 소재를 취"³⁾하였다고 했던 루쉰은 각각 자신들이 처한 사회와 시대의 다양한 인물을 작품의 주인공으로 삼아 그 삶의 양상을 그려냈다. 한국과 중국 근대문학 초창기의 선구자답게 작품 속에 사회 여러 계층 인물들의 삶을 용해시킨 그들은 두 나라 현대소설의 새로운 경지를 개척했던 것이다. 그 가운데서 본고가 주목한 것은 그들의 지식인을 주인공으로 한 작품이다.

본고는 지식인을 주인공으로 하고 있다는 의미에서 지식인 소설이라는 개념을 사용한다. 춘원과 루쉰의 작품에는 적지 않은 지식인 형상들이 창조되고 있는데 본고는 그러한 작품을 대상으로 그 구체적 양상을 비교문학적 견지에서 검토하고자 한다.

춘원과 루쉰은 근대 초기 각자 격변의 시대를 살아간 한국과 중국의 선각한 근대 지식인이다. 이러한 점으로 미루어 지식인을 그린 그들 작품 속에 작가 자신의 인생관이나 삶이 정도 부동하게 투영되고 있다는 점을 전제하고 본고는 작품에 대한 내재적 접근으로 작품 속에 녹아 있는 두 작가의 시대의식과 민족의식을 분석, 비교하고자 한다.

2. 춘원과 루쉰의 지식인관

춘원은 자신의 작품의 창작 동기를 언급하면서 『무정』에서는 '新進知識階級 男女들의 苦悶을 그려보려'⁴⁾했다고 하였다. 『무정』은 1917년 1월 1

---

2) 「文學이란 何오」, 『李光洙全集 1』, 三中堂(1971), 548쪽(이하 출판사와 출판 연도는 생략함).
3) 「我怎么做起小說來」, 『魯迅全集 4』, 人民文學出版社(1981), 512쪽(이하 출판사와 출판 연도는 생략함).
4) 「'無情'等 全作品을 語하다」, 『李光洙全集 10』, 520쪽.

일부터『매일신보』에 발표된 작품이다. 하지만 춘원은 그 보다 훨씬 이전부터 지식인의 역할 또는 새로운 지식의 습득에 대해 상당한 관심을 보였던 것으로 생각된다.

(a) …… 學問을 博히 하며 知識을 廣히 하여 塗炭에 嗷嗷하는 我韓同胞를 自由의 福樂에 引導하며……5)

(b) 그리고 우리들의 할 일을 하려면 알아야 한다. 생각하여야 한다. 알되 잘 알고, 생각하되 잘 생각하여야 한다.……즉, 넓은 知識이 있어야 한다.6)

(c) ……그러면 그러한 적은 知識으로 無窮히 큰 宇宙의 전 비밀을 알고자 함은 愚者가 아니면 狂者일지라.7)

(a)는 춘원이 1910년 4월『대한흥학보』12월호에 게재한「日本에 在한 留學生을 論함」의 한 구절이다. 이 글에서 그는 새로운 지식을 습득하여 동포의 향상된 삶을 위하고 아울러 자기의 이름도 역사에 길이 남길 수 있는 자만이 고상한 이상의 소유자이라고 했다. (b)는 1910년『少年』지 제3년 6권에 게재한「朝鮮 사람인 靑年에게」의 일부이다. 이 글에서 그는 "生의 保持發展"을 당대 조선 청년들이 절대적 윤리 표준이라고 하면서 그것을 실천하기 위해서는 무엇보다 새로운 지식을 널리 습득해야 한다고 주장했다. (c)는『少年』지 제3년 8권에 게재한 논문「余의 自覺한 人生」에 나오는 것인데 그는 오직 온 우주를 이해할 수 있는 광범위한 지식을 갖추어야만 바람직한 인생─애국주의적 삶을 살아갈 수 있다는 논리를 펴고 있다. 개인의 도덕적 수양과 지식적 수양이 갖추어 진 다음 나라와 민족을 위해 일할 수 있다는 것으로 이해되는 춘원의 이러한 논설 가운데

5)「日本에 在한 留學生을 論함」,『李光洙全集 1』, 526쪽.
6)「朝鮮 사람인 靑年에게」, 앞의 책, 535쪽.
7)「余의 自覺한 人生」, 앞의 책, 576쪽.

이미 후기 도산의 '점진론'에 공감하고 동참할 소지가 마련되어 있다.

춘원은 조실부모로 인한 고난스러운 나날들을 보내던 중 동학에 참여하게 되었고 그 후 서울에 가서 일본어를 배워 세상에 눈을 뜨기 시작했으며 끝내 그의 일생에 전환점으로 되는 일본 유학을 떠나게 되었다. 말하자면 새로운 근대 문물과 지식의 접촉은 춘원에게 특별한 의의가 있는 것이었다. 의지가지 없는 춘원에게는 오직 새 지식의 습득만이 출세의 길이었다. 그는 과연 소공동에서 자습으로 일본어 교사 노릇까지 했으며 일본 유학생으로 뽑혀 전혀 예측치 못했던 삶을 시작했다. 1948년 그는 당시 교육과 산업으로 민족의 실력을 기르자는 내용으로 된 손병희 선생의 『삼전론』의 영향이 있었음을 말하며 자신의 일본 유학을 "나도 지금 공부를 하러 떠난 길이었다. 이제는 한 큰 사람이 되려는 것이다"[8]라고 했다.

지식의 습득은 춘원에게 개인적 삶의 질을 개선하는 필수적인 조건으로 되었을 뿐만 아니라 한 걸음 더 나아가 민족과 나라를 위한 사업을 하기 위해 갖추어야 할 기본 조건으로 간주되었다고 할 수 있다. 『무정』결말에 나오는 '교육으로, 실행으로' '조선 사람에게 무엇보다 먼저 과학을 주어야 하겠어요. 지식을 주어야 하겠어요'하는 부르짖음은 결코 우연히 나타난 것이 아니다. 그것은 춘원이 자신의 체험으로부터 터득해낸 나름대로의 '진리'적 발언이었다. 새로운 문명과 지식의 세례를 받아 근대 지식을 갖춘 지식인이 되는 것이 춘원에게는 그 무엇보다 우선적인 과제로 인식되었던 것이다.

이러한 의미의 연장선에서 우리는 근대 지식 탐구의 길로 나서는 젊은 이를 그린 『무정』, 그리고 민족을 위하는 실천에 적극 참여하는 기성 지식인의 형상을 부각한 『개척자』와 『흙』을 만날 수 있다.

지식인은 루쉰 작품에서도 중요한 소재의 하나로 취급되었다. 1933년

---

8) 「나의 告白」, 『李光洙全集 7』, 222쪽.

모 작품집을 위해 쓴 서문에서 그는 "'五四'이후 단편소설에 등장하는 것
은 대개 새 지식인들이었다"9)고 했다. 그와 절친한 사이었던 풍설봉(馮雪
峰)은 루쉰이 생전에 중국의 4세대 지식인에 관한 장편소설을 기획했었다
고 한다. 루쉰이 말하는 4세대란 "1대는 章太炎 선생 세대이고, 다음 세대
는 루쉰 선생 자신과 같은 세대이며, 제3대는 瞿秋白과 같은 세대이고 마
지막 세대는 柔石 등 당시 혁명청년들"이었다.10) 그러면서 루쉰은 앞 두
세대에 관해서는 자신과 같은 세대가 쓰지 않으면 다시 쓰기 적당한 사람
이 없을 것이라고 우려했다고 한다. 실제로 루쉰의 작품에 등장하는 지식
인의 대부분은 루쉰이 말하는 제1, 제2세대였다.

　　루쉰이 이 두 세대의 지식인을 어떻게 파악했는지 살피기로 하자.

　　　(a) 지식과 강유력한 것과 언제나 배척되지 병립할 수 없다.…………
　　　진정한 지식계급은 이해관계에 얽매이지 않는다. 만약 이러저러한
　　　이해를 따진다면 그는 가짜 지식계급이다. …… 그들은 영원히 사회에
　　　대해 만족하지 않고 …… ―심신은 항상 고통스럽다.11)
　　　　(b) ……그러나 당시의 전사들 가운데 "공을 이루어 명예를 얻고 은
　　　퇴"한 자도 있고, "은거"한 자도 있으며 또한 "몸값을 올린"자도 있으
　　　니……"옛 사람 황학 타고 떠나간 이 자리에 황학루만 홀로 남아 있
　　　네"12)……

위의 두 인용을 반드시 두 세대의 지식인만을 가리킨다고 말하기는 어
렵다. 하지만 그 대강으로 보아 (a)는 낡은 사회제도나 인습의 권위에 도
전장을 던진 선각한 지식인을 말한 것이고 (b)는 낡은 사회와 접전을 거

---

　9)「≪總退却≫序」,『魯迅全集 4』, 621쪽.
10) 馮雪峰,「過來的時代」, 王瑤 著,『中國現代文學史論集』(北京大學出版社, 1998) 所載「論
　　魯迅作品与中國古典文學的歷史聯系」에서 재인용.
11)「關於知識階級」,『魯迅全集 8』, 189쪽과 191쪽.
12)「"京派"与"海派"」,『魯迅全集 5』, 433쪽.

친 후의 지식인에 대한 논단이라고 보는데는 무리가 없을 것이다. 루쉰은 바로 이러한 파악으로 그의 작품에서 지식인 형상을 부각하고 있는 바 「狂人日記」에서 전자의 흔적을 볼 수 있고, 「孤獨者」, 「在酒樓上」에서는 후자의 경우를 살펴 볼 수 있다.

이상의 예비적 고찰에 기대어 본고의 연구대상은 춘원과 루쉰의 지식인 소설가운데서 선각한 근대 지식인을 다룬 작품에 한정한다. 그 구체 작품은 위에서 나열한 것으로 될 것이다.

3. 춘원과 루쉰의 지식인 소설

1) "조선 사람을 구제"하기 위하여

구학의 길, 공부한다는 것이 춘원에게 얼마나 큰 의미가 있었는가 하는 것은 앞에서 이미 언급한 바이다. 춘원은 자신의 이러한 이념을 자신의 작품 속에 용해시키고 있다. 문학 창작을 여기로 논문 대신 자신의 심회를 토로하는 방편으로 삼았다는 춘원에게 있어서 이는 지극히 당연한 결과였다. 『무정』은 그의 이러한 심경의 직접적인 소산이었다. 또한 춘원은 자신은 '글을 쓸 때에 반드시 朝鮮人—그 중에도 나와 같이 젊은 朝鮮의 아들 딸을 念頭'에 두고 그들에게 '읽혀지어 이익을' 주어야 한다는 강박관념을 가진다고 했다.13)

이러한 점으로 미루어 볼 때 춘원 창작 동기의 일단은 소설이 독자, 말하자면 조선인에게 쉽게 읽히는 점을 이용하여 그것으로 '조선 사람을 구제'하려는 데 있었다고 할 수 있다. 이것은 『무정』을 놓고 보아도 충분히

---

13) 「余의 作家的 態度」, 『李光洙全集 10』, 460〜461쪽.

확인되는 점이다.

『무정』의 고아출신 주인공 이형식이 김장로와 같은 사회 유지의 사윗 감으로 된 것은 '젊으시지마는 학식이 도저하고 또 문필도 유명한' 동경 유학생이기 때문이다. 그는 또한 자신의 배운 바를 전수하는 학교 교사다. 말하자면 교육의 일선에서 배우려는 자들을 가르치고 있었다. 그러나 그 는 여기서 머물지 않고 더 폭넓은 교육 실천을 실행하려고 한다. 경성 교 육회를 설립하여 자기의 교육에 대한 이상을 선전하려고 했다. 그것은 '자기가 조선에 있어서는 가장 진보한 사상을 가진 선각자'이기에 배운 바를 '조선 사람에게 선전'하는 것이 당연한 책임이라고 생각하기 때문이 었다.

이러한 인식을 가진 이형식에게 있어서 개인의 출세나 한 사람의 공부 는 중요하지 않다. 이제 그는 '우리 조선 사람의 살아날 유일의 길은, 우 리 조선 사람으로 하여금 세계에 가장 문명한 모든 민족'의 수준에 달하 도록 하는데 있음을 자각하고 바로 그것이 선각자로서 자신의 책임이라 고 생각한다. 앞에서 인용한 춘원 논설의 내용들과 연관시켜 고찰할 때『무 정』에서 주인공을 통하여 피력되고 있는 이러한 사상들은 모두 작가 춘 원의 목소리임을 우리는 쉽게 판단할 수 있다. 이러한 사상은 또한 춘원 의 사상이 원숙해 가는 한 표징이기도 하다. 다시 말하자면 춘원의 작품 이 초기 개인의 신변잡사를 위주로 하는 사소설적 성격을 탈퇴하고 이제 는 민족의 현실문제와 적극적인 연관을 맺고 있다는 것이다.

장편소설『무정』이전 춘원의 창작으로는 1909년의 「사랑인가(愛か)」와 1910년의 「어린 희생」, 「무정」, 「헌신자」가 있었는데 모두 단편소설이었 다. 일본어로 씌어진 「사랑인가(愛か)」는 춘원이 한창 당시 일본을 휩쓸고 있던 자연주의 문예사조에 어느 정도 흥미를 가지고 있었을 때 씌어진 것 이다.14) 여러 모로 춘원 자신을 닮아 있는 주인공 문길이 사랑 기갈증에 빠져 사랑 착각으로 자살을 기도하기에 이르는 이 작품15)은 그대로 '어

쩔수 없는 혼돈스러운 위기 자체의 표백'[16]이라는 사소설적 성격이 짙다. 미완에 그친 단편 「무정」은 차치하고, 「어린 희생」에는 희미하게나마 나라를 침략하고 부친을 살해한 침략자에 대한 비분강개의 감정이 표출된다. 「헌신자」에 이르러서는 교육의 이념을 강조하게 되는데 사재를 털어 교육사업에 헌신하는 김광호 일생의 대강을 그리고 있다. 바로 이러한 맥락을 이어가는 한편 그것을 초월하는 것이 장편소설 『무정』이다.

외래 강적이 침입하게 된 것은 우리에게 힘이 없었기 때문이다. 그러므로 '……工夫하고, 큰 다음에……'(「어린 희생」) 다시 도모해야 하며, 그 앞날을 위해서 '학교를 形成하여' '내 學校 學生을 남에게 지지 아니하게'(「헌신자」) 해야 한다는 것이다. 이러한 주장을 더 구체적으로, 더 형상적으로 표현한 것이 바로 장편소설 『무정』이 되는 셈이다. 개인의 불우, 개인의 원한 등 사사로운 감정이 억제되고 이제는 민족의 생사존망을 위해 교육으로 새 문명을 도입하여 힘을 길러야 한다는 것이다.

위에서 정리한 이와 같은 『무정』 주인공 이형식의 사상은 모두 그 개인에게 일어나는 갈등과정에서 나타난 것이다. 계몽 스승이자 은인 박진사의 딸 영채를 두고 갈등을 겪는 와중에서도 그는 민족의 출로에 대한 고민을 잊지 못한다. 영채의 안부를 위해 동분서주하는 전철에서까지 그는 '언제나 저들을 나만큼이나마 가르치는가'하는 '선각자의 적막과 비애'에 잠기면서 그 대책을 찾고자 고민한다. 다음 간과하기 어려운 것은 결말에 나오는 열차에서의 공교로운 만남이다. 형식, 선형, 영채와의 만남, 이 갈등을 어떻게 해소해야 할 것인가? 이에 동인의 말을 빌려 보기

---

14) 춘원은 1909년 12월 31일 일기에 지나간 한해에 자신이 읽은 서명을 나열해 놓았는데(『李光洙全集 9』, 332쪽 참조) 그중 당시 일본 자연주의 문학의 선을 보인 島崎藤村(吉田精一·奧野健男 공저/柳로 옮김, 『現代日本文學史』, 정음사, 1984, 참조)의 작품이 가장 많다.

15) 김윤식 역, 「사랑인가」, 『文學思想』, 1981년 2월호 442~446쪽 참조.

16) 이토 세이 외 지음·유은경 옮김, 『일본 私小說의 이해』(小花, 1997), 188쪽.

로 한다.

> 이 民族愛라는 것이 또한 이 作者의 항용 쓰는 武器이나 대개가 억
> 지로 意識的으로 揷入하여 作品의 內容과는 어울리지 안는 괴괴한 느
> 낌을 주는 것인데 이 場面에서뿐은 이런 問題가 아니면 도저히 서로
> 한 좌석에 모혀서 한마음으로 談笑를 못할 것으로서 春園의 全作品을
> 通하여 唯一의 '적절한 揷入'이다.17)

더 이상의 언급이 필요 없다. 개인의 불우, 원한뿐만 아니라 이제 개인
의 사랑까지 '민족문제'와 만날 때 한보 길을 양보해야 했다. 그리고 이
'민족'앞에서 모든 것은 자연 다 해소된다.

> 영채씨, … 용서합시오! … 부디 공부 잘하셔서 큰일 하십시오.
> ……선형은……영채의 손을 잡고 속으로 「형님, 잘못했읍니다」하였다.
> 영채도 선형의 손을 마주쥐며 더욱 눈물이 쏟아진다. 형식도 울었다.
> 병욱도 울었다. 마침내 모두 울었다.

눈물을 거둔 그들에게는 가난하고 못난 조선민족을 보라 보며 "어떻게
하면 저들을 구제하나?"18)하고 우려했던 문제를 해결할 길이 나 있었다.
그것은 '교육으로, 실행으로' 그들을 가르치기 위한 유학의 길이었다.
춘원의 『무정』은 근대 장편소설의 효시일 뿐만 아니라 처음으로 지식인
을 소재로 한 현대소설이기도 하다. 그의 이전의 단편소설과 연관시켜 『무
정』을 고찰할 때 얻을 수 있는 결론은 단순히 처음 지식인을 소재로 한 현
대소설이라는 점에 그치지 않는다. 그 끊어지지 않는 맥락을 살펴보면 춘
원이 논문을 대신으로 한 창작 속에 자신의 점차 부풀어오르는 민족애의

---

17) 金治弘. 編著, 『金東仁評論全集』, 三英社(1984), 105쪽.
18) 「無情」, 『李光洙全集 1』, 205쪽.

용해농도를 증가시켜 갔던 과정도 함께 포착된다. 그 점을 확인하는 가운데 우리는 춘원의 대표 작품『무정』의 또 다른 한 가치를 발견하게 된다.

2) "無物之陣"을 격파하기 위하여

루쉰은 "작자의 임무는 해로운 사물에 대하여 즉각 반응하거나 또는 항쟁(抗爭)하는 것"19)이라는 작가 의식과 "중국에서 개혁을 하려면 제일 먼저 폐물들을 소탕하여 새 생명이 탄생할 수 있는 기운을 만들어야 한다"20)라는 시대 의식으로 창작에 임했다. 물론 이러한 한 두 구절의 인용이 그의 작가의식과 시대의식 전반을 대변하는 데까지 미치지는 못하지만 루쉰 창작태도를 일별 하는 데는 나름대로 도움이 된다. 그는 자신의 백화문 처녀작「광인일기(狂人日記)」에서는 "가족제도와 예교(禮敎)의 폐해를 폭로하고자"21)했다고 기록하고 있다. 이러한「광인일기」에서 설정된 주인공은 주변 사람들에게 '광인'으로 지목되는 선각한 지식인이었다.

"종래로 이러했다면 옳은가?"하는 질문은「광인일기」의 핵심어이다. '광인'—그것은 선각자의 대명사였다—의 입을 통하여 루쉰은 낡은 사회 제도에 도전장을 내었다.

> 역사책을 펼쳐보니 연대도 밝혀져 있지 않았는데 페이지마다 비뚤비뚤하게 온통 '인의도덕' 몇 글자가 가득 씌어져 있었다. 하여간 잠이 오지 않아 한 밤중까지 자세히 들여 보았더니 비로소 글자 틈에 끼어 있는 글자를 보아낼 수 있었는데 그것은 모두 "사람을 잡아먹는다(吃人)"라는 두 글자였다.(중략)

---

19)「序言」,『魯迅全集 6』3쪽.
20)「出了象牙之塔」,『魯迅全集 10』, 244쪽.
21)「≪中國新文學大系≫ 小說二集序」,『魯迅全集 6』, 239쪽.

사람을 잡아먹는 자는 내 형님이다! 나는 사람을 잡아먹는 자의 형
제이다. 나도 사람에게 잡아먹히고 있지만 그래도 나는 사람을 잡아먹
는 자의 형제이다!22)

이 놀라운 발견에 '광인'의 깨우침이 들어 있다. 그 깨우침은 '광인'이
다른 사람들보다 선각한 자임을 말해준다. 그리고 작품의 서두에 '이미
병이 낳아 어느 곳에 후보로 갔다'는 것과 연관지어 본다면 '광인'이 지
식인 신분이었음을 알 수 있다. 한편 청조말년 손중산(孫中山)과 장태염(章
太炎)등이 당시에 모두 일부 사람들로부터 '미치광이'로 불렸다는 사실23)
은 루쉰이 '광인'을 지식인으로 상정하였다는 점을 더 뒷받침해준다. 게
다가 루쉰이 그 '미치광이'로 불렸던 장태염에 대해 '先哲의 정신, 後生의
모범'24)이라고 극찬하였다는 것까지 함께 연관지어 볼 때 「광인일기」의
'광인'은 긍정적 인물형상으로서 당시의 선지 선각한 근대 지식인, 다시
말하자면 앞서 인용된 부분의 제1대 지식인 형상을 부각시킨 것이라고
할 수 있다.

한편, '광인'의 상대는 어느 한 사람이 아니다. 그 속에는 조영감도 있
고, 나를 흘깃흘깃 보는 조씨의 '개'도 있으며, 길을 가며 애를 때리던 '여
인', 험상궂은 몰골로 웃어대는 길옆의 '한가한 자들', 진맥하러 온 '의원',
'소작인' 그리고 광인의 '형님' 등등 아주 많다. 그들은 모두 주인공을 '미
치광이'로 대한다. 그들은 이미 '사람을 잡아먹는 무리'를 이루고 있다. 그
들은 '종래로 이랬으니……'하는 것은 모두 그대로 따라야 한다고 한다.
루쉰은 일찍 논설에서 사회의 이러한 병폐들을 지적한 바 있다.

22) 작품 인용은 「狂人日記」, 『魯迅全集 1』 (422~432쪽)의 것임.
23) 王瑤, 앞의 책, 17쪽 참조.
24) 「關於太炎先生二三事」, 『魯迅全集 6』, 547쪽.

사회에 옛사람들로부터 내력이 분명치 않게 전해 내려오는 도리들은 대개 이치가 통하지 않는 것이지만 역사 또는 수량상의 힘으로 거기에 맞지 않는 사람들을 깔아 죽였다. 예로부터 이러한 이름도 이데올로기도 없는 킬러들로(殺人團) 인하여 얼마나 많은 사람이 죽음을 당했는지 모른다.[25]

신문에 실린 포럼(論壇)을 보면 "반개혁(反改革)"의 공기로 넘쳐나고 있는데 온통 "조상으로부터 전하는 것(祖傳)", "옛 관례(老例)", "국수(國粹)" 따위 밖에 없다. 이러한 것들이 길에 넘쳐 나 모든 사람들을 산채로 완전 매장할 지경이다.[26]

루쉰은 '역사 전통'과 '국수'라는 허울 밑에 '헤아릴 수 없을 정도로 많은 크고 작은 사람고기로 치르는 잔치'를 차려놓고 '거기에서 사람을 잡아먹고, 또 잡아먹히고 있는'[27]사회의 병폐를 예리하게 간파했던 것이다. 그 자들의 '얼굴 모양은 분명치 않은데 온통 웃음을 짓고 나를 향해 머리를 끄덕인다. 그의 웃음도 진짜 웃음 같지는 않다'(「광인일기」). 그리하여 "종래로 이러했다면 곧 보배이다"[28]는 그릇된 통념을 깨뜨리고 거기에 빠져 있는 사람들을 뉘우치도록 하려는 선각자 '광인'이 도리를 따지면 그 자들은 홀연 사라진다. 이는 마치 싸움에 나선 전사가 적을 찾을 수 없는 것과 흡사하다.

그가 無物之陣에 들어서니 만나는 자마다 똑 같이 그에게 머리를 끄덕였다. 그는 이 머리를 끄덕이는 것이 바로 적의 무기, 그것도 사람을 죽이고도 피조차 보이지 않는 무기임을 알았다. 수 많은 전사들이 모두 여기서 실패를 당해 마치 포탄처럼 용사가 힘 쓸 곳을 찾지 못했다

25) 「我之節烈觀」, 『魯迅全集 1』, 124쪽.
26) 「通訊」, 『魯迅全集 3』, 21쪽.
27) 「燈下漫筆」, 『魯迅全集 1』, 217쪽.
28) 「隨感錄三十九」, 『魯迅全集 1』, 318쪽.

는 것도 알았다.……

　　그는 투창을 들었다.
　　모든 것이 쇠진한 듯이 무너졌다―하지만 허울 밖에 남지 않고 안
에는 아무 것도 없었다.29)

　　중국은 가는 곳마다 벽이다, 그것도 무형의 벽이다. 마치 '鬼打牆'(밤
에 길을 가다가 이유 없이 원점을 빙빙 돌게 되는 현상을 말함―필자
주)과도 같아 수시로 부딪치게 된다.30)

　선각한 '광인'은 아무런 일도 이루지 못했다. 그 '무물지진(無物之陣)'과
의 겨룸을 거친 '광인'은 단지 "아이들을 구원하라!"는 외침 속에 겨우 자
아의 각성에 그치고 만다. 병이 완쾌되자 그는 관리 후보로 간다. 그는 끝
내 '무물지진'속에서 '늙고 죽어갔다'. 그러니 최후의 승자는 '무물지진'
이었다.
　「광인일기」는 루쉰의 첫 백화문 창작으로서 '전통'과 '국수' 등과 같은
허울을 쓴 낡은 사회제도의 죄악을 폭로하고 거기에서 파생된 낡은 인습
에 빠져 있는 국민성을 깨우치는 계몽사업에 일생을 바친 루쉰의 출사표
이기도 하다. 그 속의 주인공 '광인'은 바로 '민중을 구원하려다가 오히려
그들에게 박해를 당하는'31) 선각한 근대 지식인의 전형 형상이다. 여기에
서 또 루쉰의 "낡은 사회에 대한 투쟁은 반드시 견정(堅定)해야 하고 꾸준
히 멈추지 말아야 한다"32)는 사상의 첫 형상화를 볼 수 있다.

---

29) 「這樣的戰士」, 『魯迅全集 2』, 214쪽.
30) 「"碰壁"之后」, 『魯迅全集 3』, 72쪽.
31) 「兩地書 四」, 『魯迅全集 11』, 20쪽.
32) 「對於左翼作家聯盟的意見」, 『魯迅全集 4』, 235쪽.

3) 현실 속의 근대 지식인

『무정』에서 '조선 사람을 구제하기 위하여' 비장한 자세로 유학의 길로 올랐던 청춘남녀의 뒷일은 어떻게 되었을까?

물론 춘원은 작품의 결말에서 배려 넘치는 후일담을 엮고 있다. 하지만 그것은 단지 대개 그들이 학업을 완성한 것으로 그친다. 그들이 실제로 어떻게 구체적으로 '조선민족을 구제하기 위하여' 국내에 돌아와 분투하였는가 하는 궁금증을 풀려면 춘원의 다른 작품에서 찾아 볼 수밖에 없다. 이러한 의미에서 본고는『개척자』와『흙』을 중심으로 그 일단을 살피고자 한다.

춘원의 작품을 하나의 맥락 속에서 이해하고자 할 때『개척자』는 다소 미흡한 감을 준다.『무정』에서 충만된 열정으로 '조선 사람을 구제'하기 위해 공부의 길에 나섰던 새 지식인들의 형상이『개척자』에서 제대로 구체화된 모습을 보여주지 못하기 때문이다.

주인공 성재는 동경 고등 공업학교를 졸업한 화학자이다. 과연 당시로는 상당한 지식분자일 것이다. 졸업하여 귀국한 다음 그는 7년 간을 거의 실험실에서 보내다 시피 무슨 실험에 몰두한다. 그러나 그 자신이 "칠년 동안이나 이 실험실에 들어박혀서 하여 놓은 것이 무엇이냐!" 할 정도로 아무런 성과도 없다. 뿐만 아니라 도대체 과연 그것이 무슨 실험인가 하는 것도 분명치 않다. 만약 '성재의 계획이 성공이 되어 목적한 발명품이 여러 나라의 전매 특허를 얻고 경성에 그 특허품을 제조하고 큰 공장이 서는 날이면 성재의 몽상한 바와 같은 결과를 얻을 수'도 있다는 구절이 없으면 독자는 더 어리둥절하게 될 것이다. 하지만 그가 '재력과 정력을 다 허비'하는 목적은 '세상을 위하여서'라는 것으로 더 이상 추상적일 수 없다. 모든 감정을『무정』에 쏟아 넣은 바로 뒤여서 아직 새로운 감동이 생길 틈이 없다는[33] 지적도 일면 타당성을 지니지만 언제나 친히 겪었던 일을 소재로 삼는 춘원이 익숙치않은 상황을 설정했다는 것 역시 간과할 수 없는 원인으로 보인다.

『개척자』는 전개되어 가면서 오히려 성순의 혼인을 둘러싸고 벌어지는 가정 내의 신구사상의 싸움으로 이어져 『무정』에서 보여주었던 강렬한 민족애는 홀연 자취를 감추게 된다. 이러한 의미에서 '조선 사람을 구제하기'위하여 구학의 길에 나섰던 지식 청년들의 귀국 후 실천의 모습은 『흙』에서야 비로소 만날 수 있다.

『흙』은 춘원이 『동아일보』사의 편집국장으로 있을 때 발표한 작품이다. 당시 재직 신문사가 벌이던 브나로드 운동에 호흡을 맞추기 위한 것도 이 작품의 한 집필이유가 될 것이다. 편집국장 자리에 있던 춘원이 "제1회 학생 하기 브나로드운동엔 글을 모르는 이에게 글을 가르쳐주고, 위생 지식 없는 이에게 위생 지식을 준다"[34]는 당시 『동아일보』의 이 캠페인 으로부터 자유롭지 못했을 것은 쉽게 이해되는 부분이다.

계몽작품의 대표로도 되는 이 작품에 등장하는 주인공은 대학을 졸업하고 동경에 가서 고등문관 시험에 합격한 허숭이다. 이 지식인은 앞의 『개척자』의 주인공보다 여러 모로 성숙되어 있고 현실에 발을 딛고 있으며 하는 일 또한 아주 구체적이다.

허숭은 처음부터 지식인의 위상을 강조하지 않는다. 그는 고향의 모기 소리만 들어도 반가울 정도로 고향에 대해 애착을 갖고 있다. 때문에 그는 하이칼라인 동경 유학생들과 의견 충돌이 그치지 않는다. 조선 현실을 모르는 그들을 그는 "그렇게도 농사와 농민을 이해하지 못하나? 자네 눈에는 그처럼 농민이 벌러지 같이 보이나. 만일 진실로 그렇다면 참말로 큰 인식 착오일세."[35]라고 그들을 질책한다.

33) 김동인, 「춘원연구」, 앞의 책 107쪽.
34) 노영택, 「일제하의 농촌 계몽 운동의 연구」, 『역사교육』, 제26집(1979), 78쪽 ; 김윤식, 『이광수와 그의 시대 2』(솔, 2001), 184쪽에서 재인용.

허숭이 농촌 출신의 지식인이며, 동경이 아닌 경성에서 대학을 마쳤다
는 것은 주목할 만한 점이다. 이러한 주인공이기에 그는 외국을 다녔던
유학생보다 더 민족에 대한 친밀한 감정을 가지고 있으며 더욱 절실하게
그들의 고통과 필요한 것을 잘 알고 있다.

> 우리네 새로 교육을 받은 사람들은 여러 백년 동안 잊어 버렸던, 아
> 니, 잊어버렸다는 것보다도 옳지 못하게 학대하던 농민과 노동 대중의
> 은혜와 가치를 깊이 인식해서 그네들에게 가서 봉사할 결심을 가지는
> 게 옳지 아니하겠나?36)

이는 『무정』의 슬로건 식 외침도 아니고 『개척자』의 추상적인 목표도
아니다. 그것은 주인공의 농민에 대한 진정한 감정을 토대로 한 마음으로
부터 우러나오는 소리이다. 그러한 의미에서 그것은 더욱 구체적이고, 더
욱 진솔한 것이다. 과연 이 주인공은 자신이 한 말을 그대로 실천에 옮기
고 있었다. 주인공의 헌신적인 봉사는 그만큼 진실성을 띠고 있는 것으로
결코 표면이나 일시 열정에 그치는 것이 아님이 재삼 확인된다. 한편 『흙』
에서 보이고 있는 일제 하 관리 및 앞잡이들의 행패에 맞서는 장면들은
그대로 당시 현실에 대한 적극적인 개입 또는 반항이라고 할 수 있다. 물
론 이러한 주인공 봉사의 행적이 아주 근원적으로 농촌과 농민문제를 해
결하는 행동으로 이어지는 것은 아니었다. 하지만 작품이 씌어질 때가
1932년, 일제의 엄혹 했던 검열제도를 감안하여 볼 때, 또한 작자 춘원의
'밀수입의 포장'이란 점을 함께 고려해 볼 때 그러한 부분의 적극적인 의
미를 전연 무시해서는 안될 것이다.

여하튼 『흙』에서 확인되는 것은 기성 지식분자의 현실 속의 삶인 바

---

35) 「흙」, 『李光洙全集 3』, 34쪽.
36) 앞의 책, 37쪽.

그것은 일제 식민지라는 상황에서의 결코 간단치 않는 삶이었다. 다시 말하자면 그 절박하고 어려운 상황에서 가능한 한도 내에서 민족을 위해 일하고자 하는 지식인의 형상으로 대변되는 허숭의 현실인식의 적극적인 면은 간과되지 말아야 할 것이다.

한편 「광인일기」에서 루쉰은 낡은 사회제도 및 인습과 결렬하고 싸우는 지식인 형상을 창조했다. 그러면 이제 다시 현실 속으로 돌아간 그들의 삶의 양상은 어떠할까?

먼저 「술집에서(在酒樓上)」을 보기로 하자. 작중의 '나'는 오랜만에 고향에 와서 옛 술집에 들려 상념에 잠겨 있다. 그러다가 우연하게 옛날 학교 동창 呂韋甫를 만난다.

> 찬찬히 그의 모습을 살펴보았더니 머리나 수염이 텁수룩한 것은 예전과 다름없었지만 창백하고 길쭉하고 네모진 얼굴은 많이 여위어 있었다. 정신상태도 아주 무거운 듯, 혹은 의기소침했다. 짙고 검은 눈썹 아래의 눈도 정기를 잃은 대로였다.[37]

하지만 그의 눈도 학창시절 때는 늘 '사람을 쏘는 빛'을 발했었다. 그때 그들은 '성황묘에 가서 神像의 수염을 뽑아버릴 때도 있었고 연일 중국을 개혁할 방법을 논의하였고 심지어 그 때문에 싸움 할 때'도 있었다. 여위보는 자신의 이러한 변화를 모두 '무감각(麻木)'하게 변하였기 때문이라고 한다. 그의 이야기에서 이는 어머니의 낡은 사상, 주변 사람들의 그에 대한 몰이해 등이었음이 밝혀지고 그러한 것들과의 대치에 지친 그가 이젠 "예상했던 일이 어디 하나 이루어지는 게 있었나?……내일이 어떻게 될지도 모르겠다"는 것으로 귀결된다. 당초 혈기왕성할 때 하던 일에 대한 좌절의 심상이 그대로 드러난다. 좌절뿐만 아니라 그는 타협의 길에

---

37) 「在酒樓上」, 『魯迅全集 2』, 26쪽.

까지 나가 있었다. '나'가 전혀 생각지 못할 '그러한 책'(『맹자』, 『女兒經』 등－인용자 주)을 가르치는 것을 생계로 삼고 있었다. 그것은 학창시절 성 황묘를 파괴하고 중국을 옛날의 모든 속박으로부터 변혁하려는 열정으로 끓던 모습과는 전연 반대되는 것이었다.

「술집에서」 등장하는 여불위는 근대 중국 지식인의 한 형상이다. 현실 속에서 좌절당하고 결국 자신이 맞서 싸우던 것과 타협하게 되는 모습이 여기서는 그리 선명하지 않고 단지 대화 등에서 간접적으로 드러나고 있 을 뿐이다. 하지만 「孤獨者」에 이르면 '무물지진'과의 대치로부터 점차 타 협해 가는 모습이 더 직접적으로 다가온다.

「고독자」의 주인공은 유학을 거친 중학교 교원이고, 당시 보기 드문 洋 裝書까지 갖고 있으니 역시 지식인임에 틀림없다. 초등학교도 없었던 고 향을 떠나 유학을 가서 '신당(新黨)'이 되었던 魏連殳는 '늘 가정을 파괴' 해야 함을 주장하면서도 월급을 타면 꼭 고향의 조모에게 부쳐준다든가 하는 여러 가지 이유 때문에 사람들에게 "마치 외국인처럼 여겨져 '우리 와는 뭔가 다르다'는"말을 듣고 있는 사람이다. 수량적으로 절대 우세인 사람들의 이해를 받지 못하고 그들에게 '異端'처럼 간주되는 등 양상은 앞서 나온 '광인'이나 '여위보'의 처지와 다름없었다. 말하자면 그들은 선 각자이었기에 여타의 주위 사람들에게는 자신들과는 다른 '이상'한 자로 간주되었다.

주인공의 조모가 별세하자 사람들은 이번에 자신들과 다른 주인공 위 연수의 콧대를 꺾어보고자 한다. 그리하여 장례에서 '모든 것을 옛 것에 따르자'는 원칙을 정했다. 하지만 예상했던 충돌은 벌어지지 않고 위연수 는 순순히 모두 그들의 의견에 따랐다. 그 뿐만 아니었다. 주인공 편지의 일부를 인용해보면 더 확연하게 될 것이다.

이전에 나는 스스로 실패자라고 여겼소 그런데 이제 와 보니 그러
한 것이 아니라 지금의 내가 비로소 진짜 실패자였소.
(중략)
나는 지금 내가 전에 증오하고, 반대하던 모든 것을 몸소 실행하는
반면 이전에 崇仰하고 주장하던 모든 것에 저항하고 있소. 나는 이미
진정 실패했소 — 하지만 나는 승리한 것이오.[38]

선각자의 사명을 중도에 포기하고 반대해야 할 적수와 손잡은 주인공
은 그야말로 이제 진정한 실패자였다. 동시에 그는 선각자의 '고독'과 '고
통'으로부터 탈출하여 아무런 근심걱정 없이 이제 '모든 것을 옛 것'만
쫓아가면 된다. 선각자의 고민과 어려움도 이제는 그와 멀어진 것이다.
'무물지진'에 패배한 선각한 지식인의 씁쓸함과 자조적인 표현에는 중국
근대 지식인의 아픔이 어려있다.

루쉰은 '정신병이 있다는 것이 무서운 것이 아니라 부귀와 이익 앞에
서 그 정신병이 즉시 낫는'[39] 지식인의 출현을 일찍부터 우려했다. 사실
「광인일기」의 '광인'이 어느 지방에 후보로 갔다는 것은 이미 일종의 암
시로 되고 있다. 그 뿐만 아니라 이 작품들에는 '무물지진'이라는 거대한
그물을 벗어나지 못하고 그에 포획되어 그 속의 일원으로 전락되어 가는
지식인 선구자들에 대한 루쉰의 비분과 안타까움도 함께 들어 있다고 할
수 있다. 그 '무물지진'은 "신생 세력으로 하여금 타협하도록 하는 좋은
방법을 보유하고 있으면서 자신은 절대로 타협하지 않는다."[40] 때문에 이
러한 투쟁에서 반드시 堅決하고, 持久적으로 중단하지 말아야 하며, 또한
실력도 중요시해야 한다는 메시지가 다시 확인된다.

---

38) 「孤獨者」, 『魯迅全集 2』, 100~101쪽.
39) 章太炎, 「演說詞」, 『民報』 1906年 第6號, 王瑤 앞의 책 17쪽에서 재인용.
40) 각주 29와 같은 책의 같은 쪽.

4. 작품 속에 용해된 춘원과 루쉰의 근대의식

춘원과 루쉰의 지식인을 다룬 작품은 본고에서 살펴 본 이 몇 편에 그치지 않는다. 본고는 단지 주인공의 생활을 연속적으로 파악하여 고찰하려는 편의로부터 이 몇 편만 살펴보기로 했을 따름이다. 이러한 작품에 한하여 본고는 그 이어지는 맥락 속에서 작자들의 눈에 비친 당시 한·중 근대 지식인 삶의 구체 양상을 살펴보려고 했다.

『무정』에서 우리는 춘원의 전기적 사실과 연관시켜 공부하러 나서는 당시 조선 열혈 청년들의 모습을 확인했다. 개인적인 모든 것을 '조선을 구제'한다는 웅대한 목표에 귀결, 통일시키며 개인적 지식의 수양을 바탕으로 민족을 구원하려는 것이 그들의 자세였다. 점진적인 실력양성주의를 표방하던 수양동우회를 떠올리지 않을 수 없다. 그러한 사상의 창시자 도산 사상을 받아들일 소지는 이때 벌써 마련된 것으로서 그것은 춘원 나름대로의 지식과 실력에 의한 '출세'와도 무관하지 않다. 학업을 마치고, 말하자면 지식 수양을 쌓은 그들이 실제로 자신들의 이상을 구체적 실천과 결부시켜 가는 모습은『개척자』와『흙』을 통해 살펴보았다. 전자에서 그 모습은 아직 구체화되지 않은 추상단계에 머물렀으나 후자에 이르러 그 모습은 상당히 구체적 양상을 보여준다. 주인공의 무대를 농민 계몽과 농촌 건설로 정한 것은 당시 작자가 '브나로드운동'을 주도한『동아일보』에 재직했던 전기적 사실과도 무관하지 않다.

한편 역시 중국의 근대 지식인의 형상을 부각한 루쉰의「광인일기」는 낡은 사회제도와 인습에 반항하는 선각 지식인 '광인'을 창조했다. '전통'과 같은 허울을 쓰고 있는 낡은 사회제도나 인습의 '無物之陣'에 도전장을 낸 중국 근대 지식인의 삶은 그의「술집에서」와「고독자」에서 계속 되었다. '무물지진'과의 치열한 투쟁을 거친 지식인들의 삶은 이상적이 못 되었다. 많은 지식인들은 '무물지진'이라는 그 無形의 암흑 속에 좌절을 당하고 심지어 타협에 이르기까지 한다. 선각한 지식인의 고독과 좌절, 그리고 '무물지진'에 동화되어 가는 과정이 그려져 있는 것이다. 거기에는 같은 시대의 지식인으로서 작자 루쉰의 비분과 안타까움, 그리고 낡은 것을 타파하고 민중을 깨우치는 사업의 장기성과 어려움에 대한 인식이 들어 있다.

요컨대 본고에서 다룬 춘원과 루쉰의 지식인 소설은 모두 작자의 전기적 부분과 일정한 연관을 갖고 있다. 그것은 작자가 각각 한 중 근대 선각한 지식인이었다는 점을 전제한 것이다. 따라서 작품 속에 용해되어 있는 그들의 시대의식과 민족 의식을 일별해 볼 수 있었다. 춘원은 개인적 수양을 갖추어 조선민중을 구제하려는 시대의식과 사명을 지니고 개인의 모든 것을 민족의 구제사업에 바치는 지식인의 삶을 그려냈다. 그 속에는 작자 자신의 신념과 당시 식민지 현실에 대한 나름대로의 인식과 지식인의 바람직한 삶에 대한 지향도 들어 있는 것으로 보인다. 루쉰은 낡은 사회제도와 인습의 '무물지진'과의 대적에서 좌절당하여 결국 상대에게 동화되어 가는 지식인의 형상을 부각했다. 거기에는 작가 자신의 '무물지진'과의 투쟁에 대한 나름대로의 전략이 들어 있다고 할 수 있다.

―『仁荷語文硏究』第6號(2003)

제 3 장

빙허와 루쉰 〈고향〉의 대비 고찰

1. 빙허와 루쉰 대비연구의 가능성

한국과 중국 근대문학의 비교문학적 연구에서 지금까지 가장 활발하게 논의되어 온 작가는 춘원 이광수와 루쉰(魯迅)이었다. 하지만 두 나라 근대 단편소설의 정착과 그 리얼리즘적 성취를 점검하는 의미에서 빙허 또한 루쉰과 여러 면에서 그 비교의 가능성을 보이고 있다.

빙허 현진건(1900-1943)은 단편소설을 통하여 일제하의 식민지 조선의 암담한 현실을 여실히 그려낸 참된 리얼리스트이다. 빙허가 참된 리얼리스트로 불리는 것은 단순히 그의 작품가운데서 보여지는 묘사나 기교와 같은 표현방법 때문이 아니다. 그 보다 중요한 것은 일제 식민지 치하 궁핍한 시대에 처한 나라와 민족의 운명에 대한 한 지식인으로서의 책임감이 작품 속에 잘 구현되고 있기 때문이다. 다시 말하자면 빙허 작품의, 식민지 현실 속에서 고통받는 민중을 정직하게 응시하고 있을 뿐만 아니라 그 비참과 고통을 나누어 가지려는 모습이 더욱 주목된다는 것이다.[1] 이렇게 기교와 내용 두 방면에서 이룬 성취로 빙허 현진건은 1920년대 한

---

[1] 최원식, 「빙허 현진건론」, 『한국근대문학을 찾아서』(인하대학교 출판부, 1999), p. 108.

국 리얼리즘 문학의 금자탑을 이루었다.[2]

　중국 근대소설의 시조로 불리는 루쉰(魯迅, 1881-1936)의 작품 또한 단편이 그 주류를 이루고 있다. 단편이라는 장르를 통하여 그는 당시 중국의 현실과 그 속의 제 인간상을 성공적으로 그려냈다. 예리한 관찰과 작가의 투철한 현실인식에 의하여 인의도덕(仁義道德)의 사슬에 얽매어 있는 현실 생활 속의 인간상들이 그의 작품에 여실히 드러나고 있다. "진실하게, 깊이 있게, 과감하게 인생의 진수를 파악하고 그대로 그려야 한다(眞誠地, 深入地, 大膽地看取人生且寫出他的血和肉來)."[3]는 것은 사실주의적 수법으로 현실을 재현하려는 작가의 고심을 잘 보여주고 있다. 이러한 노력은 루쉰 초기의 소설을 리얼리즘의 원숙한 경지에로 직결시키고 있다.

　현실의 반영이라기보다 재현이라고 할 수 있는 두 작가의 단편소설들은 마치 '퍼즐'처럼 일상적인 구체적인 삶을 담고 있다. 그 '퍼즐'들을 하나하나 맞추어 보노라면 당시 사회 속 인간들의 삶이 선하게 펼쳐지는 듯하다. 빙허는 성실하고 근면한 지식인들의 암담한 삶을 형상화함으로써 식민지 치하 지성인들의 생활상을 전형화 한 <빈처>·<술 권하는 사회>·<타락자> ; 가난한 인력거꾼의 하루를 생동하게 보여주는 것으로 고난을 겪는 식민지 치하의 도시 근로자의 전형을 창조한 <운수 조흔 날> ; 일제의 야수적인 수탈에 고향을 등지고 떠돌이 생활을 할 수밖에 없는 유랑민의 삶을 전형화 한 <고향> 등을 통하여 식민지 치하 '조선의 얼굴'을 재현하려는 투철한 작가의식을 보여주었다.

　루쉰의 작품은 전근대적인 신민(臣民)들을 깨우치려는 노력의 흔적이 역력하다. 국민 노예적 근성의 근원이 낡은 사회적 제도에 있다는 것을 전제한 그의 작품에서는 그 반격의 일환으로 희생물로써의 전형인물들이 창조되고 있다. 우매한 농민의 전형인물을 창조한 <아Q정전(阿Q正傳)>과

---

2) 丘仁煥,「玄鎭健의 生涯와 文學」,『玄鎭健硏究』(새문社, 1999), p. Ⅱ-7.
3) 魯迅,「論睁了眼看」,『魯迅全集』第1卷 (北京 ; 人民出版社, 1982), p. 182.

〈고향(故鄕)〉, 봉건 예교의 희생물로서의 여성을 전형화 한 〈축복(祝福)〉, 과거제도의 희생물로서의 지성인의 전형인물을 형상화한 〈공을기(孔乙己)〉 등은 당시 중국 국민의 전 근대적 정신상태를 질타하고 있는 수작들이다. 그들의 이러한 작품 군에 우연한 일치로 보이는 동명(同名)의 단편소설이 보이고 있는데 그것이 바로 〈고향〉이다.

두 작가의 〈고향〉이 우연한 일치로 동명이었다는 것은 두 작가 사이에 아무런 사실적인 관계가 이루어지지 않았다는 것을 의미한다. 그럼에도 불구하고 두 작가의 〈고향〉은 모두 일인칭으로 되어 있고, 개인적 삶과 민족적 삶의 공간을 상정함으로써 작가가 처하고 있던 당대의 현실을 객관적으로 형상화하고 있다는 것, 그리고 당시의 현실 속에서 지성인과 민중과의 연대에 대한 고민으로 투철한 작가의식을 보여주고 있다는 등의 유사점을 드러내고 있다. 이와 같은 유사성에 입각(立脚)하여 본고는 두 작가의 〈고향〉에 대한 대비적 고찰로 그 이질성과 동질성을 자세히 밝히고자 한다.

2. 두 〈고향〉에 나타난 서사공간의 분석

1) 빙허의 〈고향〉 : 일제 수탈에 의한 한민족의 피폐한 삶

빙허 현진건의 문학에 대한 논의를 살펴보면 그의 문학관이 현실적 인간의 삶에 그 기반을 두고 있음을 쉽게 알 수 있다. 그에게 있어서 제 아무리 "세상없이 훌륭한 藝術品이라도 三十年만 지나면 그뿐"[4]이기 때문에 구체적인 인간의 삶과 분리된 예술은 그것이 오랜 세월을 겪은 것일지

---

4) 玄鎭健, 「꿈에 본 新岳陽樓記」, 『開闢』(영인본)45호(현대사, 1980, 下同)p. 8.

라도 '無用의 長物'5)에 지나지 않는다. 따라서 그는 "生活이 第一이오, 藝術이 第二다."6)라고 언급한다. 이러한 논리의 연장선에서 현진건은 다음과 같이 피력하고 있다.

> 藝術이 藝術되는 所以然은 거긔 藝術的表現의 有無에 따라서 決定될 것이로되, 그 決定된藝術이 人生에 對하야 重大한價値가 있느냐없느냐는, 오로지 그作品의 內容的價値, 生活的價値를 따라서 決定될것이라 생각한다.7)

빙허가 문학의 출발점을 구체적인 인간의 삶에 두고 있음을 알 수 있다. 인간의 생활과 분리된 문학은 그가 보기에 아무런 존재의 가치가 없는 그러한 것이다. 더 구체적으로 그는 문학을 인간의 생존문제와 연결시킨다. "사람은 먹어야만 산다"는 것을 '恒久의 眞理'로 보면서 그는 세상의 모든 움직임은 빵의 분배문제를 둘러싸고 진행되고 있다고 한다.8) 그가 창작 초기에 주로 자신의 신변 체험적 색채가 농후한 작품들을 산출하였다는 사실은 그의 이러한 문학관과 무관하지 않다. 빙허가 인간의 삶과 연관시키는 문학의 가치에 대한 추구를, 먼저 작가 자신의 삶과 연관시킨 창작으로부터9) 실천에 옮기고 있다는 것으로 파악할 수 있다.

빙허 문학에 대한 이러한 이해는 고향을 소재로 작품화한 그의 일인칭

---

5) 憑虛, 「이러쿵저러쿵」, 『開闢』(영인본)45호, p. 119.
6) 憑虛, 앞의 글, p. 121.
7) 憑虛, 앞의 글, p. 120.
8) 憑虛, 앞의 글, 앞의 책, p. 116.
9) 천이두는 현진건의 문학세계를 그 초기는 작자 자신의 신변 체험적 색채가 짙게 나타나는 작품들, 둘째는 허구적 색채가 짙게 나타나는 작품들, 셋째는 신문연재 장편소설들이라고 세 단계로 나누고자 한다. 千二斗, 「음산하고 비참한 朝鮮의 얼굴」, 『玄鎭健硏究』(새문社, 1999), p. I -48.
  최원식 교수는 더 섬세한 관찰로 현진건의 작품세계를 4분화하고 있는데 초기의 작품들이 자전적 형식의 소설이라는데는 긍정적 관점이다. 최원식, 「빙허 현진건론」, 『한국근대문학을 찾아서』(인하대학교출판부, 1999), p. 82. 참조.

소설 〈고향〉을 통해 잘 살펴볼 수 있다. 더 구체적으로 말하면 〈고향〉
은 일인칭 관찰자 시점의 단편소설이다. 작품은 대구에서 서울로 올라오
는 차안에서 주인공 '그'를 만나서 들은, '그'의 인생살이에 대한 나레이
터 '나'의 진술로 구성되어 있다.

'나'는 서울로 올라오는 차에서 "동양 삼국 옷을 한 몸에" 감고, 그 격
에 맞게 일본말, 중국말도 서툴지 않게 잘 철철 대는 '그'를 마주하고 앉
게 된다. 두 외국인에게 주적 대는 꼴이 밉살스러워 '그'가 자신에게 말을
걸어오자 쌀쌀하게 대한다. 하지만 '나'는 이내 그 태도를 고치게 된다.
그것은 신산(辛酸)스러운 그의 표정에 감동이 가서 반감이 어느 정도 풀려
졌기 때문이다. 실제 스물 여섯밖에 안 되는데 '그'는 '나'의 눈에 이십
년은 더 늙어 보였고, 웃기보다 찡그리기에 가장 적당한 얼굴의 소유자이
었다. '그'의 얼굴에 대한 스케치는 '그'의 험악한 인생의 노정을 암시해
주고 있다. 막연히 서울로 올라가는 '그'에 대해 '나'는 자신의 불친절함
을 내심 뉘우치며 얼마간의 친절을 베푼다. 그러자 '그'의 신세타령이 풀
려 나왔다.

'그'에 의하여 진술되는 내용은 두 개 부분으로 구분해 볼 수 있다. 하
나는 개인적 삶의 공간으로서의 현실이다. 다른 하나는 민족적 삶의 서사
공간으로의 현실이다.

우선 개인적 삶의 현장으로서의 서사공간에 대하여 살펴보자. '그'는
대구의 어느 한 시골에서 역둔토를 지어먹던 소작농이었다. "넉넉치는 못
할망정 평화로운 농촌"에서 남부럽지 않게 지낼 수 있었던 생활이었다.
하지만 "세상이 뒤바귀자 그 땅은 전부가 동양턱식회사의 소유에 들어가
고 말게 된 데"[10]다가 중간소작인의 이중 수탈까지 겹치게 되어 생계 유
지가 어려워 고향을 등지지 않을 수 없게 되었다. 여기에서 '그'의 가정이

---

10) 이하 현진건의 단편소설 「고향」부분의 인용은 모두 『玄鎭健硏究』(새문社, 1999), pp.
Ⅲ-34~37 에 수록된 작품에서 따온 것이다.

고향을 떠나게 된 것은 동양척식회사의 수탈이 그 주요원인이었음을 알
수 있다. 그것은 일제의 식민지 수탈정책의 구체화이다.

1908년에 설립된 동양척식회사는 실제상 일제가 한국의 경제를 독점,
착취하기 위한 교두보(橋頭堡)이었다. 1910년 일제에 의한 '합방' 이후 이
회사는 원래의 한일 이중국적회사로부터 일본 국적의 회사로 그 성격이
바뀌었다. 1910년이래 1926년에 이르기까지 이 회사는 17회에 걸쳐 거의
1만 호의 일인(日人)농민을 한국에 유치시켰는데 그에 따른 결과는 한국
농민의 토지상실과 이촌 현상의 격증이었다. 삶의 터전을 잃게 된 한국
농민들은 정든 고향을 떠나 만주로 대거 이주하였는데 그 수는 토지조사
사업이 완료된 1918년 이후부터 1926년까지 무려 29만9천 여명에 달했다
고 한다.[11] '그'의 가정은 그 수많은 가정 가운데의 하나이었다. 그러니
이는 1920년대 일제의 농촌에 대한 수탈의 피해로 한국 농민들이 대거
유랑민으로 전락되어 가는 현실을 재현한 것으로서 '그'의 가정은 그 시
대의 한 전형이 되고 있다.

> 지금으로부터 구년전그가열일곱살되던 해봄에……서간도로 이사를
> 갓섯다 쫓겨가는이의 운명이어든 어대를간들 신신하랴……잇해동안을
> 사는것이아니라 억지로버티어갈제 그의아버지는 우연히병을어더 타국
> 의 외로운혼이되고말앗다……사년이못되어 영양부족한 몸이 심한로동
> 에지친닷으로 그의어머니또한죽고말앗다.

전형인물로서 '그'는 이국 땅에서 열 아홉밖에 안된 나이에 양친을 잃
고 안동(지금의 신의주 맞은 켠 중국의 단동(丹東)-필자 주), 신의주와 일본의
구주 탄광, 대판 철공장에까지 전전하였다. 고향을 떠난 그들의 신고는
행복으로 이어지지 못했다. 세 식구가 혈혈단신 자신밖에 남지 않게 된

---

11) 한국정신문화연구원, ≪한국민족문화대백과사전≫ 제7권, p. 299.

‘그’는 천신만고 끝에 고국산천이 그리워서 고향으로 돌아오게 된다.

　여기까지 개인적 삶의 공간으로서의 사회 현실이 그려지고 있다. 한 가정, 한 개인의 식민지 치하에서 면하게 된 삶의 터전이 생생하게 보이고 있다. 그것은 개인의 피 타는 노력에 정비례되는 생활이 주어질 수 없는 식민지 치하 처참한 실향민의 생활상이다. 그가 고향에 돌아와 유일하게 만난 사람은 자신과 혼사 말이 있었던 ‘그 여자’인데, 그녀의 신세 또한 처참하기 그지없었다. 어린 나이에 유곽에 팔려 십 년 동안 기녀의 생활로 병이 들고 산송장이 되었건만, ‘이십 원’이란 몸값도 다 못 갚았을 뿐만 아니라 오히려 ‘육십 원’이나 되는 빚을 짊어지게 되었다. 더 이상 돈을 벌어들이지 못하게 되자 주인은 특별히 ‘빚’을 탕감해 그를 놓아준다.

　하지만 꿈에도 그립던 그들의 고향은 어떤 모습이었던가?

　　홍 그러쿠마 문허지다가 담만즐비하게 남앗즈마 우리살든집도 터야
　안남앗겟는기요암만차저도 못찾겟드마 사람살든동리가 그러케된 것을
　혹구경햇는기요……썩어 넘어진 새갈애 뚤뚤 구르는 주춧! 꼭 무덤
　을파서 해골을허러지처노흔것갓드마 세상에이런일도잇는기요? 백여호
　살든동리가 십년이못되여 통업서지느수도잇는기요 후!

　다음으로 민족적 삶의 서사공간으로의 현실에 대하여 살펴보자. 이제까지 ‘그’의 고향에 대한 묘사가 개인의 삶이 중심이었다면 지금부터 그 중심은 민족적 삶의 재현으로 움직여 간다. 위의 인용은 바로 그 전환의 시작이다. 〈고향〉은 사람들이 모두 떠나감으로써 폐촌이 되어 마치 파헤쳐 놓은 ‘무덤’과 같은 일제 수탈 후의 현장을 보여주고 있다. 이 부분에서 우리는 고향의 피폐한 양상에 대한 주인공의 통탄으로부터 일제 식민지하의 당시 한반도의 현실을 엿볼 수 있다.

　〈고향〉에서 ‘그’(남자)와 ‘그 여자’(여자)의 개인적 처참한 삶은 일제 치

하의 수많은 개인의 암담한 삶을 집약화 한 한민족 삶의 축소판이다. 한
남자와 여자의 처참한 망국노의 생활, 이국에서 허덕이던 유랑민과 국내
에서 식민지의 야만수탈을 감내할 수밖에 없었던 한민족의 삶이 생생하
게 그려지고 있다. 따라서 다른 한편으로 '그'와 '그 여자'가 고향을 찾았
을 때 그 피폐한 양상은 민족의 삶의 공간인 한반도 전반의 축도로 볼 수
있다.

빙허는 <고향>에서 '그'와 '그 여자'라는 전형적 인물을 창조하여 일
제 식민지 치하의 개인적 삶의 공간을 생생하게 그리고 있으며, 아울러
그들의 고향의 '무덤' 같은 모습을 통하여 일제 수탈 후 민족적 삶의 공
간으로서 조선의 '음산하고 비참한' 얼굴을 보여주고 있다. 빙허가 일제
의 수탈과 혹독한 경제정책 문제를 이렇게 형상화할 수 있었던 것은 그의
리얼리스트 정신이 하나의 사회현상의 단순한 관찰자로서가 아니라, 현실
사회의 생활로부터 조금도 이반 되지 않은 투철한 인식의 무게를 지닌 결
과인 것이다.12)

결국 "朝鮮文學인 다음에야 朝鮮의 땅을 든든이 듸듸고 서야 될 줄 안
다.……오직 朝鮮魂과 現代精神의 把握! 이것이야말로 다른 아무의 것도
아닌 우리 文學의 生命이오 特色일 것이다."13)란 점과 "사람은 먹어야만
산다"는 명제 하에 인간의 삶을 옹위한 빙허의 <고향>은 이렇게 개인의
삶뿐만 아니라 민족의 삶의 서사공간을 상정함으로서 보편적인 의의를
확보하였다.

특히 작품 결말의 "우리가 어릴 때 멋모르고 부르던 노래"는 작가가
보여주려던 조선의 식민지 현실을 더 개관적으로 보여주는 절묘한 부분
이다.

---

12) 李在銑, 「個人과 社會의 葛藤」, 『한국현대작가·작품론』(二友出版社, 1982), p. 71.
13) 玄鎭健, 「朝鮮魂과 現代精神의 把握」, 『開闢』(영인본)65호, pp. 134~135.

볏섬이나 나는 전토는 신작로가 되고요-
말마디나 하는 친구는 감옥소로 가고요-
담뱃대나 떠는 노인은 공동묘지 가고요-
인물이나 좋은 계집은 유곽으로 가고요-

빙허의 〈고향〉은 탁월한 작가적 능력과 투철한 현실인식에 의하여 일
제 식민지 치하의 개인적 삶의 터전과 민족적 삶의 터전을 성공적으로 재
현하고 있다. '그'와 '그녀'라는 전형인물과 '고향'이라는 전형환경에 의
하여 작가는 우리에게 당시 일제 식민지 치하 개인적 삶과 민족적 삶의
공간으로서의 조선 현실을 리얼하게 보여주고 있다.

2) 루쉰의 〈고향〉 : 봉건 착취에 의한 민중의 간고한 삶

루쉰은 문학에 관한 논의에서 빙허와 마찬가지로 "인생을 떠나 문예만
강조할 것을 주장하는 문학가들은 모두 상아탑 속에 숨어 있는 것"[14]이
라고 질타하면서 현실 생활 속에 들어가 몸으로 체험할 것을 호소한 바
있다. 그는 현실을 막연한 현실로만 그리지는 않고 '인생을 위한 문학'[15]
이라는 주장 하에 먼저 인간의 정상적인 주체적 삶을 위시하는 문학을 들
고나섰다. 이 출발점 또한 빙허와 유사한 면을 보이는데 '높은 의미에서
의 리얼리스트'로 되어 "인간 영혼을 깊이 있게 묘사하여 그 내면까지 사
람들에게 보여주려는"[16] 루쉰의 그러한 노력이 〈고향〉에서 작품화되고

---

14) 《魯迅全集》 7, p. 114.
15) 溫儒敏 지음(김수영 옮김), 《현대 중국의 현실주의 문학사》(文學과知性社, 1991),
   pp. 30~31 참조 : 중국의 현실주의 문학사조는 주작인(周作人)의 글들에서 비롯된
   다. 주로 '휴머니즘을 근본으로 하는' 19세기 유럽의 현실주의 문학사조에 대해 소
   개하면서 '인생을 위하여'라는 현실주의적 창작 사상을 제출하였다.
16) 《魯迅全集》 7, p. 103.

있다고 할 수 있다.

일인칭으로 되어 있고, 개인적 삶과 민족적 삶의 터전인 사회공간의 상
정으로 당시의 사회현실을 보여주고 있다는 점에서 루쉰의 <고향>은 빙
허의 <고향>과 그 유사성을 보이고 있다.

빙허의 <고향>에서 '나'가 부주인공으로 주인공인 '그'의 서술에 의해
과거와 현재를 교체시키고 있다면, 루쉰의 <고향>은 '나'가 주인공이 되
어 '나'의 소년시절의 기억과 현재 겪고 있는 현실을 교체하면서 그 플롯
을 전개하고 있다. 즉, 루쉰의 <고향>은 '나'에 관한 이야기로서 '나'는
나레이터이자 바로 주인공이다. 소설은 '나'가 고향에 돌아오는 것으로부
터 시작하여 어머니를 모시고 고향을 떠나 이사를 떠나는 때까지, 나흘간
에 겪은 일들을 서술하고 있다.

타향살이 20년 만에 '나'는 2000여 리 밖의 타향에서 고향에 돌아온다.
하지만 고향은 이미 '나'의 어린 시절 기억 속의 아름다움이 부재한 고향
이었다. '나'는 그 현실을 애써 외면하면서 '나'의 우울한 심정 때문에 그
렇게 보이는 것이라고 '자기 기만'술책으로 스스로를 위안한다.

작품에서 '나'의 눈에 비친 고향을 보기로 하자.

    ……틈새로 바깥을 내다보니 누런 하늘아래 몇 개의 생기 없어 보
이는 초라한 촌락이 널려 있었다. 나는 비애에 잠기지 않을 수 없었다.
    아! 이곳이 바로 내가 20 여년 동안 잊지 못하던 고향이란 말인가?
    내 기억 속의 고향은 전혀 이러한 모습이 아니었다. 기억 속의 고향
은 이보다 훨씬 훌륭했다. 그러나 무엇이 그렇게 훌륭하였던가 하면
별로 꼽을 수 있는 것도 없었다.[17)

그러나 냉혹한 현실은 '나'의 '자기 기만'을 졸지에 파탄의 경지에로

---

17) 이하 루쉰의 단편소설 「고향」부분은 모두 『魯迅全集』제 1 卷(北京 ; 人民出版社, 1981),
    pp. 476~486에서 필자가 번역, 인용한 것이다.

몰아간다. 고향에 이른 후 연이어 등장하는 '두부서시', '윤토' 등은 모두 '나'의 어린 시절 기억 속의 아름다움을 잃고 속물성과 노예근성을 보여 주고 있으며 이제는 그만큼 '나'와는 멀리 떨어져 있는 인간상이었다.

> …… 나는 화들짝 놀랐다. 자세히 보니 광대뼈가 툭 불거져 나오고 입술이 얄팍한 50대의 여인이었다. 두 손을 허리에 짚고 다리를 벌리고 서 있는 폼이 마치 가느다란 다리를 벌려 놓은 콤파스 같았다.

외모의 변화뿐 아니라 그 정신상태도 '나'에게는 심각하게 보였다. 권세와 금전에 대한 잘 못되어 있는 인식, 이사 가게 된 '나'의 집에 가끔씩 들려 관심 하는 척하면서 이것저것 집어 가는 소시민적 속물성 등이 그의 말과 행동, 그리고 어머니의 말에 의해 생동한 모습으로 형상화되고 있다.

'나'를 더욱 실망케 한 것은 '두부서시'보다 '윤토'이었다. '두부서시'는 '나'의 어린 시절의 주변인물로서 그의 변화가 '나'에게 별로였다면 어린 시절의 딱친구 '윤토'의 변화는 실로 '나'에 대한 절실한 충격으로 다가왔다.

> 그의 키는 한배 가량 더 컸을 상 싶어 보였다. 어릴 때의 불그스럼하고 통통한 얼굴은 누르스럼한데다 깊은 주름살까지 패어있었고 눈은 그의 아버지처럼 주위가 뻘겋게 부어있었다.……그는 머리에 낡은 전모자를 꾹 눌러쓰고 낡고 엷은 솜옷을 입고 있었는데 추운 듯이 온몸을 떨고 있었다. 손에는 종이 꾸레미 하나와 긴 담배대를 들고 있었는데 그 손도 내 기억 속의 토실토실한 손이 아니라 소나무 껍질 마냥 거칠고 터실터실 갈라 터진 것이었다.

그러나 '나'를 놀라게 한 것은 그의 외모가 아니라 '나'에 대한 칭호의 변화이다. "윤토"는 '나'의 어릴 적에 절친한 친구이었다. 그렇듯 스스럼 없이 지내던 "윤토"가 '나'를 만났을 때의 첫 칭호는 '나으리'이었다. 중

세적 엄격한 등급제도의 사슬이 "윤토"를 비굴하게 만들었던 것이다.

> 참 어렵습니다. 여섯 째까지 일손을 도울 수가 있게 되었지만 언제나 먹을 것이 모자랍니다.……태평하지도 않고……곳곳에 돈을 내야 합니다. 규정도 없이……수확도 좋을 때가 없습니다. 거둔 것들을 갖다 팔고 몇 곳에 납금하고 나면 밑천도 안 남습니다. 그렇다고 썩어버리게 둘 수도 없지 않습니까.

수 천년이래 국민들을 억압하던 윤리도덕의 관습에 의한 정신상의 억압에다 경제적 착취까지 받는 '윤토'는 그 어려운 생활 가운데서도 잊지 못하는 것이 있다. 그는 의자나 책상 따위 외에도 향로와 촛대를 달라고 한다. 이것은 제단에 쓰는 것이다. 가정의 제사용 뿐만 아니라 태평과 안온을 바라는 하느님이나 그 무슨 신에게 제사를 지내기 위함이다. 불평등 사회에는 어디서나 정치적 압박과 경제적 착취 그리고 사상적 통치라는 세 가지 통치 수단이 존재한다.[18] '윤토'는 바로 루쉰이 부각하고 있는 봉건사회의 경제적 통치와 사상적 통치하에 자아를 잃고 노예근성이 뿌리 박힌 무지하고 몽매한 농민의 형상이다.

루쉰 <고향>의 역사적 배경은 1911년 손문의 신해혁명(辛亥革命)후의 군벌할거 시대이다. 작품에서 루쉰은 전형인물들의 정신 세계에 대한 해부에 초점을 둔 것으로 보이지만 그들이 살아가는 현실적 배경 또한 남김없이 잘 구현되고 있다. 그것은 '나'의 고향에 대한 첫 인상에서 보이고 있다. '나'는 고향 사람들 보기에는 그래도 유지층이었다. 그럼에도 불구하고 '나'의 삶은 윤택한 생활이 아니었다. 모친이 고향에 계심에도 20여년만에야 찾아볼 수 있는 그 사실 자체가 이미 '나'의 삶의 어려움을 말해 주고 있다. 또한 낡은 가구들을 처치하여 돈으로 바꾸지 않으면 새로

18) 王富仁(김현정 옮김), 《중국의 루쉰연구》(세종출판사, 1997), pp. 313~314.

운 살림차비에 큰 빈틈이 생길 수 있는 '나'의 형편이었다. 그나마 '유지
층'으로 보이는 '나'의 개인적 삶의 서사공간에 대한 간접적인 표출은 뒤
에 나오는 일반 서민으로서의 '서시두부'나 '윤토'의 삶이 얼마나 간고한
것임을 한층 더 뒷받침해 주는 것이기도 하다. 그 삶의 공간이 '나'뿐만
아니라 작품에서 전형인물로 창조되는 '두부서시', 특히는 '윤토'의 삶의
터전을 말해 주는 그 언행을 통하여 전체 민중의 삶의 공간으로 확대되면
서 작품은 그 시대의 민족의 삶의 공간의 재현이라는 보편적 의의를 획득
하게 된다.

　이상에서 살펴본 바와 같이 빙허와 루쉰은 모두 〈고향〉에서 개인적
삶과 민족적 삶의 서사적 공간을 상정함으로써 현실을 반영하고 있다는
데서 그 동질성을 찾아볼 수 있다. 빙허는 '그'와 '그녀'라는 전형인물을
창조하여 현실 공간을 표현하고 있으며, 루쉰은 '나'와 '윤토'라는 전형인
물을 통하여 그 목적에 도달하고 있다. 빙허 〈고향〉에서의 그 현실은 일
제 식민지의 조직적인 수탈에 의한 한민족의 피폐하여가는 삶이고, "음산
하고 비참한 조선의 얼굴"인 한반도의 황폐한 모습이었다. 루쉰의 〈고
향〉에서는 '나'의 개인적 어려운 삶, '윤토'를 비롯한 고향사람들의 비참
한 생활과 우매한 정신세계에 대한 해부로써 봉건제도의 경제적, 정신적
이중착취하의 민중적 간고한 삶을 재현하였다. 그 재현되는 현실이란 빙
허의 경우는 일제의 '합방'하에 완전 식민지화된 한반도의 현실이고, 루
쉰의 경우는 수 천년동안 민중에게 굴레를 씌워 온 봉건전제 제도하에 삶
의 터전으로서의 현실이었다.

3. 두 〈고향〉의 서사구조 대비 고찰

1) 빙허의 〈고향〉 : 이향 - 귀향 - 이향

빙허의 〈고향〉은 '나'에게 하는 '그'의 진술이 그 핵심을 이루고 있다. '그'는 역둔토를 부쳐먹다가 일제와 그 주구들의 이중 착취에 못 이겨 부모와 함께 남부여대하고 고향을 등지는 실향민들 틈에 끼어 북녘 만주 땅을 바라고 떠난다. 고향에서 더 살길이 없으니 풍문에 얻어들은 북녘의 그 땅에 희망을 걸고 나선 것이다.

하지만 쫓기는 신세에 만주도 그들을 반겨 주지는 않았다. 그들은 새로운 고역 속에 어려운 삶을 살아간다. 타향에서 그들의 삶은 고향보다 더 어려울 수밖에 없었다. 그것은 이국 땅에서 겪는 실향민들의 피눈물에 엉킨 삶이었다. 결국 부모가 연이어 돌아가시고 '그'는 혈혈단신으로 되었다. 땅 부쳐먹기가 어렵게 되자 '그'는 중국, 일본 등을 방랑하며 품삯을 팔아 얼마간을 연명해 갔다. 억척스럽게 몸을 팔았지만 상황은 추호도 나아질 조짐이 보이지 않자 '그'는 절망 끝에 고향을 되찾아 돌아온다.

다시 고향에 미련을 두게 되는 '그'는 고향이 자신의 피폐한 심신을 달래줄까 하는 은근한 기대감으로 고향에 돌아온다. 그러나 꿈에도 그리운 고향은 이미 부재의 고향이었다. '그'는 다시 떠돌이 신세가 되지 않으면 안되었다. 또 한차례의 절망이다. 막연한 그대로 '그'는 서울을 향해 떠나게 된다.

'나'와의 인연은 바로 '그'가 이러한 상황에서 서울로 올라가는 열차에서 이루어진 것이다. '나'는 '그'에 대한 혐오감으로부터 연민과 동정으로, 다시 그와 공감대를 형성하게 된다. 막연한 희망으로 떠난 '그'의 서울행은 '나'와의 이러한 공감대를 형성하게 되면서 밝은 전망을 보여준다. 이때 '나'와 '그'의 공감대를 단순한 여로에서 만난 두 개인의 연대감으로 간주하는 것은 빙허의 〈고향〉에 대한 지나치게 단순한 이해이다. 〈고향〉의 시작에서 '나'의 그에 대한 냉랭한 태도는 '그'의 이야기를 들으면서 점차 변화된다. 결국 마지막에 둘이서 정종잔을 기울이는 장면은 의미심장하다. '나'의 신분과 '그'의 신분이 확연한 이 시점에서 그것은 식민지 치하의 지식인과 민중간의 연대라고 보는 것이 더 타당하다.19) 이러한 새로운 연대감의 형성으로 하여 작품 속의 '그'의 암울한 인생에는 새로운 희망이 깃들고 있었다.

빙허의 〈고향〉의 이러한 희망과 절망의 반복적인 구조를 도식으로 표시하여 보면 다음과 같다.

이향(離鄕) - 부모와 함께 고향을 떠나 만주 땅으로 이주하다(희망-절망).
↓
귀향(歸鄕) - 부모를 여읜 채 떠돌다가 다시 고향으로 돌아오다(절망-희망)
↓
이향(離鄕) - 부재의 고향을 확인하고 다시 고향을 떠나다.(희망-절망)

2) 루쉰의 〈고향〉 : 귀향 - 재향 - 이향

전술한 바와 같이 루쉰의 〈고향〉은 주인공이자 나레이터인 '나'가 고향에 돌아오는 것으로부터 모친을 모시고 고향을 등지고 타향으로 이사가는 것까지의 사연이다.

'나'는 20년 만에 2천 여리 밖으로부터 고향에 돌아온다. 이번 귀가는 이사가기 위한 것이지만 '나'는 고향에서 얼마간이라도 자신의 피폐해진 마음을 달래 보려는 희망을 지니고 온 것이다. 적어도 뒤에 나오는 내용

---

19) 「고향」에 보여지고 있는 지식인과 민중간의 연대에 대해서는 최원식 앞의 책과 현길언의 『문학과 사랑과 이데올로기』(태학사, 2000)에서도 지적 되고 있다.

으로 보아 어린 시절의 친구 '윤토'를 만나 회포를 나눌 수 있을 것이라
는 기대는 있었을 것이다.

하지만 '나'의 그러한 기대는 선상에서 보는 고향의 피폐한 모습, '두부
서시'와의 조우에서 이미 그 파탄의 징조를 보이고 있다. 과연 '나'는 만
난 '윤토'에게 크게 실망을 할 수밖에 없었다. 그들의 삶을 규정하고 있는
군벌, 토비, 부패한 관원들의 수탈 등 외적인 원인을 차치하더라도 '윤토'
의 정신적 세계의 변화가 '나'에 대한 충격은 실로 큰 것이었다. '나'와
'윤토'사이에 벌어진 거리는 이제 일방적인 '나'의 노력으로 좀체로 좁혀
질 수 없는 것임이 다시 확인되었다.

> 그런데 자네 어찌 이렇게 수다스럽게 변했나? 자네들 예전에 호형호
> 제하는 사이가 아니었나? 예전 그대로 부르게나.
> 황송합니다, 마나님 …… 아래위도 모르고, 그때야 철딱서니 없이
> 군거지요, 철부지였지요.

이러한 '나'와 '윤토'사이의 도대체가 이해할 수 없는 거리는 당시 현
실에서 루쉰이 보고 있던 신해혁명의 실패의 주된 원인이기도 하다. 민중
에게 이해되지 못한 그 혁명은 봉건적인 청나라를 전복시켰지만 그 성과
는 민중이 아닌 군벌들의 손에 들어가게 되어 민중의 삶을 향상시키려는
의미에서는 그 의의를 상실하고야 말았다. 루쉰의 <고향>은 바로 그러한
신해혁명의 실패원인에 대한 비판이라고도 할 수 있다.

'나'는 참담한 현실에 직면하여 하는 수 없이 '윤토'와의 거리감이 다음
세대에서는 다시 재현되지 말기를 바라며 희망을 후대들에게 걸고 있다.

> 나는 자신이 윤토와의 사이가 이렇게 멀어져 있을 줄은 생각도 못했
> 다. 하지만 우리는 아직 한동아리로 뭉쳐 있는 후대가 있다. 홍얼(宏兒)
> 이 지금 수이성(水生)을 그리고 있지 않는가. 나는 그들만이라도 장차

우리처럼 이렇게 멀어지지 말기를 바란다.
(중략)
그들에게는 새로운 생활이 있어야 한다. 우리가 지금까지 겪어 보지
못한 새로운 생활이 있어야 한다.

루쉰의 〈고향〉의 위와 같은 희망과 절망이 교차하는 서사구조는 빙허
의 〈고향〉과 마찬가지로 희망-절망-희망의 구조를 적용시킬 수 있다. 본
고의 편의로 그것을 도식화 하면 다음과 같다.

귀향(歸鄕) - 20년의 타향살이를 하던 나는 고향에 돌아온다(희망).
↓
재향(在鄕) - 고향에서 삶의 터전의 피폐와 인간 정신의 타락을 본다(절망).
↓
이향(離鄕) - 고향을 떠나며 후대들에게 희망을 둔다(희망).

이상에서 살펴본 바와 같이 빙허와 루쉰은 '그'와 '나'라는 주인공의
귀향(歸鄕)과 이향(離鄕)을 통하여 희망-절망의 서사구조를 상정함으로써
피폐한 개인과 민중적 삶을 보여주고 있다. 빙허의 〈고향〉은 이향-귀향-
이향을 통한 희망-절망의 반복구조를 설정하여 당시의 비참한 생활을 표
현하였는데, 특히 절망의 암울한 상태에서 벗어나려면 지식인과 민중간의
새로운 연대가 이루어져야 함을 암시하고 있다는 점이 주목된다. 루쉰의
〈고향〉은 귀향-재향-이향을 통한 희망-절망-희망의 순환구조를 설정하여
다음 세대에서는 절망의 상태가 다시 재현되지 말기를 바라며 희망을 후
대들에게 걸고 있다.

4. 작품을 통하여 본 빙허와 루쉰의 현실인식

빙허 현진건과 루쉰은 한, 중 근대 단편소설의 정착에 중요한 역할을 한 일인자이다. 지금까지 춘원 이광수와 루쉰에 대한 논의는 얼마간의 활발한 양상을 보여왔지만 빙허 현진건과 루쉰에 대한 비교문학적 시각의 연구는 없는 것 같다. 하지만 빙허와 루쉰도 일반문학적 시각에서의 논의가 충분히 가능한 작가이다. 바로 그러한 가능성을 확인하는 일환으로 그들의 동명 단편소설 <고향>의 동질성과 이질성을 밝혀보았다.

빙허와 루쉰의 <고향>은 모두 전형인물과 전형적 환경의 창조로써 개인적 삶과 민족적 삶의 서사공간을 상정하고 있다. 그 서사적 공간에 의하여 재현되고 있는 것은 작가 자신들이 처하고 있는 현실이다. 빙허에게 있어서 그것은 일제에게 완전 식민지화되어 수탈의 대상으로서의 한반도의 처참한 모습이었고, 루쉰에게 있어서는 신해혁명이후 군벌할거의 혼란한 정세 하에 이중, 삼중 압박과 착취에 신음하고 있는 민중의 현실적인 삶이었다.

빙허와 루쉰의 <고향>은 모두 고향을 둘러싸고 주인공 희망과 절망에 관한 서사적 구조를 보이고 있다. 빙허의 <고향>이 주인공의 이향, 귀향, 이향을 희망과 절망의 반복적인 서사구조로써 형상화하고 있는 데 반해, 루쉰의 <고향>은 주인공의 귀향, 재향, 이향을 희망과 절망의 순환구조로써 그려내고 있다.

결말부분에서 주인공의 희망은 모두 잠정적으로 보이고 있다. 즉, 빙허의 경우에는 지식인과 민중간 연대의 결성이 앞날에 새로운 희망을 가져올 수 있음을 암시하고 있으며, 루쉰의 경우에는 그 세대에서 이루어질 수 없는 바를 후대들에게서 그 희망을 찾고 있는 것으로 나타나고 있다. 이는 지식인과 민중이 단합하여 식민주의에 대한 저항을 희망의 길로 제

시하는 작가 빙허와 신해혁명의 실패에 대한 작가 루쉰의 이해를 보여주
고 있다고 하겠다.

-『民族學硏究』第5輯(2001)

❖ 참고문헌 ❖

제1부 ▶▶▶

1. 기본 자료

『李光洙全集』(1~17卷), 三中堂(1962).

『李光洙全集』(1~10卷), 三中堂(1971).

『魯迅全集』(1~16卷), 人民文學出版社(1980).

『中外日報』, 1928년 3월 27~4월 10일.

『朝鮮日報』, 1930년 1월 4~2월 16일.

『東亞日報』, 1930년 11월 12~12월 8일.

2. 학위 논문 및 일반 논문

1) 한국 논문

金光洲, 「루쉰과 그의 작품」, 『白民』, 1948년 신년특집호.

金東仁, 「朝鮮近代小說考」, 『金東仁評論全集』(金治弘 編著), 三英社(1984).

_____, 「春園硏究」, 『金東仁評論全集』(金治弘 編著), 三英社(1984).

金龍雲, 『魯迅創作意識硏究―'吶喊', '彷徨', '故事新編'을 中心으로』, 成均館大 博士學位論文(1990).

金明壕, 『魯迅小說硏究』, 高麗大學校 碩士學位論文(1980).

金鵬九, 「新文學初期의 啓蒙思想과 近代的 自我―春園의 경우」(1964), 『李光洙硏究』(上), 太學社(1983)(이하 출판사와 출판 년도는 생략함).

金時俊, 「光復 以前 韓國에서의 魯迅文學과 魯迅」, 『中國文學』 第29輯(1998年 4月).

金世中, 「일본의 魯迅硏究(1920~1941)」, 『中國現代文學』 第6號, 中國現代文學學會(1992).

金素雲, 「푸른하늘 銀河水」, 『金素雲隨筆選集』 1, 亞成出版社(1978).

金永哲, 「阿Q正傳小考」, 『文理大學報』 18, 서울大(1972).

金允植, 「近代文學에 있어서의 韓·日·中 三國의 關係檢討와 그 問題點」, 『韓
　　　　國文學의 論理』, 『韓國文學의 論理』, 一志社(1974).

金哲洙, 『魯迅硏究』, 成均館大學校 석사학위논문(1961).

김춘섭, 「이광수의 민족주의와 인도주의 문학사상 연구」, 고려대학교 박사학
　　　　위논문(1992).

金治洙, 「農村小說瞥見」, 『現代韓國文學의 理論』, 民音社(1972).

金泰萬, 「魯迅諷刺理論硏究」, 『魯迅硏究月刊』, 1997年 第8期.

金河林, 『魯迅小說의 主題思想 變貌過程 硏究』, 高麗大學校 碩士學位論文(1982).

_____, 『魯迅 문학사상의 형성과 전변 연구』, 高麗大學校 博士學位論文(1993).

_____, 「魯迅硏究在南朝鮮」, 『魯迅硏究年刊』(宋慶齡基金會, 西北大學合編), 中國
　　　　和平出版社(1990).

_____, 「韓國에서의 魯迅文學 受容樣相」, 『中國人文科學』 第11號(1992).

구인환, 「근대로의 전환과 계몽주의」, 『韓國現代小說史』, 문학과문학교육연구
　　　　소, 三知院(1999).

權赫律, 『춘원과 루쉰의 계몽적 성격에 대한 고찰』, 인하대학교 석사학위논문
　　　　(2000).

_____, 「춘원과 루쉰 소설의 계몽적 성격」, 『仁荷語文硏究』 第5號(2001).

_____, 「빙허와 루쉰 <고향>의 대비 고찰」, 『民族學硏究』 第5輯(2001).

노영택, 「일제하의 농촌 계몽 운동의 연구」, 『역사교육』, 제26집(1979).

梁白華, 「胡適氏를 中心으로 한 中國의文學革命 = 最近發行된 「支那學」雜誌에
　　　　서 =」, 『開闢』(1920).

劉麗雅, 『魯迅과 春園의 比較 硏究』, 서울대학교 석사학위논문(1984).

劉世鐘, 『魯迅 '野草'의 象徵體系 硏究』, 韓國外國語大學校 博士學位論文(1993).

劉春花, 『魯迅有關婦女作品硏究』, 成均館大學校 碩士學位論文(1984).

文聚郁, 『魯迅文學의 背景, 作家意識의 形成過程』, 高麗大學校 碩士學位論文
　　　　(1985).

朴佶長, 『魯迅 '吶喊' 硏究』, 韓國外國語大學校 碩士學位論文(1981).

_____, 『魯迅과 '左翼作家聯盟' 關係 研究』, 韓國外國語大學校 博士學位論文 (1999).

박민웅, 『魯迅小說의 人物研究－吶喊과 彷徨의 民衆과 知識人을 中心으로』, 延世大學校 碩士學位論文(1983).

白元淡, 『魯迅雜感文研究－작가적 세계관과 예술적 형상화의 문제』, 延世大學校 碩士學位論文(1984).

宋敏鎬, 「春園의 初期作品考」, 『李光洙研究』(下).

宋百憲, 「春園의 <少年의 悲哀> 研究」, 『李光洙研究』(下).

宋 稶, 「自己 欺滿의 論理」, 『李光洙研究』(下).

申彦俊, 「中國大文豪·魯迅訪問記」, 『新東亞』, 第30號(1934년 4월).

安承德, 「<少年의 悲哀>考」, 『李光洙研究』(下),

이기백, 「민족성과 민족개조론」, 『새교육』(1968, 1).

李善榮, 「春園의 比較文學的 考察」, 『李光洙研究』(上).

_____, 「李光洙論」, 『李光洙研究』(上).

李御寧, 「春園初期短篇小說의 分析」, 『李光洙研究』(下).

李泳東, 『魯迅 作品에 나타난 思想 研究』, 明知大學校 碩士學位論文(1989)

李玲子, 『魯迅小說研究－그의 作品에 나타난 民衆像』, 서울대학교 석사학위논문 (1970).

李陸史, 「魯迅追悼文」, 『朝鮮日報』(1936년 10월 23~29日).

李注衡, 「<흙>의 時代認識과 美意識」(1981), 『李光洙研究』(下).

李漢祚, 「'藥'에 對하여」, 『中國學報』16, 1975.

嚴英旭, 『魯迅文學의 現實主義研究』, 全南大學校 博士學位論文(1993).

_____, 「韓國的魯迅研究動向」, 『魯迅研究月刊』, 1994年 第1期.

_____, 「魯迅文學的創作手法」, 『魯迅研究月刊』, 1994年 第12期.

오양호, 「민족주의 문학과 계몽소설」, 『국어국문학연구』 15집, 영남대(1973).

尹芳烈, 「魯迅論」, 『論文集』 6, 서울女大(1977).

尹榮根, 『魯迅初期小說에 나타난 人物研究』, 檀國大 碩士學位論文(1985).

張基槿, 「魯迅과 그의 小說」, 『世界文學全集』 13, 大洋書籍(1974).

張惠瓊, 『魯迅 '雜文'의 藝術性 研究』, 檀國大學校 碩士學位論文(1988).

全光鏞, 「李光洙研究序說」, 『李光洙研究』, 太學社(1983).

_____, 「百年來 韓中文學 交流考」, 『比較文學』제5집, 韓國比較文學會(1980, 12).

全寅初, 「阿Q正傳研學(1)」, 『人文科學』 36, 延世大(1976).

_____, 「阿Q正傳研學(2)」, 『人文科學』 38, 延世大(1978).

全炯俊, 「세개의 '고향' : 치리코프, 루쉰, 현진건」, 『中國文學』 第34輯(2000).

_____, 「韓雪野 소설속의 魯迅」, 『東亞魯迅學』(1999).

鄭東寬, 『前期 魯迅 雜文속에 나타난 휴머니즘 研究』, 嶺南大學校 碩士學位論文
      (1989).

丁來東, 「中國短篇小說家 魯迅과 그의 作品」, ≪朝鮮日報≫ 文藝欄(1931年 1月 4
      日~30日).

鄭明煥, 「李光洙의 啓蒙思想」, 『李光洙研究』(下).

曺容兒, 『魯迅小說의 技法 研究』, 明知大學校 碩士學位論文(1988).

주요한, 「春園의 思想・民族性改造와 엘리뜨形成論」, 『李光洙全集』 17, 三中堂
      (1962).

車相轅, 「韓・中 新文學運動의 比較研究」, 『中國學報』 第5輯(1974).

車柱環, 「民族, 反抗, 絶望－魯迅의 경우」, 『文學春秋』(1965).

_____, 「魯迅에서 中共執權까지」, 『다리』(1971).

天臺山人, 「文學革命后의 中國文藝觀 △過去十四年△」, 『東亞日報』 (1930년 11
      월 12~12월 8일).

千二斗, 「계몽주의 문학」, 『한국문학연구입문』, 지식산업사(1982).

崔元植, 「李光洙와 東學」, 『韓國近代小說史論』, 創作과批評社(1986).

_____ 외, 「한국문학에서 식민지 근대와 민족문제(좌담)」, 『민족문학사 연구』
      제13호, 민족문학사 연구소(1998).

河正玉, 「魯迅文學의 背景」, 『空士論文集』(1966, 1).

韓武熙, 「魯迅의 文學과 思想」, 『成均』 24, 成均館大(1970).

韓秉坤, 『阿Q正傳研究－性格創造를 中心으로』, 全南大學校 碩士學位論文(1983).

_____, 『魯迅雜文研究』, 全南大 博士學位論文(1995).

韓元碩, 『阿Q典型研究』, 檀國大學校 博士學位論文(2000).

許庚寅, 『魯迅小說의 文藝性研究』, 延世大學校 碩士學位論文(1986).

許 璧,「魯迅硏究」,『中國問題』, 漢陽大中國問題硏究所(1977).

胡啓建,『韓中兩國의 近代初期文學 比較硏究』, 서울大學校 碩士學位論文(1980).

홍정선,『近代詩 形成過程에 있어서의 讀者層의 역할 硏究』, 서울대학교 박사학
위논문(1992).

_____,「문사(文士)적전통의 소멸과 90년대 문학의 위기」,『문학과 사회』,
1995년 봄호.

黃鐘淵,「陳獨秀와 李光洙-韓·中新文化運動에 있어서의 儒敎批判-」,『比較文
學』, 第13輯, 韓國比較文學會(1988, 12).

2) 중국 논문

高一涵,「≪閑話≫」,『現代評論』第四卷 第八十九期(1926).

瞿秋白,「<魯迅雜感文選集> 序言」(1933),『瞿秋白散文名篇』, 時代文藝出版社(2000).

唐弢,「一个應該大寫的主體-魯迅」,『反抗絶望·<原版序>』, 河北敎育出版社(2000).

_____,「魯迅思想与魯迅精神」,『魯迅硏究學術論著資料匯編』5, 中國文聯出版公
司(1985, 이하 출판사와 출판 년도는 생략하고『匯編』으로 약칭).

成仿吾,「≪吶喊≫ 的評論」,『匯編』1.

張定璜,「魯迅先生」(上, 下),『匯編』1.

章太炎,「演說詞」,『民報』第6號(1906).

周啓明,「魯迅的靑年時代」,『魯迅回憶錄』(專著部分 中冊), 北京出版社(1999).

周啓明,「關於魯迅之二」,『苦雨齋主』, 東方出版社(1998).

仲密(周作人),「≪阿Q正傳≫」,『匯編』1.

張夢陽,「魯迅与中外文化比較硏究史槪述」,『匯編』5.

陳鳴樹,「魯迅與拜倫」,『匯編』5.

錢理群, 「'想'與'說'('寫')的困惑-魯迅關於知識者的思考」(演講稿),『理論與實踐』
(1994).

錢理群,「試論魯迅與周作人的思想發展道路」,『匯編』5.

錢理群,「作爲思想家的魯迅」,『中國現代文學』第8號(1994).

錢碧湘,「魯迅與尼采哲學」,『匯編』5.

錢杏邨,「魯迅, 現代中國文學論 第2章」,『匯編』1.

雁氷(茅盾),「讀'吶喊'」,『滙編』1.

楊昭全,「魯迅与朝鮮」,『魯迅硏究』第10輯, 中國社會科學出版社(1987).

嚴家炎,「論'故事新編'與魯迅創作思想的演變」,『中國現代文學』第8號(1994).

葉德浴,「魯迅與'天演論', '進化論'」,『滙編』5.

王富仁,「'狂人日記'細讀」,『中國現代文學』第6號(1992).

王富仁,『中國反封建思想革命的一面鏡子-「吶喊」,「彷徨」縱論』, 北京師範大學校
　　　　博士學位論文(1984).

李長之,「魯迅批判」,『滙編』1.

林　非,「魯迅硏究的展望」,『中國現代文學』第8號(1994).

平　心,「論魯迅的思想」,『滙編』3.

戟寶權,「魯迅的世界地位與國際威望」,『滙編』1.

何干之,「魯迅思想硏究」,『滙編』4.

賀　凱,「中國文學綱要(節錄)」,『滙編』1.

何　鵬,「魯迅筆下的中國國民性」,『滙編』3.

何　鵬,「魯迅筆下的中國國民性」,『滙編』3.

許壽裳,「魯迅與民族性硏究」,『滙編』3.

許壽裳,「亡友魯迅印象記」,『魯迅回憶錄・專著部分』, 北京出版社(1999).

胡　繩,「魯迅思想發展的道路」,『滙編』4.

洪　堅,「魯迅與中國啓蒙運動」,『滙編』3.

黃文兪,「魯迅先生的初期思想」,『滙編』3.

3. 단행본

1) 한국 저서

郭鶴松・朴啓周,『春園李光洙』, 三中堂(1962).

丘仁煥,『李光洙 小說硏究』, 三英社(1983).

＿＿＿,『韓國近代小說硏究』, 三英社(1977).

＿＿＿,『近代文學의 形成과 現實認識』, 한샘(1983).

金台俊, 『증보조선소설사』, 한길사(1990).

金時俊・徐敬浩 共編, 『韓國中國研究論著目錄1945～1999』(歷史, 哲學, 語文學), 솔(2001).

金烈圭・申東旭, 『崔南善과 李光洙의 文學』, 새문社(1981).

_____ , 『新文學과 時代意識』, 새문社(1981).

김용성, 『한국현대문학사탐방』, 玄岩社(1984).

김욱동, 『「광장」을 읽는 일곱 가지 방법』, 문학과지성사(1996).

金允植, 『(속)韓國近代作家論攷』, 一志社(1981).

_____ ・김현, 『韓國文學史』, 民音社(1973).

_____ ・정호웅, 『韓國小說史』, 예하(1999).

김윤식, 『이광수와 그의 시대』 1・2, 솔(1999).

_____ , 『김동인 연구』, 민음사(2000).

_____ , 『염상섭연구』, 서울대학교출판부(1987).

權赫秀, 『19世紀末 韓中 關係史 研究』, 백산자료원(2000).

金澤東, 『韓國文學의 比較文學的 研究』, 一潮閣(1977).

김 현 編, 『李光洙』, 文學과知性社(1977).

島山紀念事業會 編, 『安島山全書』上・中・下, (株)汎洋社 出版部(1990).

白 鐵, 『新文學思潮史』, 新丘文化社(1980).

宋河春, 『1920年代 韓國小說研究』, 高麗大學校 民族文化研究所(1985).

新東亞社, 『日帝禁書33卷』(1977).

張德順 외, 『韓國文學史의 爭點』, 集文堂(1999)

丁奎福, 『韓中文學比較의 研究』, 고려대학교출판부(1987).

鄭漢淑, 『現代韓國文學史』, 高麗大學校 出版部(1981).

_____ , 『現代韓國作家論』, 高麗大學校 出版部(1976).

趙演鉉, 『韓國現代文學史』, 成文閣(1969).

曺南鉉, 『小說原論』, 고려원(1982).

연세대학교 국학연구원 편, 『춘원 이광수 문학연구』, 국학자료원(1994).

吳養鎬, 『農民小說論』, 螢雪出版社(1983).

_____ , 『韓國文學과 間島』, 文藝出版社(1995).

윤명구, 『한국근대문학연구』, 인하대학교출판부(2000).

尹弘老, 『李光洙 文學과 삶』, 한국연구원(1992).

이경훈, 『이광수의 친일문학 연구』, 태학사(1998).

林鍾國, 『親日文學論』, 平和出版社(1993).

李善榮, 『狀況의 文學』, 民音社(1976).

이승현 편저, 『국어 대사전』, 民衆書館(1999).

이재선, 『한국소설사』, 민음사(2000).

이주형, 『한국근대소설연구』, 창작과비평사(1995).

林　和, 『林和新文學史』(임규찬, 한진일 편), 한길사(1993).

崔元植, 『韓國近代小說史論』, 創作社(1986).

_____, 『생산적 대화를 위하여』, 창작과비평사(1997).

_____, 『한국계몽주의문학사론』, 소명출판(2002)

_____, 『문학의 귀환』, 창작과비평사(2001).

黃浿江 外, 『韓國文學硏究入門』, 지식산업사(1998).

2) 중국 저서

周作人, 『魯迅小說里的人物』, 河北敎育出版社(2002).

_____, 『周作人文選・自傳・知堂回想錄』, 群衆出版社(1999).

朱正・陳漱渝 等, 『魯迅史料考證』, 河北敎育出版社(2000).

唐弢 主編, 『中國現代文學史』 一, 二, 三(1979), 人民文學出版社(2001).

魯迅博物館・魯迅硏究室, 『魯迅硏究月刊』編, 『魯迅回憶錄』(專著, 上・中・下), 北京出版社(1999).

_____, 『魯迅回憶錄』(散篇, 上・中・下), 北京出版社(1999).

張夢陽, 『中國魯迅硏究通史』, 廣東敎育出版社(2001).

段國超, 『魯迅家世』, 敎育科學出版社(1998).

毛信德, 『郁達夫與勞倫斯比較硏究』, 杭州大學出版社(1998).

北京魯迅博物館魯迅硏究室, 『魯迅藏書硏究』, 中國文聯出版公司(1991).

王富仁, 『中國魯迅硏究的歷史與現狀』, 浙江人民出版社(1999).

王　瑤, 『中國現代文學史論集』, 北京大學出版社(1998).

王駿驥, 『魯迅郭沫若與中國傳統文化』, 百花文藝出版社(1995).

王曉明, 『無法直面的人生 魯迅傳』, 上海文藝出版社(2001).

葉叔穗, 楊燕麗, 『從魯迅遺物認識魯迅』, 中國人民大學出版社(1999).

曺聚仁, 『魯迅評傳』, 東方出版中心(1999).

鈕岱峰, 『魯迅傳』, 中國文聯出版社(1998).

李澤厚, 『中國近代思想史論』, 人民出版社(1979).

劉大杰, 『魏晉思想論』, 上海古籍出版社(1998).

林志浩, 『魯迅傳』, 北京十月文藝出版社(1991).

陳思和, 『陳思和自選集』, 廣西師範大學出版社(1997).

張新穎 編, 『魯迅印象』, 學林出版社(1996).

錢理群, 『拒絶遺忘』, 汕頭大學出版社(1999).

錢理群 外, 『中國現代文學三十年』, 北京大學出版社(1998).

王富仁, 「中國魯迅研究的歷史與現狀」, 『中國現代文學』 第8號(1994).

汪 暉, 『反抗絶望』, 河北敎育出版社(2000).

楊義 著, 『中國現代小說史』 第一卷, 人民文學出版社(1998).

魯迅博物館 外, 『魯迅年譜』(第一～第四卷), 人民文學出版社(2000).

黃候興, 『魯迅』, 山東人民出版社(1992).

辭海編輯委員會, 『辭海』, 上海辭書出版社(1979).

4. 번역서

가라타니 고진(柄谷行人)·박유하 옮김, 『일본근대문학의 기원』, 민음사(1997).

吉田精一·奧野健男(柳呈 옮겨지음), 『現代日本文學史』, 정음사(1984).

나카무라 미쓰오(유은경 옮김), 「풍속소설론」, 『일본 私小說의 이해』, 小花(1997).

藤井省三(陳福康 譯), 『魯迅比較研究』, 上海外語敎育出版社(1997).

르네 웰렉·오스틴 워렌 共著/(金秉喆 譯), 『文學의 理論』, 乙酉文化社(2000).

게오르그 루카치 저·반성완 역, 『루카치 소설의 이론』, 심설당(1998).

게오르그 루카치 지음/이영욱 옮김, 『역사소설론』, 거름(1997).

마루야마 노보루(丸山昇) 저(한무희 역), 『魯迅評傳』, 일월서각(1982).

막스 맬네트/이규현 옮김, 『프로이트와 문학의 이해』, 문학과지성사(1997).

小林一郎, 「自然主義の旗手たち」, 『日本文學新史(近代)』 5 (前田 愛・長谷川泉編 編), 至文堂(平成2年).

장 폴 사르트르 지음(방곤 옮김), 『지식인을 위한 변명』, 보성출판사(2001).

A. 하우저 著/白樂晴・廉武雄 共譯, 『文學과 藝術의 社會史(現代篇)』, 創作과批評 社(1983).

P. 방티겜(김종원 옮김), 『비교문학』, 예림기획(1999).

에구사도 시카쓰(심원섭 옮김), 『사에구사교수의 한국문학연구』, 베틀・북(2000).

온유민 지음(김수영 옮김), 『현대 중국의 현실주의 문학사』, 文學과知性社(1991).

王富仁(金賢貞 譯), 『중국의 노신연구』, 세종출판사(1997).

王士菁(申永復, 劉世鐘 譯), 『魯迅傳－魯迅의 生涯와 思想』, 1992.

李鷗梵 著(尹慧珉 譯), 『鐵屋中的吶喊』, 河北敎育出版社(2001).

伊藤虎丸(李冬木 譯), 『魯迅与日本人』, 河北敎育出版社(2000).

프리드리히 니체(최민홍 옮김), 『짜라투스트라는 이렇게 말했다』, 집문당(1997).

히라노 겐(유은경 옮김), 「사소설의 이율배반」, 『일본 私小說의 이해』, 小花(1997).

제2부 ▶ ▶ ▶

≪開闢≫ 영인본, 현대사, 1980.

≪魯迅全集≫, 北京 ; 人民出版社, 1981.

이재선, <個人과 社會의 葛藤>, 金時泰 편, ≪韓國現代作家・作品論≫, 二友出 版社, 1982.

溫儒敏 지음(김수영 옮김), ≪현대 중국의 현실주의 문학사≫, 文學과知性社, 1991.

王富仁 지음(김현정 옮김), ≪중국의 노신연구≫, 세종출판사, 1997.

千二斗, <음산하고 비참한 朝鮮의 얼굴>, ≪玄鎭健硏究≫, 새문社, 1999.

丘仁煥, <玄鎭健의 生涯와 文學>, ≪玄鎭健硏究≫, 새문社, 1999.

최원식, <빙허 현진건론>, ≪한국근대문학을 찾아서≫, 인하대학교 출판부,
        1999.
현길언, ≪문학과 사랑과 이데올로기-현진건 연구-≫, 태학사, 2000.
권혁률, ≪춘원과 노신의 계몽적 성격에 관한 대비적 고찰≫(인하대학교 문학
        석사학위 논문, 2000).